W0298791

SÔSEKI

Les Herbes du chemin

Roman traduit du japonais
par Elisabeth Suetsugu

Nouvelle édition
revue et corrigée

Éditions Picquier

DU MÊME AUTEUR
AUX ÉDITIONS PICQUIER

Haikus
Sanshirô
Choses dont je me souviens
La Porte
Petits contes de printemps

Titre original : *Michikusa*

© 1992, Editions Philippe Picquier
pour la traduction en langue française et l'avant-propos

© 1994, Editions Philippe Picquier
pour l'édition de poche

© 1999, Editions Philippe Picquier
2e édition de poche

Mas de Vert
B.P. 150
13631 Arles cedex

www.editions-picquier.com

En couverture : *Narcisses*, dessin de l'auteur

Conception graphique : Picquier & Protière

ISBN : 978-2-87730-194-7
ISSN : 1251-6007

Avant-propos

Parmi les nombreux romans que Sôseki a écrits, Michikusa *(rédigé entre juin et septembre 1915) est une œuvre importante pour de multiples raisons. Tout d'abord, c'est le dernier roman achevé de Sôseki, puisque* Clair-Obscur *(composé entre mai et octobre 1916) sera interrompu par la mort de l'écrivain, survenue le 9 décembre 1916. C'est aussi le seul roman de Sôseki qu'il soit possible de considérer comme véritablement autobiographique. Les relations du héros, Kenzô, avec ses parents adoptifs, ses souvenirs d'enfance, sont l'expérience vécue de l'auteur, même s'il y a eu quelques transpositions pour les besoins du récit. Citons l'exemple des relations de l'auteur avec son père adoptif : il fit à nouveau irruption dans sa vie en 1906. Trois ans plus tard, Sôseki finira par lui acheter pour la somme de cent yens un papier attestant la fin de leurs relations. Dans le roman, Shimada fait son apparition au début du printemps de l'année où Kenzô revient d'Angleterre, et leurs relations ne se poursuivent que quelques mois.*

Le roman est construit de façon très équilibrée autour de ces relations.

Enfin, ce roman qui tourne autour de la grisaille et de la monotonie de la vie quotidienne, un peu comme les films d'Ozu, doit son intérêt au regard plein d'acuité que l'auteur porte sur ce qui l'entoure et sur lui-même, regard qui est, chose rare au Japon, celui d'un moraliste.

Il n'est peut-être pas inutile d'apporter quelques précisions sur le système de l'adoption au Japon, infiniment plus simple que celui que nous connaissons en France.

Sôseki avait quatre frères et sœurs plus âgés. A cette époque, avoir des enfants passé un certain âge était considéré comme une honte. Or, au moment de la naissance de Kinnosuke (vrai nom de Sôseki), son père avait cinquante ans et sa mère quarante-deux ans. C'est la raison pour laquelle il fut immédiatement placé en nourrice, puis adopté par les Shiohara. C'est la raison pour laquelle Sôseki fut rejeté.

Dans la plupart des cas, l'adoption avait lieu lorsque la situation matérielle des parents ne leur permettait pas d'élever leur enfant. Il n'en est rien dans le cas de Sôseki : son père occupait en effet un poste important de fonctionnaire et deviendra maire après la reconstitution de l'administration du pays.

ELISABETH SUETSUGU

1

Il y avait de cela combien d'années au juste ? Kenzô n'aurait su le dire. Il avait quitté Tôkyô pour la province. Et après un séjour dans une contrée plus lointaine encore [1], il se retrouvait dans sa ville natale, installé dans une maison au calme, à Komagome. Tout lui paraissait d'une étrange nouveauté. En même temps, il se sentait seul.

Son corps était encore imprégné de l'odeur du pays lointain qu'il avait laissé derrière lui. Il détestait cela. Tout en se disant qu'il lui fallait au plus vite s'en débarrasser, il ne se rendait pas compte qu'il éprouvait aussi un sentiment d'orgueil et de satisfaction.

De l'allure incertaine que donne le dépaysement, ses pas le conduisaient deux fois par jour dans la rue qui va de Sendagi à Oiwake.

Un jour, une pluie fine se mit à tomber. Il sortit sans manteau ni caoutchoucs, muni seulement d'un parapluie, emprunta la rue habituelle et il se dirigeait vers Hongô lorsque, peu après avoir dépassé la boutique du voiturier, il fit une rencontre inattendue.

L'homme montait la côte qui passe devant le temple de Nezu Gongen [2]. Il venait du côté où allait Kenzô, vers

---

1. L'Angleterre.

2. « Gongen » désigne ici le shôgun Tokugawa Ieyasu. Il s'agit du temple communément appelé Nezu jinja, construit en 1706, situé dans l'actuel arrondissement de Bunkyô (Bunkyô-ku).

le nord, et, au moment où celui-ci regardait distraitement dans sa direction, leurs regards se croisèrent. Une vingtaine de mètres les séparaient encore.

Malgré lui, il détourna les yeux et décida de le croiser comme si de rien n'était. Cependant, il voulait s'assurer qu'il ne s'était pas trompé, et quand ils furent à quelques mètres l'un de l'autre, il leva à nouveau les yeux dans sa direction. Alors seulement, il s'aperçut que l'autre le fixait déjà depuis longtemps.

La rue était calme. Seul un rideau de pluie fine les séparait. Ils n'eurent aucune peine à se reconnaître. Kenzô détourna immédiatement les yeux et reprit sa marche droit devant lui. Mais l'autre, immobile au bord du trottoir, sans faire mine d'avancer, le suivit des yeux. Kenzô put même sentir qu'il tournait légèrement la tête pendant qu'il le dépassait.

Depuis combien de temps ne l'avait-il pas vu ? Il avait rompu tout lien quand il avait vingt ans. C'était si loin ! Plus de quinze ans s'étaient écoulés et ils ne s'étaient pas rencontrés une seule fois depuis lors.

Sa situation et ses conditions d'existence étaient si différentes à présent ! Avec sa moustache et son chapeau melon, en quoi pouvait-il rappeler le jeune garçon d'autrefois ? Lui-même avait l'impression d'être dans un autre monde. En comparaison, l'autre n'avait pas beaucoup changé. Il devait avoir au moins soixante-cinq ou soixante-six ans et, tout comme autrefois, ses cheveux étaient noirs. Kenzô, étonné, se demandait pourquoi. Il n'avait pas perdu sa vieille habitude de sortir sans chapeau, et cela mit Kenzô mal à l'aise sans qu'il sût pourquoi.

Déjà, le fait de l'avoir rencontré lui déplaisait, il aurait voulu au moins que l'autre ait plus fière allure que lui. Mais assurément, l'homme qu'il avait devant lui ne pouvait donner le change. Il n'était pas riche. Certes, il était en droit de ne pas porter de chapeau, mais à en juger par l'aspect de son kimono et de son *haori* [1], il pouvait passer au mieux pour un vieux marchand de petite envergure. Kenzô remarqua même que son parapluie était en satin de laine et semblait très lourd.

Ce jour-là, de retour chez lui, il ne put oublier la rencontre qu'il avait faite. Il était tourmenté par le souvenir de l'homme, debout sur le trottoir, dont le regard l'avait suivi longtemps. Il ne parla de rien à sa femme. Quand il n'était pas de bonne humeur, il avait la manie de ne rien dire à sa femme des choses dont il aurait pourtant voulu l'entretenir. Elle non plus ne lui adressait jamais la parole dans ces moments-là, en dehors du strict nécessaire.

2

Le lendemain, Kenzô passa au même endroit, à la même heure. Il en fit autant le surlendemain. Mais l'homme sans chapeau n'apparut pas. Mécaniquement, Kenzô refit le même chemin plusieurs jours de suite.

Il s'en était fait comme une obligation. Rien ne se passa pendant cinq jours. Le matin du sixième jour, l'homme apparut brusquement dans la côte du temple de Nezu Gongen, et Kenzô sursauta. N'importe qui aurait eu peur du regard que l'homme fixait sur lui.

C'était pour ainsi dire à la même heure et au même endroit que la première fois. Cette fois, Kenzô, se rendant compte que l'autre allait se rapprocher, se mit à marcher comme par réflexe ou plutôt mû par un devoir. L'autre eut un mouvement. A travers les prunelles troubles, Kenzô lut ce qui se passait dans le cœur de l'homme qui cherchait à se rapprocher de lui à la moindre faille. Kenzô, qui réussit à l'éviter, eut un étrange pressentiment. Il pensa

1. Sorte de veste que l'on porte sur le kimono.

qu'il n'en finirait pas de sitôt avec cet homme. Pourtant, de retour chez lui, il ne souffla mot à sa femme de l'homme qui ne portait pas de chapeau.

Ils s'étaient mariés sept ou huit ans plus tôt. A cette époque déjà, il n'avait plus depuis longtemps de rapports avec cet homme, et comme le mariage avait eu lieu loin de Tôkyô, sa ville natale, elle n'avait aucune raison de le connaître. Mais elle avait peut-être entendu parler de lui par Kenzô lui-même ou par quelqu'un de la famille. Quoi qu'il en soit, cela n'avait jamais été un sujet de préoccupation pour Kenzô.

Cependant, un fait qui se produisit après son mariage et qui avait un rapport avec l'incident de ces derniers jours lui revint en mémoire. Il y avait cinq ou six ans, alors qu'il était encore en province, il avait trouvé sur son bureau une épaisse enveloppe portant son nom écrit d'une main de femme. Il avait fait une drôle de tête en lisant la lettre. Il n'avait pas pu la lire jusqu'au bout. Elle contenait vingt feuilles remplies d'une écriture serrée. Après en avoir parcouru un cinquième environ, il l'avait donnée à lire à sa femme.

Il se devait de lui expliquer pourquoi il recevait une si longue lettre d'une femme. Et il lui fallait aussi absolument parler des liens existant entre cette femme et l'homme sans chapeau.

Kenzô se rappelait bien la nécessité de parler qu'il avait ressentie, mais ne se souvenait pas jusqu'à quel point il avait fourni des explications à sa femme. Elle, avec sa mémoire de femme, devait bien se souvenir. Mais il n'avait aucune envie d'en reparler avec elle. Il détestait être obligé de penser en même temps à la femme qui lui avait envoyé la longue lettre et à l'« homme sans chapeau », car cela l'aurait contraint à ressusciter son lointain passé. Heureusement, sa situation présente ne lui laissait pas la possibilité de se tourmenter à ce sujet. De retour chez lui, il se mit en kimono et s'enferma dans son bureau.

Quand il entrait dans cette petite pièce de six tatamis, il était toujours assailli par un sentiment d'impuissance face au travail qui l'attendait. En fait, plutôt que le travail lui-même, c'était le sentiment d'obligation qui l'envahissait qui le rendait nerveux.

Après avoir ouvert une caisse qui contenait les livres qu'il avait rapportés d'Europe, il s'assit devant le tas qu'ils formaient, l'air découragé. Une ou deux semaines passèrent, puis il se mit à lire au hasard deux ou trois pages des livres qui lui tombaient sous la main. C'était pour cette raison qu'il finissait par ne jamais ranger son bureau.

Finalement, ce fut un de ses amis qui, ne pouvant plus supporter ce désordre, aligna les livres sur des étagères, sans se préoccuper de leur classement. Nombreux étaient ceux qui jugeaient Kenzô atteint de neurasthénie. Lui-même croyait qu'il était neurasthénique de nature.

3

Pendant toute cette période, Kenzô fut vraiment accablé de travail. Même de retour chez lui, il n'avait aucun moment à lui. Il y avait tant de livres qu'il voulait lire, tant de choses qu'il voulait écrire, tant de questions auxquelles il voulait réfléchir ! Aucune parcelle de liberté ne lui était laissée, il ne connaissait pas de répit. Il passait son temps devant sa table de travail et ne sortait jamais pour se distraire.

Un jour qu'un ami lui avait conseillé d'apprendre à réciter des textes de nô, il avait refusé catégoriquement tout en s'étonnant que les gens aient tant de temps alors que lui n'en avait pas. Il ne se rendait pas compte que son attitude vis-à-vis de son temps finissait par ressembler à celle d'un avare vis-à-vis de son argent.

Il était contraint d'éviter tous rapports sociaux. Plus il s'enfonçait dans la lecture, plus il était isolé. Il lui arrivait d'être conscient de sa solitude, mais ce n'était qu'un sentiment vague. Au fond de son cœur, plus fort que sa tristesse, il avait la certitude qu'il ne se trompait pas en sacrifiant tout à son travail et il ne se rendait pas compte que le chemin qu'il avait pris avait l'aridité du désert. Il était considéré par sa famille comme un peu bizarre, mais cela ne le gênait guère.

— J'ai reçu une autre éducation.

C'était son système de défense. Sa femme l'interprétait comme une marque d'orgueil.

— On n'est jamais si bien servi que par soi-même !

Par malheur, il n'était pas homme à avoir l'avantage sur sa femme dans ces cas-là, et chaque fois qu'elle lui disait cela, il prenait un air fâché. Il lui arrivait d'éprouver de la haine envers sa femme qui le comprenait si mal. A d'autres moments, il la réprimandait ou encore il la réduisait au silence. Et les paroles que la colère lui faisait dire résonnaient aux oreilles de sa femme comme la preuve de sa vanité. Alors, elle faisait mine de s'avouer vaincue et disait :

— Nul ne conteste ta supériorité !

Il n'avait d'autres parents qu'un frère et une sœur plus âgée que lui qui n'était pas de la même mère, et de plus, il ne les fréquentait pas beaucoup. Le fait de s'être éloigné d'eux n'était pas pour le réjouir, mais son travail comptait infiniment plus pour lui que ses relations avec sa famille.

Après son retour à Tôkyô, ils s'étaient vus trois ou quatre fois et il estimait cela suffisant. Si l'« homme sans chapeau » ne lui avait pas barré le passage, il aurait seulement, comme d'habitude, parcouru deux fois par jour le chemin de Sendagi, ponctuellement. Il n'aurait sans doute pas marché dans une autre direction et s'il avait pu trouver un dimanche pour reposer son corps fatigué, il n'aurait fait que rester allongé sur les tatamis la moitié de la journée.

Cependant, le dimanche suivant, il se rappela soudain l'homme qu'il avait croisé déjà deux fois. Et c'est en hâte qu'il se dirigea vers la maison que sa sœur habitait à Yotsuya, à côté de Tsunokamizaka. Elle était légèrement en retrait par rapport à la rue principale. Le beau-frère de Kenzô était en même temps son cousin. Il avait le même âge que sa femme, ou peut-être un an de plus, mais, aux yeux de Kenzô, ils étaient tous les deux nettement plus âgés que lui, d'une dizaine d'années environ. Il avait travaillé d'abord à la mairie de Yotsuya et, bien qu'il ait abandonné ce travail, ils habitaient toujours la même vieille maison, car sa femme ne voulait pas quitter le quartier où elle avait ses habitudes, et elle ne se préoccupait nullement de l'éloignement du lieu de travail de son mari.

4

La sœur de Kenzô était asthmatique. Elle faisait entendre sa respiration sifflante à longueur d'année. Pourtant, très nerveuse de nature, elle ne tenait pas en place, à moins d'une crise très forte. Elle ne supportait pas de rester sans rien faire et trouvait toujours à s'occuper dans sa maison, qui n'était pourtant pas bien grande. Cette attitude fébrile éveillait la pitié de Kenzô.

De surcroît, elle était extrêmement bavarde, et sa façon de parler était vulgaire. Kenzô, obligé de se taire, la regardait d'un air maussade. Chaque fois qu'il la voyait, Kenzô se disait : « Dire que c'est ça, ma sœur ! »

Ce jour-là, Kenzô, comme d'habitude, aperçut le premier sa sœur, les manches de son kimono relevées et attachées, en train de chercher quelque chose dans un placard.

— Tu te fais rare ! Assieds-toi donc !

Elle lui avança un coussin et alla se laver les mains du côté de la véranda.

En l'attendant, Kenzô se mit à examiner le salon. Au-dessus de la porte était accroché un cadre qu'il se rappelait avoir vu quand il était enfant. Il y avait la signature et le sceau de Tsutsui Ken [1]. Kenzô se souvint que son beau-frère lui avait expliqué, il y avait de cela quinze ou seize ans, que l'écriture de ce seigneur était pleine de talent. A cette époque, Kenzô le considérait comme son frère aîné et allait tout le temps jouer avec lui. Et bien qu'il y eût entre eux la même différence d'âge qu'entre un oncle et son neveu, ils se battaient souvent dans le salon, grondés par la sœur de Kenzô, ou bien ils grimpaient sur les figuiers pour manger les fruits. Un jour, pour avoir été pris en train de jeter la peau des figues dans le jardin des voisins, il avait reçu une fessée.

Il se souvenait aussi en avoir terriblement voulu à son beau-frère qui lui avait promis de lui acheter une boîte de compas et n'avait jamais tenu sa promesse. Après une dispute avec sa sœur, il s'était juré de ne pas lui pardonner, même si elle venait présenter ses excuses. Le temps passait et elle ne venait pas. Alors, la mort dans l'âme, il y était allé et, mal à l'aise, il avait eu le ridicule de se tenir debout dans l'entrée, sans rien dire, jusqu'à ce qu'elle lui dise d'entrer.

Après avoir contemplé la vieille calligraphie, Kenzô vit son passé lui apparaître comme sous un faisceau lumineux, et il se reprocha le peu de gratitude qu'il éprouvait maintenant à l'égard de sa sœur et de son beau-frère qui avaient tant fait pour lui malgré tout.

— Comment te portes-tu ces derniers temps ? Tu n'as pas trop de crises ?

Il regardait sa sœur assise en face de lui.

---

1. Tsutsui Ken (de son vrai nom, Tsutsui Masanori), haut fonctionnaire du gouvernement des Tokugawa.

— Je te remercie. Tu sais, j'ai de l'allant et j'arrive, bon an, mal an, à m'occuper de la maison. Seulement, l'âge c'est l'âge. Et je ne peux plus travailler infatigablement comme avant. Autrefois, quand tu venais jouer à la maison, je récurais tout avec ardeur, mais je n'ai plus la force maintenant. Enfin, grâce à toi, je peux boire du lait tous les jours...

En effet, tous les mois, Kenzô ne manquait jamais de donner quelque argent à sa sœur.

— On dirait que tu as un peu maigri.

— Penses-tu ! C'est ma nature, il n'y a rien à faire. De toute façon, je n'ai jamais été bien grosse. Je suis très nerveuse. On ne peut pas grossir avec des nerfs pareils !

Et, relevant ses manches, elle montra à Kenzô ses bras maigres.

Elle avait de grands yeux cernés. Sa peau était terne et flasque. Kenzô regardait en silence la peau desséchée de ses paumes.

— Enfin, je suis contente que tout aille bien pour toi. Quand tu es parti pour l'étranger, je me suis demandé si je te reverrais vivant. Mais tu es revenu en pleine santé. Ah ! si tes parents vivaient encore, comme ils seraient heureux !

Elle avait les larmes aux yeux. Quand il était petit, elle lui répétait tout le temps : « Tu verras, quand j'aurai de l'argent, je t'achèterai tout ce que tu voudras. » Puis tout d'un coup, elle lui disait : « On ne fera jamais rien d'un enfant si têtu ! » Et intérieurement, Kenzô sourit en se rappelant les paroles de sa sœur et le ton de sa voix.

5

Tout en évoquant ces vieux souvenirs, il s'apercevait que sa sœur, qu'il n'avait pas vue depuis longtemps, avait vieilli.

— Au fait, quel âge as-tu ?

— Je suis une vieille femme maintenant.

Elle découvrait des dents jaunes.

— J'ai cinquante et un ans, figure-toi

Kenzô fut surpris. Il ne s'attendait pas qu'il y eût un tel écart entre eux.

— Nous avons donc plus de douze ans d'écart ! Moi qui pensais qu'on avait tout au plus dix ou onze ans de différence !

— Qu'est-ce que tu racontes ? Seize ans, oui ! Ton beau-frère est de l'année du Mouton, comme moi, nous avons quelques mois de différence seulement. Toi, tu dois être de l'année de... Attends un peu...

— Tout ce que je sais, c'est que j'ai trente-six ans.

— Fais le calcul, tu verras !

Kenzô ne savait même pas énumérer les planètes. Ils arrêtèrent de parler de leur âge respectif.

— Ton mari n'est pas là aujourd'hui ? demanda-t-il en parlant de Hida.

— Hier aussi, il a couché au bureau. S'il ne tenait qu'à lui, il n'aurait pas besoin d'y coucher plus de trois ou quatre fois par mois. Seulement, on le lui demande et puis, s'il reste une nuit en plus, évidemment il y gagne, alors il finit par accepter de remplacer tout le monde. En ce moment, il passe à peu près la moitié de ses nuits là-bas. Peut-être même qu'il y couche plus souvent qu'à la maison !

Kenzô regarda en silence la table de Hida, placée contre un *shôji* [1]. A côté des affaires bien en ordre, écritoire, enveloppes, papier, il remarqua deux ou trois livres de comptes à couverture rouge. Dessous, un petit abaque brillait.

1. Porte coulissante dont le fin grillage de bois est recouvert de papier ou de verre.

D'après les racontars, Hida avait une liaison avec une drôle de femme. On disait même qu'il l'entretenait tout près de son lieu de travail. Kenzô se demanda s'il n'allait pas plutôt passer les nuits chez elle, tout en prétextant qu'il devait coucher au bureau.

— Comment va-t-il ? Il a dû s'assagir avec les années, non ?

— Penses-tu ! Toujours le même ! Il n'y a rien à faire : voilà un homme qui vit seulement pour son plaisir. Quand ce n'est pas le *rakugo* [1], c'est le théâtre. Si ce n'est pas le théâtre, c'est le sumo ! S'il avait de l'argent, il passerait son temps à se divertir. En tout cas, chose étrange, je ne sais pas si c'est à cause de l'âge ou quoi, mais il est un peu plus gentil que par le passé. Tu le connais, tu sais comme il était violent. Il me donnait des coups de pied, il me giflait, il me traînait par les cheveux dans toute la maison.

— Mais tu te défendais bien, non ?

— Qu'est-ce que tu racontes ? Jamais je ne l'ai frappé une seule fois !

Kenzô eut brusquement envie de rire, en se rappelant que sa sœur ne cédait jamais. Leurs disputes ne se passaient absolument pas comme elle avait l'air de l'avouer. Surtout, elle avait la parole infiniment plus facile que son mari.

Bizarrement, Kenzô ressentit de la pitié pour cette sœur dépourvue de toute intuition qui, trompée par son mari, croyait fermement que, s'il ne rentrait pas à la maison, c'était évidemment parce qu'il restait coucher au bureau.

— Comme il y a longtemps qu'on ne s'est pas vus, je t'invite à dîner, dit-il en regardant sa sœur.

— C'est gentil, mais j'ai préparé des sushis. Ce n'est pas très original, mais tu les mangeras bien, j'espère !

---

1. Histoires généralement gaies, émaillées de jeux de mots.

Dès qu'elle recevait quelqu'un, sans même s'occuper de l'heure, il fallait qu'elle fasse manger quelque chose au visiteur. Impuissant, Kenzô se cala sur son coussin et résolut de s'ouvrir à sa sœur de ce qu'il avait passé et repassé dans sa tête en chemin.

6

Peut-être parce que Kenzô réfléchissait trop depuis quelque temps, son estomac le faisait souffrir. Il essayait bien de temps à autre de faire un peu d'exercice, mais il n'en avait que plus mal. Il faisait très attention de ne rien prendre en dehors des repas. Pourtant, il lui fut impossible de résister à l'insistance de sa sœur.

— Des boulettes de riz ne te feront aucun mal. Tu te rends compte que c'est pour toi que j'ai préparé ça ! Fais-moi plaisir et mange !

Ne pouvant faire autrement, Kenzô se mit à manger les boulettes qui n'étaient même pas bonnes et les avala à la suite, mêlant leur goût au goût âcre du tabac qui lui restait dans la bouche, tellement il avait fumé.

Sa sœur ne cessait de parler, et il n'arrivait pas à placer un mot. Il avait une question à lui soumettre, et cette conversation à sens unique lui devenait insupportable. Cependant, elle ne semblait rien remarquer. Non seulement elle aimait faire manger les gens, mais elle aimait aussi leur faire des cadeaux. Elle se mit à lui proposer une vieille peinture sur rouleau représentant le moine Boddhidharma dont il lui avait fait compliment un jour.

— Ça ne sert à rien de garder ça ici. Prends-le ! Penses-tu ! Hida ne dira rien, il s'en moque pas mal du vieux moine !

Sans dire s'il le prenait ou non, Kenzô grimaça un sourire. Brusquement, elle prit le ton de la confidence.

— A vrai dire, il y a longtemps que je voulais t'en parler quand tu serais revenu de l'étranger, et puis j'ai attendu jusqu'ici. Je me suis dit que tu devais être très occupé après ton retour, et puis même en allant chez toi, il y a O-Sumi ta femme, et comme ce n'est pas facile à dire... J'ai bien pensé aussi envoyer une lettre, mais tu sais qu'écrire n'est pas mon fort...

L'entrée en matière de sa sœur n'en finissait pas et c'était ridicule. En fait, on avait eu beau lui apprendre à écrire quand elle était petite, elle n'avait pas de mémoire et oubliait tout de suite les caractères les plus élémentaires. Prenant soudain conscience que sa sœur était maintenant une femme de cinquante ans, Kenzô ressentit de la pitié en même temps qu'une certaine honte.

— Mais enfin, où veux-tu en venir ? De quoi veux-tu me parler ? A dire vrai, moi aussi je suis venu aujourd'hui dans l'intention de te dire quelque chose.

— Ah bon ? Dans ce cas, c'est à toi de parler le premier. Pourquoi est-ce que tu ne l'as pas dit plus tôt ?

— Mais je ne pouvais pas !

— Il ne faut pas te gêner comme ça ! Nous sommes frère et sœur, pas vrai ?

Elle ne se rendait absolument pas compte que c'était elle qui empêchait son interlocuteur de parler. Cette évidence lui échappait.

— Non, finissons-en avec ton histoire plutôt. Allons, de quoi s'agit-il ?

— Eh bien, c'est très triste pour toi, et c'est difficile à dire, mais tu vois je vieillis, le corps s'affaiblit et puis tu connais mon mari, pourvu que tout aille bien pour lui, il se moque complètement de sa femme. Déjà que nos revenus mensuels ne sont pas très élevés... Et puis nous avons des obligations. Evidemment, me diras-tu, on n'y peut rien...

C'était bien une histoire compliquée de femme. Elle n'arrivait pas au bout, mais Kenzô voyait très bien où elle voulait en venir : elle allait lui demander d'augmenter un peu le montant de l'argent de poche qu'il lui versait chaque mois. Sachant qu'elle se laissait aller à donner cet argent à son mari, cette requête le remplissait à la fois de pitié et de colère.

— Pense que c'est pour moi, ta sœur. De toute façon, avec le peu de santé que j'ai, je n'en ai plus pour longtemps.

Elle n'ajouta plus rien. Kenzô n'eut pas le courage de refuser.

7

Il pensait au travail qui l'attendait quand il serait de retour et dont il devrait venir à bout le soir même.

Assis en face de sa sœur qui ne se souciait nullement de la valeur du temps, il devenait pénible pour Kenzô de supporter son bavardage incessant. Exaspéré, il décida d'en finir, et c'est seulement au moment de partir qu'il parla de l'homme qui ne portait pas de chapeau.

— Au fait, j'ai rencontré par hasard Shimada, l'autre jour.

— Comment ? Où ça ?

Elle cria de surprise. Elle avait tendance à exagérer ses réactions comme le font souvent les gens sans éducation de Tôkyô.

— Près d'Ota no Hara.

— Mais c'est juste à côté de chez toi ! Et alors, tu lui as dit quelque chose ?

— Tu sais, je n'ai rien de spécial à lui dire.

— Peut-être bien, mais si ce n'est pas toi qui parles le premier, l'autre ne se sent sûrement pas en position de parler, alors…

Elle donnait l'impression de parler sur ce ton pour se rendre agréable à Kenzô.

Après lui avoir demandé comment il était habillé, elle ajouta : « C'est qu'il n'est pas à l'aise, alors ! » Elle semblait éprouver quelque surprise. Mais quand elle se mit à parler du passé de l'homme en question, elle prit un air de rancune.

— Pour ce qui est du manque de cœur, on ne peut pas imaginer plus dur que cet homme-là. Sous prétexte que l'échéance est arrivée, il décide impunément de venir chercher de l'argent. On a beau lui donner des raisons, il ne bouge pas d'un pouce. A la fin, j'en ai assez et je lui dis que je n'ai pas d'argent, qu'il n'a qu'à emporter une casserole ou une marmite à riz, et tu ne sais pas ce qu'il me dit ? « Dans ces conditions, je prends la marmite. » Tu te rends compte ! C'est honteux ! La marmite ! tu penses ! C'est tellement lourd que c'est intransportable ! Seulement voilà, entêté comme il est, il est bien capable de l'emporter quand même ! Rien que pour m'empêcher de faire cuire le riz ce jour-là ! Il est tellement méchant ! Mais il ne l'emportera pas au paradis !

Kenzô ne trouvait pas cette histoire seulement ridicule. A travers cette scène survenue entre sa sœur et l'homme, il apercevait sa propre ombre et c'était pour lui plus triste que ridicule.

— Tu sais, je l'ai rencontré à deux reprises ! Et je ne sais pas quand sera la prochaine fois.

— De toute façon, tu n'as qu'à faire comme si tu ne le voyais pas. Ça n'a pas d'importance si tu le rencontres deux fois, trois fois, dix fois même !

— Oui, seulement je me demande si c'est par hasard ou parce qu'il cherchait où j'habite qu'il est passé justement par là.

Elle ne pouvait fournir aucune réponse et continua dans le vide comme pour ménager Kenzô. Ses paroles résonnaient en lui comme des amabilités dérisoires.

— Il n'est pas revenu depuis ce temps-là ?

— Non, pas une fois depuis deux ou trois ans.

— Et avant ?

— On ne peut pas dire qu'il venait souvent, mais de temps en temps tout de même. Tiens, ça aussi, c'est drôle ! Quand il venait, c'était toujours vers onze heures. Tant que tu ne lui avais pas offert du riz avec des anguilles grillées ou quelque chose comme ça, il ne s'en allait pas. Il avait besoin de prendre au moins un de ses trois repas quotidiens chez quelqu'un. Et en plus, il avait l'audace de se présenter bien habillé !

Elle avait tendance à s'éloigner du sujet, mais Kenzô comprit que même après son départ de Tôkyô, sa sœur et l'homme avaient continué à se voir pour des problèmes d'argent. Toutefois, il ne savait rien de plus, et il ignorait tout de la situation actuelle de Shimada.

8

— Tu crois que Shimada habite toujours au même endroit ?

Elle ne pouvait même pas répondre à une question aussi simple. Kenzô était désappointé. Mais comme il n'avait jamais eu l'intention de vérifier par lui-même l'adresse de Shimada, il ne se sentait pas trop déçu. Il croyait qu'il n'était pas encore nécessaire de s'inquiéter. Il se disait qu'entreprendre des recherches ne ferait que satisfaire sa curiosité, sentiment auquel il ne devait en aucun cas s'abandonner dans l'état actuel des choses. Le peu de temps qu'il avait lui était trop précieux pour qu'il l'emploie à de telles fins. Simplement, il se mit à évoquer la maison de Shimada et ses environs, telle qu'il l'avait vue quand il était enfant.

La rue était bordée d'un côté par un très large fossé dont l'eau ne s'écoulait jamais ; elle était trouble et sentait la vase. Par endroits, quelque chose de vert apparaissait, et l'odeur prenait Kenzô à la gorge. Il se rappelait cet endroit sous le nom de « la propriété de *** ».

De l'autre côté du fossé s'alignaient des maisons. Il y avait une seule fenêtre par maison. Elles avaient été construites presque contre le mur de pierre et se suivaient à l'infini, si bien qu'on ne pouvait rien voir de ce qui se passait à l'intérieur.

En face de la propriété, on pouvait voir quelques petites maisons de plain-pied dispersées. Les constructions récentes et les anciennes se confondaient, donnant ainsi à la rue un aspect disparate.

Il y avait entre les maisons des intervalles comme entre les dents d'un vieillard. C'est en achetant un peu de terrain entre les maisons que Shimada avait pu s'installer.

Kenzô ne savait pas depuis quand la maison était construite. Mais quand il y était allé pour la première fois, c'était quelque temps seulement après son achèvement.

Ce n'était qu'une petite maison de quatre pièces, mais Kenzô, pourtant enfant, se rendait compte qu'on avait fait très attention au choix du bois de construction. La disposition des pièces ne manquait pas d'invention. Le salon de six tatamis était orienté à l'est, et dans le petit jardin jonché d'aiguilles de pin, on avait mis une belle lanterne de pierre, presque trop grosse pour le jardin.

Shimada aimait la propreté et il était sans arrêt à passer un chiffon humide sur le plancher de la véranda ou sur les poutres. Il se mettait pieds nus, allait dans le jardin de devant et sarclait ; ou même, à l'aide d'une pioche, il nettoyait l'égout devant l'entrée. Au-dessus du caniveau, il y avait un pont en bois de plus d'un mètre de long.

En plus de cette maison d'habitation, Shimada avait fait construire à bon marché une maison pour la louer. Et il avait fait aménager un passage de près d'un mètre de façon à pouvoir aller et venir entre les deux maisons. Derrière, s'étendait un terrain marécageux. Terrain cultivé ou en friche, on ne pouvait pas faire la différence. Quand on marchait sur l'herbe, les pieds enfonçaient dans l'eau. Les endroits les plus affaissés formaient comme un petit étang peu profond. Shimada avait l'intention de faire construire là aussi une petite maison pour la louer, mais ce projet n'avait jamais été réalisé.

Quand l'hiver venait, il disait : « Cette fois, je vais prendre un canard ! »

Kenzô n'en finissait pas de se souvenir. Tout en se disant qu'en vingt ans, tout avait dû bien changer, il imaginait le paysage tel qu'il l'avait connu, comme s'il y était.

— Peut-être bien que mon mari lui envoie encore ses vœux !

Sa sœur dit cela au moment où il allait partir, et lui proposa à demi-mot de continuer à bavarder jusqu'au retour de Hida, mais il n'en voyait pas la nécessité.

Il avait eu aussi l'intention de passer chez son frère qui habitait devant le temple Yakuôji à Ichigaya et qu'il n'avait pas vu depuis longtemps. Il aurait voulu lui parler de Shimada, mais il était tard. Le sentiment que cela ne servirait à rien se faisant de plus en plus fort, il décida de rentrer à Komagome. Ce soir-là, il fut encore submergé de travail. Il oublia complètement Shimada.

9

Il reprit son rythme de vie habituel et put à nouveau utiliser pleinement son énergie pour son travail. Le temps s'écoulait doucement. Pourtant, cette tranquillité apparente était souvent troublée, et il s'irritait à chaque instant. Impuissante, sa femme le regardait de loin et n'intervenait pas. Kenzô la jugeait insensible et en arrivait à se demander si c'était bien là sa femme.

Intérieurement, elle adressait à son mari le même reproche. Plus il passait de temps dans son bureau, plus elle se disait qu'il fallait réduire au strict minimum les relations du couple. C'était son argument à elle.

Elle abandonnait Kenzô à son travail le plus naturellement du monde et ne s'occupait que des enfants qui, de leur côté, ne s'aventuraient que très rarement dans le bureau de leur père. Quand, par hasard, les fillettes y allaient, elles faisaient toujours une espièglerie et Kenzô les grondait, ce qui ne l'empêchait pas d'éprouver comme un manque lorsqu'il constatait que ses enfants ne s'approchaient pas de lui.

Le dimanche suivant, il ne mit pas le nez dehors. Vers quatre heures, il alla au bain public pour se changer les idées et, en rentrant, comme il se sentait tout à coup le cœur léger, il s'allongea sur les tatamis et dormit profondément jusqu'à ce que sa femme le réveille au moment du dîner. Mais quand il se mit à table, il sentit des frissons tout le long du corps et il éternua violemment deux fois.

Assise près de lui, sa femme ne disait rien. Kenzô non plus ne dit rien, mais il se prit à ressentir en son for intérieur une sorte de répugnance envers sa femme qui faisait preuve d'une telle indifférence. Il se mit à manger.

De son côté, sa femme ne comprenait pas pourquoi il ne lui parlait pas à cœur ouvert, l'empêchant ainsi de se comporter comme une épouse, et elle était encore plus mal à l'aise que lui.

Ce soir-là, il se rendit compte clairement qu'il avait pris froid. Il aurait voulu se coucher tôt, mais il avait un travail à finir et, passé minuit, il n'était toujours pas au lit.

Quand il se coucha, tout le monde dormait déjà dans la maison. Il aurait souhaité boire une tisane pour transpirer, mais en désespoir de cause, il s'enfonça dans ses draps froids. Il n'avait jamais eu aussi froid, et il eut grand mal à s'endormir. Mais il était tellement épuisé par son travail qu'il sombra finalement dans un profond sommeil.

Le lendemain, quand il se réveilla, contrairement à toute attente, il se sentit parfaitement dispos et reposé. Encore couché, il pensa qu'il était tout à fait bien. Mais une fois levé, au moment de faire sa toilette et de se frictionner à l'eau froide comme il avait l'habitude de le faire, il fut soudain pris de faiblesse. Il se ressaisit et passa à table, mais rien ne lui parut bon. D'habitude, il mangeait trois bols de riz. Ce jour-là, il n'en mangea qu'un et avala, en soufflant dessus, une tasse de thé brûlant dans lequel il avait mis une prune salée. Mais il ne comprenait pas lui-même la raison de son geste.

Cette fois encore, sa femme était près de lui et le servait, mais elle ne disait rien. Cette attitude donnait à Kenzô l'impression d'une technique soigneusement étudiée, et il se sentit quelque peu courroucé. Il fit exprès de tousser à plusieurs reprises, mais sa femme resta imperturbable.

Kenzô s'habilla en hâte. Il enfila sa chemise et sortit de chez lui à la même heure que d'habitude. Comme toujours, sa femme vint l'accompagner jusqu'à l'entrée, mais Kenzô ne put interpréter cette attitude que comme une concession à l'usage, et il n'en ressentit que plus de ressentiment à son égard.

Une fois dehors, il se mit à frissonner de plus belle. Il avait la bouche sèche et les jambes en coton, comme quelqu'un qui a de la fièvre. Il prit son pouls et fut étonné de sa rapidité. Le pouls qui battait contre son doigt se mêlait au bruit de la trotteuse de sa montre et se transmettait à son oreille avec un rythme désagréable. Pourtant, il prit sur lui et fit ce qu'il avait à faire.

10

Il rentra chez lui à l'heure habituelle. Pendant qu'il se déshabillait, sa femme lui tendit sans mot dire son kimono. Il se tourna vers elle et, sur un ton désagréable :

— Installe-moi mon futon. Je vais dormir.

— Bien.

Elle fit ce qu'il lui demandait. Il se coucha tout de suite et s'endormit. Il n'avait rien dit à sa femme de son rhume. De son côté, elle donnait l'impression de n'avoir rien remarqué. Et chacun dans son for intérieur était mécontent. Alors qu'il était en train de somnoler, elle vint à son chevet et l'appela.

— Est-ce que tu veux dîner ?

— Je n'ai pas faim.

Elle demeurait silencieuse, mais ne faisait pas mine de se relever.

— Dis, qu'est-ce que tu as ?

Il ne répondit pas et resta le visage à moitié enfoui dans les couvertures. Sans insister, elle lui mit la main sur le front.

Le soir, le médecin vint. Il diagnostiqua une simple grippe et donna des potions à prendre. C'est sa femme qui les lui fit boire. Le lendemain, la température monta. Suivant les prescriptions du médecin, sa femme lui mit de la glace sur le front et envoya la servante acheter une bouillotte en nickel.

Elle maintint elle-même la glace en attendant le retour de la servante. Il délira pendant deux ou trois jours et resta incapable de se souvenir de quoi que ce soit. Quand il reprit conscience, il regarda au plafond d'un air indifférent, puis il remarqua sa femme à son chevet et il comprit en un éclair qu'elle avait dû tout ce temps s'occuper de lui. Mais il ne dit rien et se détourna. Et rien ne se refléta de ses sentiments dans le cœur de sa femme.

— Qu'est-ce que tu as ?

— Tu as entendu le médecin, non ? Il a dit que j'avais la grippe !

— Oui, ça, je le sais.

La conversation s'arrêta là. L'air fâché, elle sortit de la chambre. Il la rappela en frappant dans ses mains.

— Qu'est-ce que j'ai fait ?

— Ce que tu as fait ? Mais… tu es malade, alors tu vois bien, je change la vessie à glace, je te fais prendre des médicaments et c'est pour m'entendre dire : « Va-t'en, tu me déranges. » Tu exagères !

Elle se tut et baissa la tête.

— Je n'ai jamais dit ça !

— C'était quand tu avais beaucoup de fièvre, alors, évidemment, tu ne t'en souviens pas ! Mais si tu ne pensais pas cela quand tu es dans ton état normal, ce sont des paroles que tu ne prononcerais pas, même dans ton délire !

Au lieu de se demander si sa femme disait vrai, Kenzô voulait toujours l'emporter par le raisonnement. En s'éloignant du vrai problème, cette fois encore, elle perdit la partie au point de vue du raisonnement. Il lui expliqua que les paroles proférées dans le délire, ou sous le coup d'une anesthésie, ou encore dans le rêve, ne révèlent pas nécessairement la véritable pensée.

Mais cela ne pouvait pas suffire à apaiser sa femme.

— Admettons. De toute façon, tu me considères comme la bonne. Tu penses qu'il n'y a que toi d'important et que si les choses vont bien pour toi… le reste…

Il la regarda s'éloigner et éprouva un sentiment de colère. Il ne se rendait pas compte qu'il se dupait lui-même en se retranchant derrière la puissance de la logique, et lui, dont l'esprit était exercé à raisonner, considérait l'entêtement de sa femme à ne pas se plier à un raisonnement aussi simple comme une preuve de sa sottise.

11

Ce soir-là, après avoir apporté à Kenzô du riz bouilli dans un pot en terre cuite, sa femme s'assit à son chevet. Et tout en lui remplissant un bol, elle lui demanda :

— Tu ne te lèves pas ?

Il avait encore la bouche pâteuse. Il n'avait pas le goût à avaler quoi que ce soit. Pourtant, il se mit sur son séant et prit le bol que sa femme lui tendait. Mais comme les grains de riz ne faisaient que lui râper la gorge, il n'en mangea qu'un peu et s'allongea à nouveau.

— Tu n'as pas retrouvé ton appétit.

— Non. Rien ne me paraît bon.

Elle sortit de sa ceinture une carte de visite.

— C'est quelqu'un qui est venu pendant que tu dormais. Je lui ai fait dire que tu étais malade et l'ai renvoyé.

Toujours couché, Kenzô tendit la main pour prendre la carte qui était en papier japonais jaunâtre, et il regarda le nom qui ne lui disait rien.

— Quand est-ce qu'il est venu ?

— Avant-hier, je crois. J'ai voulu t'en parler, mais ta fièvre ne tombait pas, alors je n'ai rien dit.

— Vraiment, je ne vois pas qui c'est.

— Il paraît qu'il voulait te parler au sujet de Shimada.

Elle regarda Kenzô en appuyant bien sur les syllabes. Soudain, le souvenir de l'homme nu-tête qu'il avait rencontré l'autre jour jaillit de sa mémoire. A peine remis de sa fièvre, il comprenait maintenant qu'il n'avait pas eu l'occasion de se souvenir de cet homme.

— Tu le connais, toi, ce Shimada ?

— C'est toi-même qui m'as parlé de lui, le jour où une femme du nom d'O-Tsune est venue déposer une longue lettre. Tu ne t'en souviens pas ?

Kenzô ne répondit rien, reprit la carte qui avait glissé et la regarda attentivement. Il ne se rappelait pas dans quelle mesure il lui avait parlé de Shimada à ce moment-là.

— Mais quand était-ce donc ? Il faut croire que c'était il y a longtemps...

Il eut un sourire amer en pensant à ce qu'il avait éprouvé en montrant à sa femme la longue missive.

— Il doit bien y avoir sept ans. Nous habitions encore Senbondôri...

C'était un faubourg de la ville où ils habitaient à cette date. Au bout d'un moment, sa femme reprit :

— Si c'est au sujet de Shimada, je n'ai pas besoin que tu me parles de lui, ton beau-frère s'en est chargé.

— Qu'est-ce qu'il t'a raconté ?

— Ce qu'il m'a raconté ? Mais tu le sais bien. En tout cas, il paraît que ce n'est pas quelqu'un de recommandable !

Elle avait l'air de vouloir déceler les sentiments de Kenzô à propos de Shimada. Kenzô, au contraire, répugnait à lui en parler. Il ne répondit rien et ferma les yeux.

Elle prit le plateau avec les restes du dîner, et dit avant de s'éloigner :

— Avant de partir, le visiteur a dit en laissant sa carte qu'il reviendrait quand tu serais remis.

Malgré lui, Kenzô rouvrit les yeux.

— Bien sûr qu'il reviendra. Puisqu'il est chargé d'une commission par Shimada, tu penses qu'il reviendra !

— Mais s'il vient, tu le recevras ?

A vrai dire, Kenzô ne désirait pas le voir. A plus forte raison, sa femme ne souhaitait pas que son mari rencontrât cet individu.

— Je pense que tu ne devrais pas le recevoir.

— Si, si, ça m'est égal. Il ne me fait pas peur.

Elle se dit qu'elle reconnaissait bien là son mari. De son côté, Kenzô, bien que la chose lui fût désagréable, jugeait qu'il n'y avait rien d'autre à faire.

12

Au bout de quelques jours, Kenzô était complètement rétabli. Il se remit à étudier avec ardeur, sa plume courait sur le papier ; il lui arrivait aussi de rester les bras croisés à réfléchir. Cela durait depuis un certain temps, lorsqu'un jour, le visiteur qui était venu une fois pour rien se présenta à nouveau à sa porte.

Kenzô prit la carte que sa femme lui tendait et se souvint d'avoir déjà vu cette carte et ce nom : Yoshida Tochikichi. A voix basse, sa femme lui demanda :

— Vas-tu le recevoir ?

— Fais-le passer au salon.

Elle hésitait, semblant vouloir refuser. Mais, voyant l'expression de son mari, elle sortit du bureau sans rien dire.

Yoshida était un homme très corpulent, d'une belle prestance ; il devait avoir dans les quarante ans. Il était vêtu d'un *haori* rayé et portait, attaché à sa ceinture de crêpe de coton blanc, très en vogue jusqu'à cette époque, une montre dont la chaîne étincelait. Rien qu'à sa façon de parler, on reconnaissait le marchand aisé. Il ne donnait pourtant pas non plus l'impression d'un honnête commerçant. Il faisait des efforts pour bien s'exprimer mais ne réussissait qu'à être guindé et légèrement vulgaire. Au lieu de dire « en effet », il disait « pour sûr », ou encore « vous êtes dans le vrai », pour « vous avez raison », d'un air de parfait contentement.

Pour Kenzô, le moment était venu de s'enquérir des origines de son visiteur. Mais ce dernier, qui était disert, devançant toute question, se mit à esquisser à grands traits ses antécédents.

Il venait de Takasaki. Il allait et venait dans les casernes, et son travail consistait à assumer l'approvisionnement en fourrage.

— De là, j'ai eu de plus en plus de rapports avec les officiers et je suis plus particulièrement entré dans les bonnes grâces de M. Shibano.

En entendant le nom de Shibano, Kenzô se souvint brusquement. C'était le nom du militaire que la belle-fille de Shimada avait épousé.

— C'est comme cela que vous avez fait la connaissance de Shimada ?

Ils parlèrent ensuite quelque temps de l'officier Shibano. Yoshida lui raconta que Shibano n'était plus à Takasaki ; il avait été envoyé plus loin dans l'ouest, il y avait déjà longtemps. Il était grand buveur de saké, et ses ressources n'étaient pas très élevées. Tout cela était nouveau pour Kenzô, mais ne réussissait pas à l'intéresser beaucoup. Comme il n'avait aucun préjugé défavorable, il se contentait d'écouter avec indifférence. Mais quand le visiteur entra dans le vif du sujet et commença à parler de Shimada, Kenzô eut tout de suite une impression désagréable.

D'une traite, Yoshida exposa les menaces de chantage du vieillard.

— Il est trop bon, voyez-vous, il se laisse abuser par tout le monde. Et tout en sachant qu'il n'a aucune chance de récupérer son argent, il agit immodérément, fait n'importe quoi pour en trouver et en donner.

— Croyez-vous vraiment qu'il ait si bon cœur ? N'est-il pas plutôt trop cupide ?

Même à supposer que le vieillard fût dans la misère, comme le prétendait Yoshida, Kenzô ne pouvait interpréter autrement les faits.

D'ailleurs, était-il dans la misère ? Cela lui paraissait bizarre. Même Yoshida qui parlait en son nom ne prenait pas sur ce point sa défense avec beaucoup de conviction.

— Après tout, vous avez peut-être raison.

Et il se mit à rire pour faire diversion.

Pourtant, tout de suite après, il revint à la charge en demandant s'il ne serait pas possible que Kenzô verse une somme même modique tous les mois.

Kenzô, qui était naïf, ne put s'empêcher d'exposer à cet inconnu sa situation financière.

Il lui expliqua dans le détail la répartition de son budget : il avait cent vingt ou cent trente yens de traitement mensuel et s'efforça de faire comprendre à son interlocuteur que quand il avait tout payé, il ne lui restait rien. Yoshida écoutait avec attention les explications de Kenzô et ponctuait de temps en temps d'un de ses « pour sûr » ou « vous êtes dans le vrai ». Mais Kenzô aurait été incapable de dire dans quelle mesure il croyait ce qu'il lui disait.

Il donnait l'impression de vouloir à tout prix se montrer conciliant. Il ne donnait aucun signe d'énervement, ne laissait rien paraître qui pût ressembler de près ou de loin à une menace précise.

13

Quand Kenzô eut compris que Yoshida en avait fini avec le motif de sa visite, il lui donna à entendre qu'il attendait son départ. Ce dernier ne fit plus aucune allusion à l'argent, mais continua à parler de choses et d'autres sans manifester la moindre intention de partir. Et il remit tout naturellement le sujet de la conversation sur le problème de Shimada.

— Voyons, que penseriez-vous de ceci : depuis quelque temps, le vieillard ne fait que se plaindre qu'il est de plus en plus seul. Ne pourriez-vous consentir à reprendre vos relations comme par le passé ?

Kenzô ne savait que répondre. Il fixait en silence le nécessaire à fumer qui était placé entre eux. Le souvenir du vieillard qui portait péniblement un parapluie de satin de laine et avait posé sur lui un regard si étrange lui apparut très distinctement.

Il était impossible à Kenzô d'oublier que ce vieillard s'était occupé de lui autrefois. En même temps, il ne pouvait réprimer l'aversion qu'il éprouvait à son égard. Partagé entre ces deux sentiments, il resta muet

— Tel que vous me voyez, je suis venu exprès pour intercéder en sa faveur ; alors, je vous en prie, laissez-vous faire au moins sur le dernier point.

Yoshida se mettait à être poli.

Kenzô avait beau essayer de se convaincre, il lui paraissait insupportable de renouer des relations, mais, par ailleurs, il ne pouvait s'empêcher de penser qu'il était inconvenant de refuser. A contrecœur, il opta pour une attitude polie.

— Eh bien, c'est entendu. Faites-lui part de mon accord. Mais dites-lui bien qu'il n'est pas question de reprendre les mêmes relations qu'autrefois. Qu'il n'y ait aucun malentendu. Dites-lui aussi qu'il me sera très difficile d'aller le voir et de lui apporter un soutien quelconque, étant donné ma situation actuelle.

— Dois-je comprendre que vous acceptez seulement l'idée qu'il ait ses entrées chez vous ?

L'expression « avoir ses entrées » fut dure pour Kenzô. Ne pouvant répondre ni oui ni non, il garda le silence.

— Non, non, c'est très bien ainsi. La situation n'est plus du tout la même qu'autrefois.

Yoshida avait l'air de quelqu'un qui a accompli sa besogne. Il remit dans sa ceinture son porte-cigarettes et partit sans plus attendre.

Après l'avoir reconduit, Kenzô alla dans son bureau. Comme il voulait en finir rapidement avec ce qu'il avait à faire, il s'installa tout de suite devant sa table, mais quelque chose l'empêchait d'avoir l'esprit libre, et son travail n'avança pas comme il aurait voulu.

Sa femme vint le voir. Elle l'appela à deux reprises, mais Kenzô ne se retourna pas. Elle disparut sans ajouter un mot, et Kenzô se remit au travail. Il continua jusqu'au soir sans avancer beaucoup.

Quand il descendit enfin à table pour le dîner, plus tard que d'habitude, il échangea, pour la première fois depuis le départ de Yoshida, quelques paroles avec sa femme.

— Qui est-ce, ce Yoshida qui est venu tout à l'heure ? demanda-t-elle.

— Il paraît qu'il était quelque chose comme fournisseur de l'armée à Takasaki, répondit Kenzô.

Cette réponse était insuffisante. Elle voulait en avoir le cœur net et obtenir de son mari des éclaircissements sur les rapports entre Yoshida et Shibano, et de ce dernier avec Shimada.

— Je me doute bien qu'il voulait demander de l'argent.

— Oui, c'est à peu près ça.

— Et que vas-tu faire ? J'espère bien que tu as refusé !

— Oui, j'ai refusé. D'ailleurs, je ne peux que refuser.

Chacun de son côté se mit à penser à la situation financière du ménage. C'était avec peine que Kenzô rapportait tous les mois l'argent nécessaire aux besoins du ménage, c'était avec autant de peine que sa femme faisait en sorte de joindre les deux bouts.

14

Kenzô voulut se lever. Mais elle avait encore une chose à lui demander.

— Et il est parti comme ça, sans insister ?

— Qu'est-ce que tu voulais qu'il fasse d'autre, puisque j'ai refusé ? On n'allait tout de même pas se disputer !

— Mais il va revenir. C'est pour ça qu'il est parti sans faire d'histoires.

— Et même s'il revient, qu'est-ce que ça peut me faire ?

— Moi, ça ne me plaît pas. C'est désagréable.

Kenzô devina qu'elle avait écouté toute la conversation dans la pièce voisine.

— Tu as tout écouté, non

Elle ne dit ni oui ni non.

— Bon, alors, ça suffit.

Il se leva et voulut se diriger vers son bureau. Autoritaire, il était persuadé qu'il n'avait rien de plus à expliquer à sa femme. De son côté, elle était femme à reconnaître ce droit à son époux.

Mais justement, si apparemment elle respectait le droit de son mari, elle n'en était que plus mécontente dans son for intérieur. L'attitude arrogante qu'il prenait parfois ne lui était certes pas agréable. Dans le fond de son cœur, elle ne cessait de se demander pourquoi il n'était pas plus ouvert avec elle. En même temps, elle ne tenait aucun compte du fait que ni ses dons naturels, ni son habileté n'étaient suffisants pour amener son mari à s'ouvrir à elle.

— Tu avais l'air d'être d'accord pour entretenir des rapports avec Shimada.

— En effet.

Le ton de Kenzô montrait qu'il se demandait ce que cela pouvait bien lui faire. Son caractère voulait qu'elle éprouvât brusquement de la répugnance quand son mari arborait une telle attitude, et elle n'essayait pas de faire un pas en avant. Elle avait l'habitude de se taire dans ce genre de situation. Son air maussade agissait sur le caractère de son mari et avait pour effet de le rendre de plus en plus arrogant.

— C'est quelque chose qui ne touche ni toi, ni ta famille. Qu'est-ce que ça peut te faire que je décide seul ?

— Tu peux bien n'en faire qu'à ta tête. Même si je te demandais de penser un peu à moi aussi, tu n'es pas du genre à t'en soucier…

Pour lui qui avait fait des études, les paroles de sa femme lui semblaient totalement hors de propos, et cette manière de parler inconsidérément n'était pour lui qu'une preuve de sa bêtise.

Il se dit : « Ça y est, ça commence. »

Cependant, elle revint sur la question et dit quelque chose qui força son attention.

— Ce n'est pas gentil pour ton père de te mettre à avoir des relations avec cet homme.

— Mon père ? Tu parles de mon père ?

— Mais bien sûr, de ton père.

— Tu sais bien qu'il est mort depuis longtemps.

— Mais il paraît qu'avant sa mort, il a dit qu'il ne fallait avoir aucun contact avec Shimada, avec qui lui-même avait rompu toute relation.

Kenzô se rappelait très bien la soirée où son père avait eu une querelle avec Shimada et s'était fâché avec lui. Mais il n'avait gardé aucune trace d'affection pour son père. De plus, il ne se rappelait pas avoir reçu de si grandes recommandations au sujet de ses relations avec Shimada.

— De qui tiens-tu cette histoire? Ce n'est pourtant pas moi qui t'en ai parlé.

— En effet, ce n'est pas toi. C'est ton frère aîné.

La réponse de sa femme ne l'étonna pas. Mais ni la volonté de son père ni les paroles de son frère n'avaient d'influence décisive sur lui.

— Mon père, c'est mon père – mon frère, c'est mon frère. Moi, c'est moi. On ne peut rien y changer. De mon point de vue, il n'y a rien qui m'oblige à refuser le contact.

C'est après avoir énoncé cette affirmation que Kenzô comprit à quel point il lui serait pénible de rétablir des rapports avec Shimada. Sa femme ne se rendait nullement compte de ce sentiment caché. Elle pensait seulement qu'une fois de plus son mari faisait preuve d'entêtement et prenait plaisir à agir à l'encontre de tous.

15

Autrefois, cet homme l'avait pris par la main. Il lui avait fait confectionner des vêtements. A cette époque, on n'était aucunement familiarisé avec les vêtements occidentaux et le tailleur ne s'était pas préoccupé de ce qui pouvait convenir à un enfant.

Au bas de la veste, on voyait deux boutons alignés, mais elle ne fermait pas sur la poitrine. Le drap foncé moucheté de blanc était très raide au toucher. Le pantalon rayé était marron clair et aurait plutôt convenu à un palefrenier. Pourtant, c'est avec un air de fierté qu'il se promenait vêtu de la sorte en tenant la main de l'homme.

Son chapeau aussi était pour lui une nouveauté. On aurait dit un fond de casserole plat. Il l'enfonçait bien sur son crâne rasé, et cela lui causait un plaisir intense. Il se rappelait qu'un jour, la main dans la main comme d'habitude, ils étaient allés voir des tours de prestidigitation, et l'illusionniste s'était justement servi de son chapeau. On avait vu tout à coup apparaître un doigt à travers le chapeau. Etonné et inquiet à la fois, Kenzô avait contemplé son précieux chapeau de feutre noir et quand on le lui avait rendu, il l'avait longuement caressé.

Le vieillard lui avait aussi acheté des poissons rouges à longue queue, des séries d'estampes coloriées représentant des guerriers et des images autant qu'il en avait voulu. Il avait même une cotte de mailles à sa taille, des plaques de cuirasse lacées avec des cordonnets rouges et un casque orné d'une tête de dragon. Tous les jours, il revêtait cette armure et agitait le bâton de commandement qu'il avait fabriqué avec du papier d'argent.

Il possédait aussi un vrai petit poignard. Le rivet de la poignée était recouvert de métal ciselé dont le dessus représentait une souris en train de tirer un poivron rouge. La souris était en argent et le poivron en corail. Il tenait à ce trésor comme à la prunelle de ses yeux. Il lui arrivait souvent d'avoir envie de dégainer pour essayer de s'en servir. Mais il n'y arrivait jamais. Cette parure des temps féodaux était encore quelque chose que le petit Kenzô devait à la bienveillance du vieillard.

Il l'emmenait souvent en bateau. Le patron du bateau, les hanches et les reins protégés par un manteau de paille, tendait ses filets d'une main sûre.

Des muges, des mulets venaient à la surface de l'eau et leur frétillement faisait danser dans les yeux de l'enfant une lumière argentée. Parfois, le pêcheur ramait pendant une ou deux lieues vers le large et il lui était même arrivé de prendre des dorades. Dans ces moments, de hautes vagues faisaient balancer le bateau et cela donnait tout de suite mal au cœur à Kenzô. Ce qui l'excitait le plus, c'est quand un tétrodon était pris dans le filet. Il lui tapait sur le ventre avec une baguette en bois comme il aurait joué d'un tambour, et cela l'amusait de voir le poisson en colère gonfler le ventre.

Après la visite de Yoshida, tous ses souvenirs d'enfance avaient brusquement resurgi dans la mémoire de Kenzô. Bien que fragmentaires, ils brillaient d'un vif éclat, et dans chacun d'eux, le vieillard était présent sans qu'il soit possible de l'en effacer. Plus il rassemblait les fragments, plus il s'apercevait qu'ils étaient inépuisables, et dans chacun d'eux, il découvrait comme gravée, la silhouette de l'homme sans chapeau. Cette découverte le fit souffrir.

« Puisque ces souvenirs ont tant d'acuité, pourquoi ne puis-je donc pas me rappeler les sentiments que j'éprouvais alors ? »

C'était pour Kenzô une grave question. En effet, il ne se rappelait aucunement quels sentiments il avait nourris à cette époque pour celui qui s'occupait de lui avec tant de soin.

« Comme il n'est pas possible d'oublier ce genre de choses, cela signifierait-il que, dès le départ, je manquais de gratitude à son égard ? »

Kenzô envisagea cette possibilité et alla même jusqu'à pencher en faveur de cette hypothèse.

Il ne raconta rien à sa femme des souvenirs d'enfance qui l'avaient assailli. Il ne lui vint pas à l'esprit que, s'il lui en avait parlé, l'hostilité qu'elle éprouvait à son égard s'en serait sans doute trouvée atténuée.

16

Enfin, l'événement auquel il s'attendait se produisit.

Un après-midi, Yoshida se montra à sa porte accompagné de Shimada. Kenzô ne savait comment s'adresser à cet homme du passé ni quel accueil lui faire. L'impulsion naturelle lui faisait défaut pour décider ce genre de choses sans réflexion. En saluant cet homme qu'il n'avait pas vu depuis vingt ans, il ne ressentait aucune nostalgie et répondit à son salut d'une manière proche de la froideur.

Shimada avait la réputation d'être arrogant. Le frère et la sœur aînés de Kenzô le détestaient pour cette raison. A vrai dire, Kenzô lui-même appréhendait cela intérieurement. En même temps, sa position était telle qu'il était certain que les paroles d'un individu comme Shimada ne sauraient atteindre son amour-propre.

Cependant, Shimada se montra plus poli qu'il ne l'avait pensé. Il donnait l'impression de s'adresser à Kenzô comme à quelqu'un qu'il aurait vu pour la première fois et semblait surveiller ses expressions et son ton. Kenzô se souvint qu'autrefois, cet homme l'avait appelé

« petit ». Il se rappelait aussi que, même après l'interruption de leurs relations, quand il le rencontrait, il continuait à l'appeler Kenbô [1], et cela lui déplaisait fortement.

— S'il continue à me parler sur ce ton, ça ira, pensa-t-il.

Kenzô s'efforça donc de faire bonne figure aux deux visiteurs. De leur côté, ils semblaient vouloir terminer la visite en bons termes et rien ne fut dit qui pût déplaire à Kenzô. On ne parla pas trop non plus du passé, ce qui pourtant aurait semblé naturel. C'est pourquoi la conversation tomba vite.

Kenzô se rappela soudain ce qui s'était passé un matin de pluie.

— Je vous ai croisé à deux reprises, il y a quelque temps. Il vous arrive souvent de passer par là ?

— C'est-à-dire que la fille aînée de Takahashi s'est mariée et habite maintenant pas très loin de là.

Pour Kenzô, le nom de Takahashi n'évoquait rien.

— Ah bon ?

— Vous savez bien, celui qui habite à Shiba...

La famille de la seconde femme de Shimada habitait à Shiba et Kenzô se rappelait vaguement avoir entendu dire dans son enfance que c'était une famille de bonzes ou de prêtres shintoïstes. Mais il n'avait rencontré que deux ou trois fois un garçon du même âge que lui qui s'appelait Yôzô, et il ne se souvenait pas d'avoir vu personne d'autre de la famille.

— C'est dans cette famille que la sœur cadette d'O-Fuji est entrée en se mariant, c'est bien cela ?

— Non, c'est la sœur aînée, pas la cadette.

— Ah bon ?

— Yôzô est mort, mais ses sœurs se sont toutes bien mariées et sont heureuses. Le fils héritier, vous devez le connaître, rappelez-vous, oui, il est parti à...

---

1. Diminutif affectueux de Kenzô.

Ce n'était en effet pas la première fois que Kenzô entendait ce nom. Mais c'était quelqu'un qui était sans doute mort depuis longtemps.

— Comme la situation était difficile pour une femme seule avec des enfants, elle m'a supplié de m'occuper d'elle. Et puis, on est en train de refaire un peu la maison en ce moment, et comme on a besoin de quelqu'un pour surveiller, je passe par ici presque tous les jours.

Malgré lui, Kenzô se souvint qu'il s'était fait acheter un manuel de calligraphie par cet homme, dans une librairie d'Ikenohata.

Celui-ci, qui n'avait jamais rien acheté sans marchander un ou deux yens, cette fois-là aussi s'était assis près du magasin en attendant de récupérer cinq *rin* [1] qu'il estimait lui revenir. Pour Kenzô qui se trouvait à côté, le livre de Tong K'i-chang [2] à la main, cette attitude était pénible, insupportable même. « Les charpentiers et les maçons placés sous sa surveillance doivent voir rouge ! » Tout en se disant cela, Kenzô regarda Shimada et laissa échapper un sourire. Mais ce dernier n'eut pas l'air de s'en apercevoir.

17

— Heureusement, il est parti en laissant son livre et, même s'il est mort, on peut se débrouiller tant bien que mal.

Shimada dit cela du ton de quelqu'un pour qui il était évident que n'importe qui devait savoir de quel livre il

1. Ancienne monnaie : le dixième du *sen*, le millième du yen.

2. Tong K'i-chang (1555-1636) : peintre, lettré et théoricien, représentatif de la Chine de la dynastie Ming.

s'agissait. Malheureusement, Kenzô ignorait le nom de cet ouvrage. Il supposa qu'il s'agissait d'un dictionnaire ou d'un manuel, mais il n'avait guère envie de lui poser des questions.

— Ce qui est bien avec les livres, c'est qu'une fois qu'on en a fait un, il continue toujours à se vendre.

Kenzô ne répondit rien. Légèrement embarrassé, Yoshida hocha la tête et dit qu'en effet, rien ne valait un livre pour faire des bénéfices.

— Après l'enterrement de Yôzô, il ne restait que des femmes, et, pour être franc, c'est moi qui ai négocié avec le libraire. Et nous sommes convenus qu'il verserait une certaine somme tous les ans.

— Eh bien dites donc, bravo ! c'est vrai que ça coûte cher, mais à y bien regarder, c'est d'un bien meilleur rendement. Par la suite, quelqu'un qui est sans instruction ne fait pas le poids ! Celui qui a fait des études est toujours gagnant !

Leur conversation laissait Kenzô indifférent. De plus, elle prenait un tour bizarre qui faisait qu'il ne pouvait pas répondre sur le même ton. Mal à l'aise, il se contentait de comparer leurs visages et regardait de temps en temps en direction du jardin.

Ce jardin, mal entretenu, n'avait rien pour charmer le regard. Il y avait un pin dont on pouvait se demander quand il avait été vert et dont les aiguilles noirâtres foisonnaient près de la haie. Tout le reste ne méritait pas le nom d'arbre. Le jardin n'étant jamais ratissé, du gravier se mêlait à la terre de façon inégale.

— Vous n'avez pas, vous aussi, envie de faire un bon profit ?

Yoshida s'était brusquement tourné vers Kenzô qui ne put s'empêcher de rire.

— Je voudrais bien !

C'est tout ce qu'il trouva à répondre en désirant clore l'entretien.

— Rien de plus facile pour quelqu'un qui a voyagé en Europe !

C'est le vieillard qui lança cette phrase, comme si c'était lui qui avait payé les frais d'études de Kenzô pour qu'il puisse aller à l'étranger. En tout cas, c'est ainsi que Kenzô l'entendit et il montra un visage contrarié. Mais le vieillard eut l'air de ne rien remarquer. Finalement, Yoshida remit son étui à cigarettes dans sa ceinture.

— Bon, si nous prenions congé pour aujourd'hui ?

Se rendant à ses instances, le vieillard se décida enfin à partir.

Kenzô reconduisit les deux visiteurs puis retourna quelques instants dans le salon. Il s'assit sur un coussin et, les bras croisés, se mit à réfléchir. « Qu'est-ce qu'ils sont venus faire ? Ils auraient cherché seulement à m'ennuyer qu'ils n'auraient pas fait autrement. Je me demande si ça les amuse ! »

Devant lui était toujours posé le cadeau que Shimada avait apporté. Kenzô regardait d'un air vague la boîte de gâteaux bon marché.

Sa femme avait commencé à ranger les tasses, le nécessaire à fumer. A la fin, elle se planta devant Kenzô, toujours assis en silence.

— Tu as l'intention de rester assis ici longtemps ?

— Non, non.

Il se mit debout tout de suite.

— Est-ce que ces gens vont revenir ?

— Sans doute.

Il ne dit que ces mots et s'enferma dans son bureau.

Pendant un moment, il entendit le bruit du balai dans le salon. Puis ce fut la voix des enfants qui se disputaient les gâteaux. Enfin, tout redevint calme. Vers le soir, la pluie se remit à tomber.

Kenzô se rappela soudain les caoutchoucs qu'il n'avait pas encore achetés, bien qu'il eût voulu le faire depuis longtemps.

18

La pluie ne cessa pas pendant les jours qui suivirent. Puis un soleil éclatant se mit à briller dans le ciel d'un bleu vif.

Sa femme, qui avait passé des jours maussades à coudre, sortit sur la véranda et contempla le bleu du ciel. Puis elle ouvrit soudain le tiroir d'une commode.

Quand elle vint voir ce que faisait son mari, elle s'était changée. Il regardait d'un air vague le jardin négligé, le menton dans la main.

— A quoi penses-tu ?

Il se retourna à moitié et vit que sa femme était habillée pour sortir. L'espace d'un instant, il lui découvrit un charme nouveau.

— Tu sors ?

— Oui.

La réponse de sa femme lui sembla vraiment trop laconique. Il se sentit seul à nouveau et retrouva sa tristesse habituelle.

— Et les petites ?

— Je les emmène, sinon, elles vont encore te déranger.

Kenzô passa seul et tranquille cet après-midi de dimanche.

Quand elle rentra, il avait fini de dîner et s'était retiré à nouveau dans son bureau. On avait allumé les lampes depuis déjà une ou deux heures.

— Bonsoir.

Cette façon peu aimable de rentrer sans une excuse pour l'heure tardive déplut à Kenzô. Il lui fit un signe de tête imperceptible mais ne lui adressa pas la parole. Cette attitude jeta à son tour une ombre dans le cœur de sa femme qui se dirigea directement vers la salle de séjour.

Pendant quelque temps, ils n'eurent plus l'occasion de se parler. Leur entente n'était pas harmonieuse au point qu'ils se racontent sur-le-champ ce qu'ils avaient fait. De toute façon, ils échangeaient trop de banalités pour pouvoir exprimer une intimité quelconque.

C'est deux ou trois jours plus tard qu'elle se mit à parler à table de la sortie qu'elle avait faite.

— Quand je suis allée chez mes parents l'autre jour, j'ai rencontré l'oncle de Moji. Moi qui le croyais encore à Formose, j'étais très étonnée de le voir déjà de retour.

L'oncle de Moji était un personnage dont ils jugeaient tous les deux qu'il fallait se méfier. Kenzô était encore en province quand, un beau jour, il arriva par le train et insista auprès de Kenzô pour qu'il lui prête une somme dont il avait soudain un besoin urgent.

Kenzô alla donc retirer à la banque le peu d'argent qu'il avait de côté, et peu après, il reçut par la poste une reconnaissance de dette en bonne et due forme. En recevant ce papier, Kenzô pensa même que cet homme était trop scrupuleux car il y était même fait allusion aux intérêts. Mais en fait, il ne revit jamais son argent.

— Qu'est-ce qu'il devient ?

— Je n'en ai pas la moindre idée. Mais il m'a dit qu'il avait l'intention de monter une affaire et qu'il viendrait à la maison parce qu'il voulait avoir ton avis.

Kenzô n'avait pas besoin d'en savoir davantage. Quand cet oncle lui avait emprunté de l'argent la dernière fois, c'était aussi pour monter une affaire, et Kenzô n'avait pas un instant mis en doute son histoire. Le père de sa femme non plus. L'oncle avait habilement gagné celui-ci à ses vues et avait réussi à le faire venir à Moji. Il lui avait montré sans vergogne un bâtiment en construction en lui disant que c'était à lui. Mais c'était en réalité à quelqu'un qu'il ne connaissait ni d'Eve ni d'Adam. Il avait ainsi réussi à se faire prêter plusieurs milliers de yens.

Kenzô n'avait pas envie d'entendre parler de lui davantage. Sa femme non plus ne semblait pas vouloir continuer à en parler. Pourtant, contrairement à leur habitude, la conversation ne s'arrêta pas là.

— Il faisait tellement beau ce jour-là que je suis passée aussi chez ton frère.

— Ah bon ?

La maison des parents de sa femme était dans le quartier de Koishikawa, à Daimachi. Et comme le frère aîné de Kenzô habitait à Yakuôji, près d'Ichigaya, cette visite ne représentait pas un grand détour.

19

— Ton frère a été très étonné quand je lui ai parlé de la visite de Shimada. Il dit que tu ne lui dois plus rien et que tu n'as pas à t'occuper de lui.

Kenzô lut sur le visage de sa femme un blâme indirect.

— C'est seulement pour t'entendre dire ça que tu es allée exprès à Yakuôji ?

— Naturellement, tu te moques de moi, comme d'habitude. Pourquoi interprètes-tu toujours de travers ce que je fais ? Non, simplement, je me suis dit qu'il y avait très longtemps que je ne l'avais pas vu et que ce n'était pas très gentil…

Effectivement, Kenzô était bien obligé de reconnaître qu'il n'allait pour ainsi dire jamais voir son frère, et il ne pouvait tenir rigueur à sa femme de le faire à sa place.

— Tu sais, il s'inquiète pour toi. Il dit qu'avec des gens comme ça, on ne sait jamais dans quel embarras on peut se mettre.

— Quel genre d'embarras, par exemple ?

— On ne peut pas savoir tant que ce n'est pas arrivé ! Naturellement, ton frère non plus n'en a pu la moindre idée, mais en tout cas, ce qui est sûr, c'est que rien de bon ne peut arriver.

Kenzô non plus ne pensait pas que quelque chose de bon puisse arriver.

— Mais ce serait contraire aux convenances.

— Puisqu'on a coupé les ponts en lui donnant de l'argent, je ne vois pas en quoi ce serait contraire aux convenances de ne plus le voir !

Il y avait déjà longtemps, le père de Kenzô avait en effet remis directement à Shimada une certaine somme. Mais c'était à titre de pension alimentaire. C'était au printemps de l'année où Kenzô avait eu vingt-deux ans.

— Par-dessus le marché, au moment où ton père lui a donné cet argent, il avait dû te reprendre depuis au moins quatorze ou quinze ans.

Kenzô ne savait pas lui-même exactement à partir de quel âge et pendant combien d'années il avait été élevé par Shimada.

— Il paraît que c'était entre trois et sept ans. C'est ton frère qui me l'a dit.

— C'est bien possible.

Kenzô reporta sa pensée sur son passé qui s'était évanoui comme un rêve. Des images très précises se pressaient dans sa mémoire comme s'il les regardait à la loupe. Mais aucune de ces images ne se rapportait à une date précise.

— Il paraît que c'est écrit en toutes lettres dans les registres, il n'y a donc pas à s'y tromper.

Kenzô n'avait jamais vu de papier concernant sa radiation des registres de sa famille.

— Bien sûr, en revenant sous le toit paternel à huit ans, le temps de me faire enregistrer de nouveau dans ma famille d'origine, cela a dû nécessiter des contacts. Et puis on ne peut pas dire que tout lien ait été rompu.

Sa femme serra les mâchoires. Sans qu'il sût pourquoi, Kenzô se sentit seul.

— Ça ne m'amuse pas non plus, tu sais.

— Eh bien, tu n'as qu'à refuser. Vraiment, ce n'est pas réjouissant que tu te remettes à avoir des relations avec un individu comme lui. Je me demande vraiment ce qu'il a derrière la tête, ce Shimada.

— Moi, je n'y comprends rien. Je ne pense pas que ça l'amuse, lui non plus !

— Ton frère pense que c'est finalement pour de l'argent, et il dit qu'il faut se méfier.

— Si c'est pour l'argent, j'ai dit non dès le départ, alors...

— Peut-être, mais on ne sait jamais ce qui peut lui passer par la tête.

Certainement, elle avait eu des doutes dès le début. Et Kenzô, dont la raison, jusqu'à présent, l'avait emporté et avait fait taire en lui ce genre d'inquiétude, ressentit à nouveau un léger malaise.

20

Son travail s'en ressentit quelque peu. Mais il avait tant à faire qu'il en oublia son inquiétude et l'enfouit quelque part. Avant que Shimada ne se montre à nouveau à sa porte, le mois touchait déjà à sa fin.

Sa femme apparut portant un livre de comptes qu'elle remplissait au crayon, d'une mauvaise écriture.

Pour Kenzô, qui s'en remettait totalement à sa femme et lui donnait tout ce qu'il gagnait, c'était une surprise. Jamais elle ne lui avait montré en fin de mois le montant des dépenses transcrit d'une manière si détaillée.

« Elle doit bien se débrouiller », pensait-il toujours. Et quand lui-même avait besoin d'argent, il lui en demandait sans se gêner. Il lui arrivait de dépenser beaucoup pour les livres qu'il achetait tous les mois. Pourtant, sa femme faisait comme si de rien n'était. Lui qui n'y entendait rien en matière d'argent se mettait même à douter de l'aptitude de sa femme à gérer le budget.

— Il faut absolument que tu me montres les dépenses tous les mois.

Elle prenait un air fâché, car elle était sûre qu'il n'y avait pas femme plus économe qu'elle.

— Bien, disait-elle seulement.

Elle n'ajoutait rien. Mais à la fin du mois, le livre de comptes n'arrivait pas entre les mains de Kenzô. Quand il était de bonne humeur, il ne disait rien. Mais dans le cas contraire, il lui arrivait de s'obstiner jusqu'à ce qu'elle le lui montre. Comme c'était très confus, il ne comprenait rien et il avait beau écouter ses explications, cela ne l'avançait guère. Il ne comprenait toujours pas combien elle avait dépensé en un mois pour le poisson, quelle quantité de riz ils avaient consommé, et, bien sûr, si c'était trop cher ou bon marché.

Cette fois encore, il se contenta de prendre le livre de comptes des mains de sa femme et d'y jeter un coup d'œil rapide.

— Est-ce que tu as quelque chose à me demander ?

— Il faut que tu fasses quelque chose…

Elle lui donna des explications détaillées sur leur train de vie.

— C'est drôle tout de même. Comment as-tu fait pour tenir comme ça jusqu'à ce jour ?

— Pour être franche, il ne reste jamais rien à la fin du mois.

Kenzô ne pouvait pas non plus imaginer qu'il restât de l'argent. Il se rappelait qu'à la fin du mois dernier, il avait été invité par quelques vieux amis à aller quelque part, mais il avait dû refuser, pour la simple raison qu'il ne pouvait s'acquitter des deux yens de frais de participation.

— Il me semble pourtant qu'on devrait arriver à joindre les deux bouts.

— La question n'est pas d'arriver ou non, il n'y a rien d'autre à faire avec un revenu pareil ! dit-elle ironiquement.

Ensuite, l'air embarrassé, elle lui raconta à contrecœur comment elle avait mis en gage des kimonos et des obis à elle.

Autrefois, il avait souvent été le témoin des allées et venues de sa sœur ou de son frère, emportant ou rapportant dans des *furoshiki* [1] leurs kimonos du dimanche. Ils faisaient très attention de ne pas être remarqués, ce qui leur donnait des airs de malfaiteurs. Cela avait gravé dans son cœur d'enfant une impression de tristesse indicible. Ce souvenir lui était particulièrement pénible à présent.

— En gage ? Mais tu y es allée toi-même ?

Lui qui n'avait jamais franchi la porte d'un usurier, qui savait sa femme encore plus dépourvue que lui d'expérience de la pauvreté, pensa qu'il lui était impossible d'aller elle-même dans ce genre d'endroit.

— Non, j'ai demandé à quelqu'un.

— A qui ?

— A la grand-mère de Yamano. Elle connaît un prêteur sur gages qui vient souvent chez elle et qui y laisse son livre de comptes.

Kenzô ne voulut pas en savoir davantage. Non seulement il ne lui avait jamais fait faire un seul beau kimono, mais elle était obligée, pour joindre les deux bouts, d'engager des kimonos qu'elle avait apportés en se mariant. Il éprouva un sentiment de honte.

---

1. Pièce d'étoffe carrée, en coton ou en soie, qui sert à envelopper les objets.

21

Kenzô prit la décision de travailler davantage. Le résultat de ses efforts ne se fit pas longtemps attendre, et quelques billets de plus allèrent dans le porte-monnaie de sa femme.

Il sortit de la poche intérieure de son veston une enveloppe qu'il posa telle quelle sur les tatamis. Sa femme prit l'enveloppe en silence, la retourna et comprit tout de suite d'où venaient les billets.

Le déficit du budget fut comblé, sans qu'une parole fût échangée entre eux, comme à l'habitude. Elle ne manifesta aucune joie particulière. Elle se disait que si son mari lui avait remis cette enveloppe en ajoutant un mot gentil, elle aurait pu montrer un visage content.

De son côté, Kenzô pensait que si elle avait manifesté sa joie, il aurait pu lui dire un mot gentil. Et cet argent qui arrivait à point pour combler une lacune matérielle, au lieu d'avoir sur leurs rapports une influence positive, ne les améliora en rien. Il eut l'impression d'un échec.

Deux ou trois jours plus tard, pour essayer d'atténuer leur insatisfaction mutuelle, elle montra à Kenzô une pièce d'étoffe.

— J'ai pensé te faire un kimono. Qu'en dis-tu ?

Ses yeux brillaient de plaisir. Mais Kenzô prit cette attitude pour une tactique maladroite et il douta de sa sincérité. Il fit exprès de ne pas se montrer touché de son attention. Elle se leva comme si elle avait froid. Après son départ, à l'idée que c'était lui qui était à l'origine de ce frisson, il n'en fut que plus irrité.

Quand ils se parlèrent à nouveau, il lui dit :

— Je ne suis pas insensible comme tu le crois. Seulement, je me conduis vis-à-vis des autres sans montrer mes sentiments. C'est comme ça, je ne peux pas faire autrement.

— Personne n'agit par méchanceté !

— Pourtant, tu fais souvent preuve de méchanceté à mon égard !

Elle le regarda avec un air de ressentiment. Le raisonnement de Kenzô lui restait incompréhensible.

— Tu es vraiment bizarre depuis quelque temps. Pourquoi me regardes-tu avec des yeux si durs ?

Il ne se sentait pas suffisamment maître de lui pour prêter attention à ce qu'elle disait. Il souffrait jusqu'à la colère de ressentir un tel manque de cœur.

— Alors que personne ne te fait rien, tu te fais souffrir tout seul. On n'y peut rien !

Ils eurent chacun l'impression de ne pas pouvoir pénétrer à fond le cœur de l'autre, sans pour autant éprouver la nécessité de corriger leur attitude.

Les études qu'il avait faites permettaient à Kenzô de s'acquitter sans difficulté du travail supplémentaire qu'il s'était imposé. Il détestait seulement avoir à y consacrer du temps. Ce qui paraissait insupportable à ses yeux était de perdre une partie du temps qu'il appelait son temps libre. L'idée qu'il devait faire quelque chose de sa vie ne le quittait jamais.

Quand il rentrait chez lui après avoir fini ce travail supplémentaire, c'était toujours à la tombée de la nuit.

Un jour où, fatigué, il se dépêchait de rentrer, il avait à peine ouvert la porte que sa femme apparut du fond du couloir et lui lança :

— Il est encore venu !

Comme elle parlait toujours de Shimada sans le nommer, il n'eut pas de mal à deviner qui était venu en son absence.

Sans rien dire, il entra dans la salle de séjour et, aidé de sa femme, il retira ses vêtements à l'occidentale pour se mettre en kimono.

22

Il s'assit près du brasero et attendit le temps d'une cigarette que le dîner fût servi. Il interrogea sa femme sans attendre.

— Tu l'as fait entrer ?

La question était si soudaine qu'elle ne comprit pas tout de suite ce qu'il lui demandait. Surprise, elle regarda son mari et ne comprit le sens de la question que quand elle vit l'expression impatiente de son visage.

— L'homme en question ? Non, puisque tu n'étais pas là.

Elle avait l'air de vouloir se justifier de ne pas avoir fait entrer Shimada, comme si elle avait fait quelque chose qui dût déplaire à son mari.

— Tu ne l'as pas fait entrer ?

— Non, nous avons seulement parlé un peu dans l'entrée.

— Qu'est-ce qu'il a dit ?

— Il s'est excusé de ne pas t'avoir rendu visite plus tôt mais il était parti quelque temps en voyage.

Le mot « s'excuser » retentit à l'oreille de Kenzô comme un sarcasme.

— Il n'a pas une tête à voyager. Est-ce qu'il aurait eu quelque chose à faire en province ? Il ne t'a pas dit où il était allé ?

— Non. Il a seulement dit que sa fille lui avait demandé d'aller la voir. Je suppose qu'il s'agit d'O-Nui.

Kenzô se rappelait avoir rencontré, il y a longtemps, un homme du nom de Shibano qui avait épousé cette O-Nui. Il tenait aussi de Yoshida qu'il avait été envoyé en mission et il savait où : c'était dans une ville de la province de Chûgoku où il avait une division ou une brigade.

Comme Kenzô avait brusquement cessé de parler, elle attendit un peu avant de dire :

— C'est donc un militaire qu'elle a épousé ?
— Tu es très au courant, dis donc !
— C'est ton frère qui m'en a parlé un peu.
Kenzô évoqua l'image qu'il avait gardée de Shibano et de sa femme : lui était large d'épaules et noir de peau mais, quand on regardait bien ses traits, on était obligé de reconnaître qu'il appartenait au genre « bel homme ». Quant à sa femme, elle était élancée, avec un visage ovale et pâle. Elle avait surtout de beaux yeux en amande, bordés de cils très fournis. Au moment de leur mariage, Shibano n'était encore que lieutenant ou capitaine.
Kenzô se souvint aussi qu'il était allé les voir dans leur nouvelle demeure. Shibano revenait alors de Takasaki ; il paraissait encore mieux charpenté et il buvait à grands traits du saké froid dans un verre posé sur le bord de la table-brasero. O-Nui, montrant sa peau blanche, se coiffait devant son miroir. Quant à lui, il avait mangé consciencieusement les sushis qu'on lui avait apportés dans une assiette.
— Il faut croire que c'est une femme très belle…
— Pourquoi ?
— N'a-t-il pas été question qu'on te la donne en mariage ?
En effet, il en avait bien été question. Alors qu'il n'avait que quinze ou seize ans, il avait fait attendre un ami dans la rue, et il avait voulu passer quelques instants chez Shimada. O-Nui était à ce moment par hasard sur le petit pont qui enjambait le canal, et elle avait salué Kenzô qu'elle ne connaissait pas, en souriant légèrement.
Témoin de la scène, son ami, qui commençait à étudier l'allemand, s'était moqué de lui en lui lançant : « J'attends en passant par le pont de la Femme ! » Mais O-Nui n'avait qu'un an de plus que lui. De surcroît, Kenzô n'avait alors aucune conscience de la beauté ou de la laideur des femmes, et n'éprouvait ni amour ni aversion.

Par la suite, il avait ressenti un sentiment curieux qui ressemblait à de la fausse honte. et quand il se mit à s'intéresser aux femmes, quelque chose en lui le freinait dans son approche. Il se sentait repoussé par une force naturelle, comme une balle de mousse qui touche terre pour s'en éloigner aussitôt en rebondissant.

Le projet de mariage avec O-Nui, jugé irréalisable en raison de difficultés diverses, avait été abandonné.

23

— Pourquoi ne l'as-tu pas épousée ?

Kenzô leva les yeux, comme un homme brusquement tiré de son rêve.

— Ce n'était même pas la peine d'y songer ! Il n'y avait que Shimada pour avoir des idées pareilles. Et puis, j'étais encore un gamin !

— Ce n'est pas vraiment sa fille, n'est-ce pas ?

— Evidemment, puisque O-Nui est la fille née du premier mariage d'O-Fuji !

O-Fuji était la seconde femme de Shimada.

— Où en serais-tu maintenant, si tu l'avais épousée ?

— Comment veux-tu que je le sache ?

— Peut-être bien que tu serais plus heureux...

— C'est possible !

Kenzô commençait à s'irriter. Elle n'ajouta rien.

— Pourquoi me poses-tu de telles questions ? C'est stupide !

Elle sentit comme un blâme. Mais elle n'avait pas la force d'aller au-delà de ce sentiment.

— De toute façon, dès le départ, je ne t'ai jamais plu.

Kenzô jeta ses baguettes et passa la main dans ses cheveux. Il se frotta la tête et fit tomber ses pellicules.

Ils se séparèrent et chacun s'enferma dans une pièce. Les enfants vinrent dire bonne nuit à leur père, qui se remit à sa lecture.

Quant à elle, après avoir couché les enfants, elle reprit son ouvrage de couture abandonné dans la journée.

C'est le surlendemain qu'il fut à nouveau question entre eux d'O-Nui. Là encore, ce fut tout à fait par hasard.

Elle entra dans son bureau, une carte à la main. Après la lui avoir remise, elle ne s'en alla pas, contrairement à son habitude, et s'assit à côté de lui.

Comme il n'avait pas l'air de vouloir la lire et qu'il la gardait à la main, elle perdit patience et insista pour qu'il la lise.

— Tu as vu ? C'est une carte de Hida !

Kenzô leva les yeux de son livre.

— Il dit qu'il a quelque chose à te dire à propos de Shimada.

En effet, non seulement il écrivait qu'il voulait rencontrer Kenzô au sujet de Shimada, mais il précisait même le jour et l'heure. Il s'excusait aussi très poliment de lui forcer la main.

— Qu'est-ce qu'il peut bien y avoir ?

— Je n'y comprends rien. Ce n'est sûrement pas pour me consulter. De mon côté, je ne lui ai jamais demandé son avis sur quoi que ce soit.

— Ne crois-tu pas que c'est pour nous conseiller de ne pas avoir de rapports avec lui ? Même ton frère sera là, regarde, c'est écrit ici.

Elle avait raison. Quand il vit le nom de son frère, l'ombre d'O-Nui se profila immédiatement dans son souvenir.

En effet, si Shimada avait voulu unir les deux familles en mariant O-Nui à Kenzô, la mère de la jeune fille espérait de son côté marier sa fille au frère aîné de celui-ci.

— Si ta famille et la mienne ne s'unissent pas, je ne pourrai jamais me présenter chez toi !

A la réflexion, c'était il y a bien longtemps qu'O-Fuji avait parlé de la sorte à Kenzô.

— Mais l'homme qu'O-Nui a épousé était bien son fiancé de longue date, non ?

— Peut-être, mais je crois que si cela avait été nécessaire, elle était prête à rompre.

— Je me demande vraiment qui O-Nui aurait préféré épouser…

— Est-ce que je sais ?

— Et ton frère, alors ?

— Il n'en sait rien non plus.

Dans le souvenir que Kenzô gardait de son adolescence, aucun élément sentimental ne lui permettait de répondre à la question de sa femme.

24

Peu de temps après, Kenzô répondit par une carte pour donner son accord. Et le jour fixé pour le rendez-vous, il se rendit comme convenu à Tsunokamizaka.

Il était d'une ponctualité extrême et, s'il était d'un naturel simple, il était par ailleurs d'une sensibilité à fleur de peau.

Il s'arrêta à deux reprises pour regarder sa montre. En fait, dans sa situation actuelle, du lever au coucher, il était harcelé par le temps. Tout en marchant, il réfléchit à son travail qui n'avançait pas comme il l'aurait voulu. Quand il s'approchait d'un pas du but, le but visé s'éloignait également d'un pas.

Ses pensées allèrent à sa femme dont les crises de nerfs s'étaient calmées après une période terrible. Il n'en continuait pas moins à sentir le poids d'une ombre angoissante sur lui. Puis ses pensées allèrent à la famille de sa femme. Plusieurs éléments indiquaient que des contraintes financières pesaient sur ses beaux-parents. Cela le tourmentait d'une manière lancinante comme le balancement lent d'un bateau.

Il fallait aussi qu'il pense en même temps à sa sœur et à son frère, ainsi qu'à Shimada. Tout se dégradait et pendant que tout s'altérait, il lui fallait également songer à lui-même, qui leur était lié par le sang et le passé.

Lorsqu'il arriva chez sa sœur, il était déprimé, mais en même temps il ressentait une certaine excitation.

— C'est très aimable à toi d'avoir pris la peine de te déranger, dit Hida en l'accueillant.

Il n'était pas comme cela autrefois avec Kenzô. Mais le fait d'avoir gagné le respect du mari de sa sœur, au lieu de satisfaire l'amour-propre de Kenzô, était plutôt pour lui un ennui.

— J'étais vraiment trop occupé pour venir te voir. A vrai dire, j'étais de nuit hier soir et on m'avait demandé d'assumer le service aujourd'hui encore, mais j'ai invoqué notre rendez-vous comme excuse et j'ai pu me dégager. Je viens tout juste de rentrer.

A l'entendre, il était impossible d'accorder foi à la rumeur selon laquelle il entretenait une maîtresse dans le voisinage.

S'il avait fallu le qualifier en termes un peu désuets, mis à part une certaine habileté en arithmétique et en écriture, il n'avait pas particulièrement d'instruction ni de don.

Kenzô se demandait en quoi il pouvait être précieux à la compagnie qui l'employait.

— Et ma sœur ?

— O-Natsu a toujours son asthme.

Elle se tenait appuyée contre un coussin posé sur une boîte à couture et, comme l'avait dit Hida, sa respiration était sifflante.

Kenzô, qui avait jeté un coup d'œil dans la salle de séjour, remarqua ses cheveux défaits et elle lui parut pitoyable.

— Comment vas-tu ?

Elle ne pouvait même pas se redresser et elle regardait Kenzô, sa petite tête sur l'oreiller. L'effort qu'elle fit pour lui dire bonjour fit éclater la toux qui s'était légèrement calmée. Les quintes se succédaient et rien qu'à la voir, on se sentait découragé.

— Elle semble vraiment souffrir.

Kenzô murmura ces mots comme pour lui-même en fronçant les sourcils.

Une femme qu'il n'avait jamais vue, de quarante ans environ, frottait doucement le dos de sa sœur. A côté, une baguette enduite de sirop était posée sur un plateau. Elle salua Kenzô.

— C'est depuis avant-hier, n'est-ce pas ?

Sa sœur était donc affaiblie par trois ou quatre jours d'insomnie et de diète, mais, par une sorte d'élan vital, elle avait depuis longtemps l'habitude de se rétablir après chaque crise.

Kenzô ne l'ignorait pas. Pourtant, à entendre cette toux pénible et cette respiration difficile, plus que de la compassion envers la personne atteinte, il ressentait de l'angoisse pour lui-même.

— Cela te fait tousser d'essayer de parler. Repose-toi, je suis dans la pièce à côté.

Kenzô avait attendu que la crise s'apaise un moment pour prononcer ces mots, puis il retourna au salon.

25

Hida lisait tranquillement un livre.

— Toujours cet asthme ! C'est chronique ! dit Hida sans même s'enquérir de la santé de Kenzô.

A force de voir se répéter les mêmes crises à longueur d'année, l'aspect de sa femme qui s'affaiblissait graduellement ne semblait en rien apitoyer cet homme, ni le faire souffrir.

En trente ans de vie commune, pas une fois il n'avait adressé à sa femme un mot gentil.

Dès qu'il vit entrer Kenzô, il referma son livre et enleva ses lunettes à monture d'acier.

— Pendant que tu étais à côté, j'ai commencé à lire quelque chose, mais ce n'est pas d'un grand intérêt.

Il était difficile d'imaginer Hida en train de lire.

— Qu'est-ce que c'est ?

— Oh, ce n'est pas quelque chose qui puisse t'intéresser. C'est un vieux bouquin !

En riant, il prit le livre qu'il avait posé sur la table et le tendit à Kenzô qui fut un peu surpris car c'était un livre de chroniques. Il ne s'attendait pas à trouver un tel ouvrage entre les mains de son beau-frère.

Tout de même, alors que sa femme risquait d'étouffer à tout moment, c'était comme s'il n'était pas concerné : il pouvait lire le cœur tranquille ! Cela donnait une idée de son caractère...

— Que veux-tu, je suis de la vieille génération et j'aime ce genre d'histoires.

Il semblait considérer ces chroniques comme de simples histoires, sans toutefois confondre leur auteur, Yuasa Jôzan [1], avec un écrivain de second ordre.

— C'était vraiment un savant ! Ces récits sont presque aussi intéressants que ceux de Kyokutei Bakin [2], dont j'ai *La Légende des huit chiens du clan Satomi.*

En effet, sur une étagère en bois de paulownia s'empilait dans un ordre impeccable l'édition sur papier japonais de l'œuvre en question.

---

1. Yuasa Jôzan (1701-1781) : confucianiste.

2. Kyokutei Bakin (de son vrai nom, Takizawa Bakin, 1767-1848) : romancier dont l'œuvre la plus célèbre est *La Légende des huit chiens du clan Satomi.*

— Est-ce que tu as le plan et l'histoire des sites célèbres d'Edo ?

— Non.

— Voilà un livre intéressant ! Je l'aime beaucoup. Si tu veux, je te le prêterai. On peut reconnaître sans difficulté le Nihonbashi d'autrefois ou Sakurada.

Sur une autre étagère placée dans le *tokonoma* [1], il prit deux vieux livres à la couverture jaune clair de papier de Minô, et il se mit à épeler les noms d'endroits célèbres d'Edo du ton d'un homme qui ne les connaît pas.

Kenzô se souvint avec nostalgie de l'époque où, enfant, il avait pu dénicher ce livre dans la resserre pour le dévorer page après page sans manquer une illustration. Quel plaisir cela avait été pour lui !

Il se rappelait avec une exaltation particulière les illustrations de la boutique Echigo ou le mont Fuji qui lui servaient de points de repère.

« En admettant que je veuille me servir des livres comme d'un remède, moi qui lis maintenant des ouvrages sans rapport direct avec mes recherches, il m'est impossible de retrouver la tranquillité de jadis », pensa Kenzô. Lui qui se sentait continuellement agité éprouvait à la fois du dégoût et de la pitié pour celui qui pouvait se comporter ainsi.

Comme son frère ne se montrait pas à l'heure convenue, Hida n'en finissait pas de parler de livres pour tuer le temps. On avait l'impression qu'il croyait qu'il n'ennuyait jamais Kenzô en parlant de lecture. Malheureusement, il était ignorant au point de confondre les chroniques historiques de Jôzan avec de simples histoires. Pourtant, il avait toutes les revues illustrées concernant les coutumes d'autrefois.

---

1. Espace légèrement surélevé par rapport aux tatamis, que l'on décore d'une peinture sur rouleau adaptée à la saison ou aux circonstances, d'un vase ou d'un objet d'art.

Quand il eut épuisé le sujet des livres, il se mit à parler d'autre chose.

— Chô devrait arriver maintenant, je lui ai fait tellement de recommandations qu'il lui est impossible d'oublier de venir. Et puis, aujourd'hui, il est de service ; il faut qu'il rentre au plus tard avant onze heures. Je me demande si je ne vais pas envoyer quelqu'un à sa rencontre.

A ce moment, dans la pièce voisine retentit la toux de sa sœur qui, la gorge en feu, avait une nouvelle crise.

26

Enfin, on entendit la porte d'entrée coulisser et le bruit de socques qu'on enlève.

— Ce n'est pas trop tôt, dit Hida.

Mais les pas se dirigèrent vers la salle de séjour.

— Ça ne va pas ? Je suis contrarié, je n'en savais rien. Depuis quand es-tu comme ça ?

De la pièce voisine leur parvenaient des bribes de phrases qui étaient tantôt des exclamations, tantôt des questions. Comme l'avait dit Hida, c'était bien la voix du frère aîné de Kenzô.

— Chô, nous t'attendons depuis longtemps.

D'un naturel impatient, Hida l'appela tout de suite du salon. Peu lui importait l'asthme de sa femme. Cette attitude révélait bien son caractère. Ce n'était pas sans raison que tout le monde le traitait d'égoïste. Il donnait véritablement l'impression de ne tenir compte que de lui-même.

— J'arrive.

Mais, sans doute vexé, il ne vint pas tout de suite.

— Tu devrais prendre au moins un peu de bouillon de riz. Non, tu ne veux pas ? Mais si tu ne manges rien, tu seras de plus en plus faible.

Sa respiration difficile l'empêchait de répondre et c'est la femme qui lui soutenait le dos qui faisait les réponses un peu au hasard.

Son frère, qui venait dans cette maison plus souvent que Kenzô, semblait connaître cette femme. C'est peut-être à cause de cela que leur conversation ne se déroulait pas aisément.

Hida s'irritait. De la même façon qu'on se lave la figure le matin, il se frotta à plusieurs reprises le visage et, se tournant vers Kenzô, lui dit à voix basse :

— Elle est toujours comme ça; je suis bien ennuyé. Elle ne fait que parler. Si je pouvais faire autrement, je me passerais bien de prendre quelqu'un...

Visiblement, ses reproches s'adressaient à la femme que Kenzô ne connaissait pas.

— Qui est-ce ?

— C'est O-Sui, l'aide-coiffeuse. Autrefois, quand tu venais jouer à la maison, elle était souvent là.

— Ah ?

Kenzô ne se souvenait absolument pas d'avoir vu cette femme chez Hida.

— Non, je ne la connais pas.

— Comment, tu ne la connais pas ? C'est impossible, voyons; c'est une femme vraiment gentille, très droite, seulement voilà, elle a une maladie : le bavardage !

Kenzô, qui n'était pas très au courant de la situation, pensait que Hida lui présentait les choses d'une manière qui l'arrangeait et il ne ressentit rien.

Elle se remit à tousser. Même Hida se tut jusqu'à ce que la crise s'apaise.

— On dirait que c'est pire que tout à l'heure.

Kenzô, inquiet, voulut se lever pour aller voir, mais Hida le retint.

— Ne t'inquiète pas, ça va, je te dis. C'est chronique, il n'y a rien à faire. Evidemment, les gens qui n'ont pas l'habitude sont impressionnés. Mais ça va, maintenant, j'ai tellement l'habitude, à force ! Pour être franc, si ça me faisait quelque chose, je n'aurais jamais pu continuer à vivre sous le même toit jusqu'à ce jour.

Kenzô ne put rien répondre mais, intérieurement, il fit la comparaison avec sa propre souffrance devant les crises de nerfs de sa femme.

La toux se calma et Chô fit enfin son apparition dans le salon.

— Excusez-moi, je devais venir plus tôt, mais malheureusement, j'ai reçu une visite.

— Te voilà enfin ! C'est qu'on t'attendait, tu sais ! Vraiment, j'ai même pensé t'envoyer chercher.

La position de Hida lui permettait de s'adresser avec une grande familiarité au frère aîné de Kenzô.

27

Ils entrèrent immédiatement dans le vif du sujet.

Hida parla le premier.

Même pour une affaire de moindre importance, il avait l'habitude de prendre un air grave. Et plus il se donnait cet air, plus il se sentait important. Derrière son dos, tout le monde se moquait de lui en disant : « Avec Hida, c'est simple, il n'y a qu'à faire semblant de lui donner raison. »

— Alors, Chô, que penses-tu de tout ça ?

On entendit un murmure en guise de réponse.

— De toute façon, c'est tellement insensé que je me demande même si ça vaut la peine d'en parler à Kenchan [1].

— Mais oui, bien sûr, je crois tout à fait inutile de revenir là-dessus.

1. Diminutif affectueux de Kenzô.

— C'est bien pour ça que je m'y suis opposé énergiquement. Revenir là-dessus maintenant serait comme aller au temple pour demander qu'on rende la vie à l'enfant qu'on a tué soi-même. Je lui ai dit de renoncer. Seulement voilà, rien à faire, il reste assis, le vieux, et il ne bouge pas d'un pouce. Mais s'il s'introduit comme ça chez moi, c'est tout bonnement parce qu'il y a eu une affaire d'argent autrefois. Seulement, ce qui est fini est fini. Et puis, il ne prêtait pas pour rien. C'est de l'histoire ancienne tout ça !

— Entre nous, je ne le vois pas non plus prêtant pour rien !

— Penses-tu, il se vante que nos relations sont celles qu'on trouve entre les membres d'une même famille ; mais quand il s'agit d'argent, il est plus âpre qu'un étranger !

— C'est ce que tu aurais dû lui dire quand il est venu.

La conversation du beau-frère et du frère ne revenait pas à son point de départ. On aurait dit que Hida avait même oublié la présence de Kenzô. Impatienté, celui-ci se décida enfin à ouvrir la bouche.

— Mais enfin, qu'est-ce qui s'est passé ? Shimada est venu ici à l'improviste, si je comprends bien ?

— Oh, excuse-moi, non seulement je te fais venir, mais en plus je ne parle qu'à ma guise. Chô, tu es d'accord pour que je raconte en gros l'histoire à Kenzô ?

— Naturellement.

L'histoire était plus simple qu'il ne l'avait imaginée. Un jour, Shimada s'était présenté chez Hida. Il était vieux maintenant et, n'ayant personne sur qui compter, il se sentait isolé, il avait demandé à Hida d'intervenir auprès de Kenzô pour qu'il accepte de reprendre son ancien nom, à savoir celui de Shimada (du temps où ce dernier l'avait adopté). Hida avait été tellement surpris de la soudaineté de cette démarche qu'il avait refusé. Mais, comme l'autre refusait de s'en aller, il avait accepté de transmettre la demande à Kenzô. Ce n'était que cela.

— C'est un peu bizarre !

Kenzô avait beau réfléchir, il ne pouvait que trouver cette démarche étrange.

— C'est vraiment incompréhensible.

Son frère était de son avis.

— Bien sûr que c'est bizarre, mais après tout, c'est un homme qui a passé la soixantaine, et il est à moitié gâteux !

— Gâteux à force de cupidité, oui !

Hida et son frère se mirent à rire, mais Kenzô ne se sentait pas le cœur à les imiter. Il était abasourdi par l'étrangeté de la requête. Plus il essayait de raisonner, plus cette démarche lui paraissait incompréhensible.

Il se rappela la conversation qu'il avait eue avec Yoshida quand celui-ci était venu chez lui. Il se remémora ensuite ce qui s'était passé quand Yoshida était venu avec Shimada. Enfin, il se souvint des mots prononcés par Shimada quand ce dernier était venu en son absence, sous le prétexte qu'il rentrait de voyage. Mais rien dans ses souvenirs ne lui apportait une indication qui puisse expliquer la requête de Shimada.

— J'ai beau réfléchir, je ne comprends pas.

Il se répéta les paroles de Shimada.

Enfin, il se ressaisit et dit :

— Cela ne mérite même pas qu'on en discute. Il n'y a qu'à lui dire qu'il n'en est pas question, un point c'est tout.

28

Aux yeux de Kenzô, la demande de Shimada était absolument irrecevable. Par conséquent, la question était simple à régler. Il n'y avait qu'à refuser sans ambages.

Comme pour se défendre, Hida dit :

— Tu comprends, si je ne t'en avais pas parlé, je me serais senti fautif.

Il ne serait pas tranquille tant qu'il n'aurait pas donné à la réunion toute la gravité nécessaire. Et ce qu'il disait était parfois différent de ce qu'il venait de déclarer l'instant d'avant.

— Et puis enfin, vous savez à qui nous avons affaire. Si la situation se gâte, on ne sait pas de quoi il est capable, il s'agit donc de rester sur ses gardes.

— Qu'est-ce que ça peut nous faire puisqu'il a perdu la tête ? dit le frère de Kenzô, à moitié pour plaisanter.

Réprouvant l'inconséquence de celui-ci, Hida n'en devint que plus sérieux.

— Mais non, c'est justement parce qu'il est gâteux que je m'inquiète. Tu penses bien que si j'avais eu en face de moi un homme normal, j'aurais refusé sur-le-champ.

La conversation était émaillée de digressions de ce genre, mais on revint en fin de compte au point de départ : Hida, en tant que représentant de Kenzô, avait opposé un refus à la requête de Shimada. Comme c'était une conclusion à laquelle ils s'attendaient tous les trois, écouter les raisons énumérées par Hida était aux yeux de Kenzô une perte de temps. Il se devait pourtant de remercier Hida.

— Mais non, je t'en prie, tu n'as pas à me remercier.

Le contentement se lisait sur son visage. A le voir, on avait peine à imaginer que c'était un homme pris par son travail au point de ne pouvoir rentrer chez lui.

Il se mit à croquer l'un après l'autre des biscuits salés qui se trouvaient devant lui et il se versa à plusieurs reprises du thé dans une grande tasse.

— Décidément, tu as toujours bon appétit. Je parie que tu es encore capable d'avaler deux plats d'anguilles grillées avec du riz.

— Ah non ! à cinquante ans, ce n'est plus ça ! Quand je pense que devant Kenchan, il m'est arrivé de manger cinq bols de pâtes avec de la friture par-dessus !

A cette époque, Hida était vraiment un gros mangeur. C'était l'une de ses fiertés. Comme il voulait qu'on lui fasse des compliments sur son ventre , il tapait dessus sans arrêt dès qu'il en avait l'occasion. Kenzô se souvint que, quand il l'emmenait au spectacle, ils s'arrêtaient souvent dans un petit restaurant pour y manger debout sushis ou tempuras. Il lui montrait aussi comment jouer au *shamisen* l'air de la danse Shika qu'ils venaient d'entendre, ou il lui apprenait des expressions du jargon des marchands.

— Vraiment, manger debout, il n'y a que ça de vrai. J'ai mangé un peu partout jusqu'à ce que j'arrive à cet âge. Kenchan, essaie une fois de manger un plat de nouilles à Karuizawa. Non, non, je ne plaisante pas. On descend du train et on mange pendant l'arrêt, sur le quai. On voit tout de suite qu'on est dans le pays, c'est vraiment un plaisir !

Il prétendait qu'il partait en pèlerinage et il en profitait pour s'amuser.

— Tu sais, Chô, à côté du temple Zenkôji, il y a une enseigne qui indique qu'on peut apprendre les diverses manières de tirer au sort et les comptines. J'ai été très étonné.

— Tu n'es pas entré ?

— Tu veux rire ! C'est que ce n'est pas gratuit !

En les écoutant bavarder ainsi, Kenzô se sentait reporté en arrière. En même temps, cela l'obligeait à prendre conscience des raisons pour lesquelles il s'était éloigné d'eux et à faire le point. Hida ne se rendait compte de rien.

— Au fait, Kenchan, tu es déjà allé à Kyôto, n'est-ce pas ? Est-ce que tu sais qu'il y a là-bas un oiseau qui chante quand on lui fait boire du bouillon ?

La sœur de Kenzô qui jusque-là n'avait pas fait de bruit se remit à tousser violemment. Hida cessa enfin de parler et, l'air douloureux, il joignit les mains puis se frotta le visage plusieurs fois.

Kenzô et son frère se levèrent pour aller voir ce qui se passait à côté. Ils restèrent assis au chevet de leur sœur jusqu'à ce que la toux se calme, puis ils prirent congé et s'en allèrent chacun de leur côté.

29

Kenzô ne parvenait pas à oublier qu'il avait derrière lui, si proche, un tel univers. Cet univers appartenait à un lointain passé. Pourtant, il possédait la propriété de se transformer brusquement en présent.

Les cheveux taillés en brosse de Hida, qui ressemblait à un bonze, tantôt apparaissaient, tantôt disparaissaient. La silhouette de sa sœur, qui avait le menton fuyant comme un chat et qui respirait avec difficulté, lui apparut ; et, tirant sur le noir, le visage allongé de son frère aussi se montrait puis disparaissait.

Kenzô avait fait partie de leur monde autrefois, mais mû par une force irrésistible, il s'en était échappé. Après sa fuite, il n'était pas retourné à Tôkyô pendant longtemps.

De retour parmi eux maintenant, il respirait l'odeur du passé. Ce qu'il éprouvait était en partie de la nostalgie, mais c'était un sentiment mêlé de répugnance.

Il dirigea ses souvenirs dans une direction qui n'avait rien à voir avec leur monde. Des jeunes gens passaient devant lui, les yeux brillants. Il écoutait leurs rires. Ces rires clairs résonnaient dans le cœur angoissé de Kenzô comme le son d'une cloche pleine de promesses.

Un jour, l'un d'eux lui avait proposé de faire une promenade près d'Ikenohata, et au retour pris un chemin qui menait de l'avenue Hirôkôji à une ruelle. Quand ils étaient arrivés devant le *kenban* [1] nouvellement construit, Kenzô, comme s'il se rappelait brusquement quelque chose, avait regardé son compagnon. Dans sa mémoire s'agitait le souvenir d'une femme avec laquelle il n'avait aucun lien.

Du temps où elle était geisha, elle avait tué un homme. Après vingt années de jours sombres, elle était

---

1. Bureau de contrôle de geishas.

sortie de prison et avait finalement pu reprendre une vie normale.

— Comme cela a dû être dur !

Kenzô pensa que, pour une femme dont toute la vie était d'user de sa beauté, c'était faire l'expérience d'une détresse insupportable.

Mais ses paroles n'avaient pas de prise sur son compagnon qui ne voyait devant lui que des printemps innombrables. Le jeune homme devait avoir vingt-trois ou vingt-quatre ans ; Kenzô avait été surpris du décalage qu'il avait découvert entre eux.

« Moi aussi, je suis comme cette geisha », se dit-il. Dès sa jeunesse, il avait eu des cheveux blancs, et, était-ce une illusion, il lui semblait distinguer clairement des traces blanches un peu partout. Pendant qu'il se répétait qu'il n'en était pas encore là, dix ans avaient passé sans qu'il s'en rendît compte.

— Ne crois pas que je parle d'un étranger. Pour dire la vérité, moi aussi, ma jeunesse, je l'ai passée en prison…

Le jeune homme montra un visage surpris.

— Comment ça, en prison ?

— A l'école d'abord. Ensuite dans les bibliothèques. A y bien réfléchir, l'une comme l'autre sont des prisons, tu sais…

Le jeune homme ne répondit pas.

— Seulement, si je n'avais pas vécu longtemps en prison, je ne serais pas maintenant tel que je suis, alors…

Kenzô disait cela, moitié pour se défendre, moitié par mépris de lui-même.

Lui qui était devenu ce qu'il était grâce à la « vie de prison » voulait à tout prix construire son moi futur sur son moi présent. C'était cela qu'il voulait. Il était certain de ne pas faire fausse route. Mais, non seulement sa progression dans cette direction était retardée comme par la malice des choses, mais, en plus, il avait l'impression que cela ne le conduisait nulle part.

— Mourir en n'ayant fait qu'étudier n'a rien de plaisant…

— Je ne trouve pas.

En fin de compte, le jeune homme ne comprit pas ce qu'il voulait dire. Il reprit sa marche en se demandant comment sa femme le voyait et quelle comparaison elle faisait entre son mari et l'homme qu'elle avait épousé. Elle aussi avait vieilli après chaque maternité. Il lui arrivait de perdre ses cheveux au point que cela devenait visible. Elle en était à présent à sa troisième grossesse.

30

Quand il arriva chez lui, sa femme dormait dans la pièce de six tatamis, la tête posée sur le bras. En voyant la boîte à couture, le mètre et des morceaux d'étoffe rouge, il pensa que cela recommençait. Elle dormait beaucoup. Il lui arrivait même de se lever plus tard que Kenzô. Les jours n'étaient pas rares où elle se recouchait après lui avoir dit au revoir. Et quand elle n'avait pas son compte de sommeil, elle prétendait qu'elle n'avait pas les idées claires. Il arrivait à Kenzô de croire ce qu'elle disait comme il lui arrivait de ne pas en croire un mot. Il avait un penchant pour cette deuxième attitude lorsqu'elle s'endormait après une dispute…

— Elle se couche par dépit !

Au lieu d'observer avec attention quelle réaction provoquaient ses remarques chez sa femme hystérique, il interprétait ses attitudes à son égard comme dirigées contre lui et il lui arrivait souvent de murmurer des paroles amères.

— Pourquoi est-ce que tu ne te couches pas plus tôt le soir ?

Elle aimait veiller tard. A chaque fois, elle répondait invariablement qu'elle n'arrivait pas à s'endormir si elle se couchait tôt. Et elle faisait de la couture jusqu'à ce qu'elle ressente l'envie de dormir.

Kenzô détestait cette attitude. En même temps, il craignait ses crises. Il lui arrivait aussi de s'interroger sur le fait qu'il se trompait peut-être dans son interprétation de l'attitude de sa femme.

Debout, il contempla quelques instants sa femme endormie. Le visage plutôt pâle reposait sur le bras. Il resta ainsi un moment, sans même l'appeler.

Il détourna brusquement les yeux. A côté d'un bras blanc découvert, il remarqua un paquet de feuilles éparses. Ce n'étaient ni des lettres, ni des choses imprimées récemment. Les feuilles étaient jaunies et non seulement elles donnaient l'impression d'être assez anciennes, mais elles étaient reliées d'une manière impeccable. Quelques-uns de ces feuillets devaient se trouver sous la tête de sa femme, car ses cheveux lui en cachaient une partie. Il n'avait nullement l'intention de les prendre et il reporta ses yeux sur le front pâle de sa femme. Ses joues étaient creuses et sa peau flétrie.

— Comme tu as maigri !

Une parente qui ne l'avait pas vue depuis longtemps avait été surprise en lui rendant visite. Kenzô avait alors eu le sentiment, sans pouvoir s'expliquer pourquoi, que c'était à lui que revenait la responsabilité de ce changement.

Il entra dans son bureau.

Une demi-heure environ s'était écoulée quand il entendit le bruit de la porte d'entrée. C'étaient les enfants qui rentraient. Le dialogue avec la servante parvenait distinctement aux oreilles de Kenzô. Bientôt, les enfants surgirent en courant. Il entendit la voix de sa femme qui les grondait en leur disant de faire moins de bruit. Quelques instants après, elle arriva dans le bureau de Kenzô, la liasse de feuilles qu'il avait remarquée tout à l'heure à la main.

— Tu sais, ton frère est venu tout à l'heure.
Kenzô posa son stylographe et la regarda.
— Il est parti ?
— Oui. J'ai essayé de le retenir en lui disant que tu étais seulement allé faire un tour et que tu allais rentrer d'un instant à l'autre, mais il n'avait pas le temps.
— Ah bon ?
— Il paraît qu'il y avait à Yanaka l'enterrement d'un ami, et s'il ne se pressait pas, il n'arriverait pas à temps. Il n'est donc pas resté. Mais s'il a le temps au retour, il passera et il m'a demandé de te dire de l'attendre si tu rentrais.
— Qu'est-ce qu'il peut bien me vouloir ?
— Il paraît que c'est encore à « son » sujet.
Ainsi donc, son frère était venu pour lui parler de Shimada.

31

Elle posa devant lui le paquet de feuilles.
— Ton frère m'a dit de te remettre ça.
Kenzô fronça les sourcils.
— Qu'est-ce que c'est que ça ?
— Il paraît que ce sont des papiers à « son » sujet. Il a dit qu'il les avait gardés dans un tiroir en pensant que cela te serait utile de les lire un jour.
— Il avait des papiers de ce genre ? Voilà qui m'étonne.
Kenzô, le paquet de feuilles à la main, contemplait d'un air vague le papier jaune, et sans savoir pourquoi il retourna le paquet dans les deux sens. Il avait environ deux à trois centimètres d'épaisseur et, sans doute parce qu'il avait été tenu enfermé longtemps à l'humidité, les feuilles étaient rongées par endroits. Kenzô le remarqua

immédiatement. Il suivit du doigt les traces irrégulières des trous. Mais il n'éprouvait pas l'envie de s'assurer du contenu.

— Si je l'ouvre, qu'est-ce que je vais trouver ?

Cette simple phrase révélait clairement ses sentiments.

— Il paraît que c'est ton père qui a rassemblé soigneusement ces papiers en pensant qu'ils pourraient servir un jour.

— Ah bon ?

Kenzô n'attachait pas une grande considération au discernement et au jugement de son père.

— C'était bien de lui de garder tout et n'importe quoi !

— Mais c'était par affection pour toi ! Il paraît qu'il a remis le paquet à ton frère en lui disant que cela pourrait t'être utile si un jour il prenait l'envie à Shimada de te demander quelque chose, ce à quoi l'on pouvait s'attendre, vu le personnage.

— C'est bien possible, mais moi, je n'en ai jamais entendu parler.

Le père de Kenzô était mort d'une attaque. Kenzô avait quitté Tôkyô bien avant, alors que son père était encore en bonne santé. Il n'avait même pas assisté à ses derniers moments. Il était donc compréhensible qu'il n'ait jamais vu les papiers et que ceux-ci fussent restés pendant longtemps en possession de son frère.

Finalement, il se mit à défaire les nœuds et commença à lire les feuilles une par une. Apparurent, dans l'ordre, un papier qui prouvait un échange, un reçu du mois de janvier de la 21e année de Meiji [1], un livre de comptes en papier pelure ordinaire. A la fin du livre de comptes, il y avait un sceau noir apposé au bas d'une phrase écrite de la main de Shimada disant qu'on ne lui devait plus rien à dater de ce jour.

---

1. L'année 1888.

— Ainsi mon père lui versait trois ou quatre yens par mois !

— A cet homme ?

Elle regardait le carnet à l'envers.

— Combien est-ce que ça peut bien faire en tout ? Mais il y a certainement autre chose qu'on lui a donné pendant un certain temps. Comme il s'agit de mon père, on peut être sûr qu'il a gardé les reçus. Ils doivent être quelque part.

Les factures apparurent pêle-mêle. Kenzô n'y comprenait rien. Il en prit finalement un paquet assez épais et se mit à l'examiner.

— Mes certificats de l'école primaire !

Le nom de l'école n'était pas toujours le même. Sur le plus ancien, on trouvait le sceau difficilement déchiffrable de l'école primaire du cinquième arrondissement de la première circonscription.

— Qu'est-ce que c'est que ça ?

— J'ai complètement oublié !

— Ça doit être très ancien, alors ?

Au milieu des certificats, il découvrit deux ou trois mentions ornées d'un dragon. La qualité du papier était gravée dans un cercle.

— J'ai reçu des livres de prix aussi.

Il se souvint des jours où il rentrait en sautant de joie, avec sous le bras un livre de morale élémentaire ou un précis de géographie.

Il lui revint aussi à l'esprit le tigre blanc et le dragon bleu qui lui apparaissaient en rêve la veille du jour de la distribution des prix. Contrairement à l'habitude, ce lointain passé semblait à Kenzô infiniment proche.

32

Les vieux certificats de fin d'études éveillaient davantage encore la curiosité de la femme de Kenzô. Elle prit les feuillets que son mari avait posés et se mit à les regarder un à un.

— C'est vraiment drôle, cinquième ou sixième année de l'école primaire ! C'était vraiment ça ?

— Il faut croire.

Kenzô se mit à regarder les feuilles qui restaient. Il eut surtout beaucoup de peine à lire ce qui avait été écrit de la main de son père.

— Regarde un peu, ça ne donne vraiment pas envie de lire : les endroits déjà illisibles sont en plus entourés de rouge et soulignés partout.

C'étaient des brouillons de négociations avec Shimada. Il les passa à sa femme.

Elle n'était pas femme pour rien : elle les lut avec attention.

— On dirait que ton père s'est vraiment occupé de Shimada quand il était enfant.

— C'est ce qu'on m'a raconté aussi.

— Regarde ce qui est écrit ici : « Je soussigné … atteste prendre en charge pendant cinq ans l'enfant Heikichi… »

On avait l'impression d'écouter la lecture d'une plainte déposée auprès d'un gouverneur civil par un marchand. Le ton et le style désuet impressionnaient Kenzô, qui avait presque l'illusion de se trouver en face de son père.

Il se souvint aussi en quels termes polis son père lui avait raconté les parties de chasse au faucon du shôgun Tokugawa. Mais sa femme, qui pourtant avait l'air passionnée par sa lecture, semblait ne se préoccuper nullement du style dans lequel les papiers étaient rédigés.

— C'est selon cet accord que tu as été adopté, n'est-ce pas ? C'est écrit là.

Kenzô se sentit plein de pitié pour lui-même.

Indifférente, sa femme continuait sa lecture.

— « L'enfant Kenzô, adopté à l'âge de trois ans par Shimada Heikichi et son épouse Tsune, suite au désaccord survenu dans le couple, le divorce ayant été prononcé, a été repris par sa famille à l'âge de huit ans. Son père s'est chargé de son éducation pendant quatorze années... » Après, tout est gribouillé à l'encre rouge, je n'arrive pas à lire.

Elle rapprochait la feuille de ses yeux, puis l'éloignait, essayant en tous sens. Kenzô attendait en silence, les bras croisés.

Elle se mit à rire.

— Qu'est-ce qui te fait rire ?

— Regarde plutôt !

Sans rien dire, elle tendit le paquet de feuilles à son mari. Et, de son index, elle désigna un endroit écrit à l'encre rouge. On aurait dit des notes explicatives détaillées.

— Lis un peu ici.

Les sourcils froncés, il lut avec difficulté une ligne.

— « ... employé à la mairie, accusé par son épouse d'adultère avec la veuve Tôyama Fuji. » Ça n'a aucun intérêt !

— Mais c'est vrai, ce qui est écrit ?

— Certainement.

— C'est donc ce qui s'est passé quand tu avais huit ans ? Et c'est après que tu es rentré dans ta propre famille.

— Mais il ne m'a pas laissé retrouver ma place, sur mon acte de naissance d'origine.

— Qui ? Lui ?

Elle reprit les papiers. Sa curiosité était éveillée ; elle pensait découvrir des choses qu'elle ignorait, et elle lisait en laissant de côté ce qui était vraiment indéchiffrable.

A la fin du document, non seulement on pouvait lire que Shimada n'avait pas inscrit Kenzô sur son registre original quand sa famille l'avait repris, mais qu'il s'était servi illégalement de son sceau de tuteur pour emprunter de l'argent. Il y avait aussi le reçu de ce qui avait été versé à Shimada comme pension alimentaire au moment de la rupture.

Cet argent devait être versé en échange de l'acte de séparation d'avec Kenzô. Les termes du versement de la pension, tous les trente du mois, s'étalaient sur des pages et des pages.

— Les phrases sont incompréhensibles.

— Il y a en bas le sceau de Hida Torayasu comme représentant de la famille, au titre de parent. C'est sans doute lui qui a signé la plupart du temps.

Kenzô ne put s'empêcher de rapprocher l'air entendu à propos de toute chose qu'il avait remarqué sur le visage de Hida l'autre jour et le texte de l'acte qu'il avait sous les yeux.

33

Finalement, le frère de Kenzô ne vint pas après l'enterrement auquel il avait dû assister.

— Il est trop tard, il sera rentré directement.

Cela arrangeait Kenzô, car le travail auquel il avait passé toute sa soirée la veille, sans succès d'ailleurs, demandait encore beaucoup de réflexion, et c'était pour lui une torture que de voir son temps pris par les autres.

Il rassembla les papiers que son frère avait apportés et les attacha à l'aide du cordon d'origine, mais, quand il voulut faire le nœud, le cordon cassa.

— Il était usé.

— Mais non !

— Mais si, enfin, voyons, le papier lui-même est moisi.

— Tu as peut-être raison. Après tout, ces papiers ont été relégués dans des tiroirs et personne ne les avait jamais regardés jusqu'ici. Mais je me demande vraiment pourquoi mon frère les a gardés, lui qui avait l'habitude de vendre n'importe quoi quand il était dans la gêne.

Sa femme le regarda et éclata de rire.

— Mais c'est que c'est invendable, voyons ! Tu penses, du papier mangé aux vers !

— Oui, mais je veux dire que je m'étonne qu'il ne les ait pas jetés.

Elle prit dans un tiroir de la table-brasero un fil rouge et blanc, attacha les feuilles et tendit le paquet à son mari.

— Je n'ai pas de place dans mon bureau.

En effet, les livres envahissaient toute la pièce. Il y avait des boîtes remplies de brouillons et de cahiers. Le seul endroit où il restait un peu de place était le placard où l'on rangeait les matelas et les édredons.

La femme de Kenzô esquissa un sourire ambigu et se leva.

— Ton frère va sûrement revenir d'ici deux ou trois jours.

— A cause de ces paperasses ?

— Oui, et aussi parce qu'il a emprunté ton *hakama* [1] pour aller aux obsèques. Il s'est même changé ici. Il va certainement venir le rapporter.

Kenzô eut conscience de la situation de son frère qui était obligé de lui emprunter son *hakama* pour pouvoir assister à un enterrement.

Kenzô se souvenait même que quand il avait été diplômé de l'université, il s'était fait prendre en photo avec des amis au bord de l'étang d'Ueno et il portait ce

---

1. Sorte de pantalon de cérémonie à larges plis que l'on enfile pardessus le kimono.

jour-là un *haori* léger complètement usé que lui avait donné son frère.

L'un de ses amis s'était tourné vers lui et avait demandé lequel d'entre eux se ferait le premier conduire en fiacre. Kenzô n'avait pas répondu. Il avait simplement regardé avec tristesse son *haori*... Certes, il était en gaze de soie et portait les armes de la famille, mais c'était tout juste s'il n'était pas déchiré.

Quand il avait assisté au mariage d'un ami intime, il avait dû emprunter à son frère un *hakama* et un *haori* pour aller au banquet dans un restaurant de Hoshigaoke.

Il repassait dans sa tête tous ces souvenirs que sa femme ignorait. Il se sentit envahi par le sentiment qu'on appelle communément le contentement de soi. Cependant, au lieu de lui donner de l'assurance, cela l'attrista.

— Il doit bien posséder un *hakama*, tout de même !

— Il ne sait plus où il l'a mis.

— Comme c'est déplaisant !

— De toute façon, il y en a un à la maison. Ce n'est pas gênant de le lui prêter quand il en a besoin. Après tout, tu ne t'en sers pas tous les jours.

— En effet, ce n'est pas gênant, tant qu'il y en a un à la maison.

Elle se souvint à ce moment qu'elle avait fait porter dernièrement chez l'usurier des kimonos à elle, en cachette de son mari. Quant à lui, il était d'un naturel pessimiste et se disait qu'il lui arriverait peut-être un jour de se trouver dans la même situation que son frère.

Il avait connu la misère autrefois. Pourtant, il avait réussi à s'élever par ses propres forces. A présent, non seulement il menait une vie étriquée, mais il était considéré par son entourage comme un modèle d'énergie, et cela lui était infiniment pénible. Il se sentait d'autant plus amer que toute sa famille pensait que c'était lui qui avait le mieux réussi.

34

Le frère de Kenzô était un petit fonctionnaire. Il travaillait dans un bureau au centre de Tôkyô. Longtemps, le fait de se trouver, lui si misérable, dans un bâtiment imposant, lui avait fait l'effet d'une note discordante.

— Je ne suis plus bon à rien maintenant. En plus, il y a tout le temps des jeunes qui arrivent et qui sont utiles, eux !

Jour et nuit, des centaines d'employés travaillaient sans relâche à l'intérieur du bâtiment. Lui dont l'énergie s'était émoussée devait avoir dans ce bureau un rôle vague, comme une ombre sans forme.

— J'en ai assez !

Il n'aimait pas l'activité, et un sentiment de lassitude l'habitait toujours. Il n'était pas en bonne santé. Il avait vieilli avant l'âge. Il s'était desséché et, le visage terne, il allait au travail comme on va à la mort.

— Tu penses, je ne dors pas la nuit, ça joue beaucoup sur ma santé.

Il prenait souvent froid et toussait pour un rien. Une fois, la fièvre monta et il s'alarma, car il était persuadé que c'était le signe avant-coureur d'une pneumonie.

C'était un fait que son travail était éprouvant, même pour les jeunes employés encore pleins d'ardeur. Il était obligé de rester chaque soir au bureau et il lui arrivait de travailler toute la nuit.

Le lendemain matin, il rentrait chez lui abruti, vidé de toute pensée. Il lui arrivait de dormir comme une souche sans avoir le cœur à rien. Il en vint à perdre le sens de l'obligation de travailler pour lui et pour sa femme et ses enfants.

— Cette fois, je suis vraiment à bout. Tu ne pourrais pas en toucher un mot à quelqu'un ?

Chaque fois qu'il sentait venir l'époque d'une réorganisation ou d'un aménagement, il parlait ainsi à Kenzô.

Quand il n'était pas à Tôkyô, il lui écrivait pour lui demander de trouver quelqu'un à qui parler en sa faveur. Chaque fois, il mentionnait un nom et c'était toujours quelqu'un qui avait un poste important. Kenzô ne connaissait cette personne que de nom et il n'était pas suffisamment intime avec qui que ce soit pour pouvoir lui demander de favoriser son frère. Kenzô se tourmentait à longueur de journée dans ces moments-là.

Tout en subissant régulièrement ces périodes d'angoisse, il n'avait pas bougé de son poste ni progressé d'un pas. Il avait sept ans de plus que Kenzô. Il en était à la moitié de sa vie. Mais comme une machine qui ne souffre aucun changement, il ne voulait voir de réalité que dans l'usure progressive de ses forces.

— On devrait tout de même arriver à quelque chose en vingt-quatre ou vingt-cinq ans de ce genre de vie !

Il arrivait quelquefois à Kenzô de critiquer son frère de la sorte. Il le revoyait tel qu'il était autrefois, aimant le luxe et détestant l'étude. Il jouait du *shamisen*, apprenait le *koto*, s'amusait à lancer des boules de riz dans les marmites, faisait cuire de l'agar-agar et le mettait à refroidir dans des boîtes laquées ; bref, il passait son temps à manger et à s'amuser.

— Je ne dois m'en prendre qu'à moi-même.

C'est ce qu'il se plaisait à confier à qui voulait l'entendre, comme pour se racheter aux yeux d'autrui. Cela ne prouvait que sa paresse.

Après la mort de ses frères, il était naturel que ce fût lui qui reprenne la maison paternelle, mais il attendit la mort de son père et vendit immédiatement la maison et les dépendances. Il remboursa ses dettes et s'installa dans une petite maison. Il vendit tout ce qui ne trouvait pas sa place dans la nouvelle demeure.

Très vite, il se retrouva père de trois enfants. C'était sa fille aînée qu'il préférait. Un peu avant d'arriver en âge d'être mariée, elle devint tuberculeuse et il fit tout pour la sauver. Mais par un destin cruel, tous ses efforts restèrent vains. Après deux ans de souffrances, elle mourut. Dans la maison, tous les tiroirs étaient vides. Le *hakama* de cérémonie bien sûr, le *haori* avec le blason de la famille, tout avait disparu. Kenzô lui donna le complet qu'il avait porté pendant son séjour à l'étranger, et il le mettait tous les jours pour se rendre au ministère.

35

La femme de Kenzô ne s'était pas trompée : deux ou trois jours plus tard, son frère vint rendre le *hakama.*

— Excusez-moi d'avoir tant tardé. Je vous remercie.

Il sortit d'un *furoshiki* le *hakama* qu'on avait rendu le plus petit possible en pliant les deux extrémités et le posa devant sa belle-sœur. Lui qui se voulait dandy autrefois, et qui répugnait à s'encombrer d'un paquet, avait perdu sa superbe. Cependant, il était resté mince. Il prit de ses mains desséchées les extrémités du *furoshiki* défraîchi et le replia avec soin.

— C'est un beau *hakama.* Il est neuf ?

— Non, tant s'en faut ! Kenzô l'a depuis longtemps.

Elle se souvint de Kenzô qui, le jour de leur mariage, n'osait pas s'asseoir de peur de l'abîmer. Leur mariage avait été célébré loin, dans la plus grande simplicité, et le frère de Kenzô n'y avait pas assisté.

— Ah bon ? Maintenant que je me rappelle, il me semble l'avoir déjà vu quelque part. Vraiment, les choses étaient de bonne qualité autrefois. Il n'est pas du tout abîmé.

— Vous savez, il n'a pas beaucoup l'occasion de le porter. Je m'étonne même qu'il ait songé à s'acheter quelque chose de la sorte quand il était célibataire ; vraiment, je ne comprends pas !

— Il s'est peut-être dit qu'il en aurait besoin de toute façon pour son mariage !

Ils plaisantèrent sur la cérémonie qui avait été un peu bizarre. Son père, qui était venu exprès de Tôkyô pour l'accompagner, n'était même pas en costume de cérémonie, alors qu'elle-même était en kimono à longues manches flottantes. Il avait mis un vêtement de serge non doublé, sans *hakama*, et à la fin, il s'était même assis en tailleur !

Kenzô n'avait personne auprès de qui s'informer du déroulement d'un mariage dont il ignorait tout, hormis la vieille femme qui s'occupait de la maison et des repas. Et comme il avait d'abord été question de célébrer le mariage à Tôkyô après le retour de Kenzô, on s'était même passé de la présence de l'intermédiaire. Kenzô avait simplement voulu, par acquit de conscience, une note concernant la cérémonie que lui avait envoyée l'intermédiaire. Certes, le papier était très beau, l'écriture classique et de belle apparence, mais le contenu était pauvre. Il n'y avait que des références vagues aux *Chroniques d'Azuma* [1].

— Figurez-vous que nous n'avions ni bols à riz, ni tasses à thé assortis. Vous pensez, même le bord de la coupe à saké était ébréché !

— Et vous avez échangé vos coupes !

— Mais oui ! C'est peut-être pour ça que notre ménage marche cahin-caha !

Le frère de Kenzô se mit à rire.

— Ça ne doit pas être drôle tous les jours !

Elle rit mais ne répondit pas. Elle ne semblait pas vouloir prendre au sérieux les paroles de son beau-frère.

— Il devrait bientôt rentrer, non ? Il faut absolument que je lui parle de l'affaire en question…

---

1. Chroniques qui relatent les événements sous le gouvernement shôgunal de Kamakura ente 1180 et 1266.

Il voulut poursuivre la conversation mais elle se leva brusquement et alla regarder l'heure dans la salle de séjour. Quand elle revint, elle tenait à la main les papiers de l'autre jour.

— Vous les voulez, n'est-ce pas ?

— Non, non, je les ai apportés seulement à titre d'indication ; je n'aurai sûrement jamais à m'en servir. Vous les avez déjà montrés à Kenzô ?

— Oui.

— Qu'est-ce qu'il a dit ?

Elle ne savait comment répondre.

— Il y a beaucoup de reçus de toutes sortes, n'est-ce pas ?

— Oui. C'est que notre père s'inquiétait toujours de ce qui pourrait arriver et il a tout gardé soigneusement.

Elle ne lui raconta pas que son mari lui avait fait lire les passages qui lui semblaient les plus importants.

Son beau-frère changea de conversation. Tout en échangeant des banalités, ils attendirent Kenzô, qui fut de retour une demi-heure plus tard.

36

Quand il vint au salon après s'être changé comme à son habitude, il remarqua sur les genoux de son frère les feuillets attachés avec le cordon rouge et blanc.

— Je te remercie pour l'autre jour.

De ses doigts desséchés, il refit le nœud qui avait commencé à se défaire.

— Je viens d'y jeter un coup d'œil ; il y a aussi des papiers qui ne te concernent pas.

— Ah bon ?

Kenzô comprit que son frère n'avait pas lu depuis longtemps ces papiers qu'il avait gardés pourtant précieusement. De son côté, son frère s'aperçut que Kenzô n'avait pas mis beaucoup de passion à les lire.

— J'ai trouvé la demande de transfert de domicile d'O-Yoshi.

O-Yoshi était la femme de son frère. Ni l'un ni l'autre ne s'attendaient à trouver la demande écrite adressée au maire, qui leur avait été nécessaire lors de leur mariage. Il s'était en effet séparé de sa première femme et il avait perdu sa seconde femme. Pendant la maladie de cette dernière, il n'avait pas montré une grande inquiétude et était sorti à droite et à gauche. Elle avait seulement des vomissements comme une femme enceinte et l'on pouvait ne pas s'inquiéter. Mais, même après l'aggravation de son état, il n'avait montré aucune velléité de changer d'attitude et avait continué à faire comme si de rien n'était. Les gens interprétèrent son comportement comme la preuve qu'il n'aimait pas sa femme. Kenzô n'était pas loin de penser comme eux.

La troisième fois, il sollicita de son père la permission d'épouser une femme de son choix. Mais il n'en toucha mot à Kenzô. Cette attitude déplut vivement à ce dernier, qui éprouva du ressentiment vis-à-vis de son frère et même de sa belle-sœur, qui n'y était pour rien. Il fit souffrir son frère en lui répétant sur tous les tons qu'il refusait de considérer comme sa sœur quelqu'un qui n'avait ni éducation ni position sociale. Son frère était un homme faible.

Au lieu de l'amener à réfléchir, ce genre de critique qu'il adressait à son frère le renforçait dans son idée. Lui qui ne comprenait pas de lui-même qu'avoir fait des études pour en arriver à faire trop grand cas des convenances était un résultat négatif, avait le tort de vouloir tirer vanité de ses connaissances au lieu de reconnaître son ignorance.

Il songea au passé et se sentit honteux.

— Si la demande de transfert de domicile se trouve dedans, tu n'as qu'à la prendre.

— Non, c'est une copie, je n'en ai pas besoin.

Il ne toucha pas au cordon blanc et rouge. Brusquement, Kenzô eut envie de connaître la date de cette demande.

— Quand était-ce, au fait ? Quand as-tu porté ça à la mairie ?

— Tu sais, c'est vieux, tout ça…

Il n'ajouta rien de plus. Il eut l'ombre d'un sourire. Il n'était pas gâteux au point d'avoir oublié quand il avait pu enfin épouser la femme de son choix, après deux échecs successifs. En même temps, il n'était plus assez jeune pour vouloir en parler.

La femme de Kenzô demanda :

— Au fait, elle a quel âge ?

— O-Yoshi ? Vous avez un an de différence, toutes les deux.

— Elle est encore jeune, alors.

Il ne répondit rien, mais brusquement se mit à défaire le nœud du paquet qu'il avait sur les genoux depuis le début.

— Regarde, il y avait ça aussi. C'est sans rapport avec toi, mais j'ai été stupéfait tout à l'heure… Tiens !

Il tira une feuille des papiers en désordre. C'était le brouillon de la déclaration de naissance de sa fille aînée Kiyoko. « Le vingt-trois de ce mois, à onze heures cinq du matin, est née… »

Non seulement les mots « le vingt-trois de ce mois » étaient barrés d'un trait, mais le papier était mangé à hauteur du trait en diagonale.

— C'est notre père qui a écrit ça aussi, n'est-ce pas ?

Il tendit le papier à Kenzô d'un air solennel.

— Regarde, le papier est mangé. Remarque, ça n'a rien d'étonnant. Il y a aussi la déclaration de décès…

Il prononça à voix basse la date de naissance de sa fille qui était morte de la tuberculose.

37

Le frère de Kenzô était un homme fini. Il n'avait plus aucun avenir. Assis en face de ce frère qui avait toujours tendance à se retourner vers le passé, Kenzô avait l'impression d'être tiré en arrière et détourné de la voie qu'il s'était tracée.

— Quelle tristesse !

Kenzô avait trop d'espoir dans l'avenir pour se laisser entraîner dans le même pessimisme que son frère. Malgré tout, lui aussi se sentait seul, et il avait le pressentiment que l'avenir serait plein de désolation.

Son frère lui raconta comment il avait opposé un refus à la demande de Shimada. Mais aux questions de Kenzô sur les arguments opposés et la réaction de l'interlocuteur, il n'apportait aucune précision et se contentait de réponses évasives.

— C'est Hida qui a tout rapporté ! Il n'y a pas à se tromper.

Kenzô ignorait si Hida avait réglé l'affaire en allant voir Shimada, ou s'il lui avait fait savoir le résultat de l'entrevue par lettre.

— Il a dû aller le voir, à mon avis. Evidemment, il s'agit de Hida, alors on peut aussi bien penser qu'il a tout réglé par lettre ! J'ai oublié de demander comment ça s'était passé. Il faut dire que quand je suis allé rendre visite à notre sœur, Hida étant absent comme d'habitude, je n'ai pas pu le voir, en fin de compte. D'après ce qu'elle m'a raconté, il était très occupé et il avait laissé les choses en plan. On ne peut vraiment pas compter sur lui ! Il se pourrait bien qu'il n'y soit pas allé.

D'après ce que savait Kenzô, le jugement que portait son frère sur Hida était conforme à la réalité. Par contre, si on lui demandait un service, il acceptait de grand cœur à condition qu'on le supplie et que la demande soit formulée d'une manière qui lui plaise. Autrement, il ne levait pas le petit doigt.

— Dans le cas qui nous occupe, Shimada est allé en personne lui présenter sa demande.

Sans le dire clairement, il laissait entendre que Hida ne s'était pas plié aux règles de savoir-vivre en n'allant pas lui-même voir Shimada. Pourtant, il n'était pas non plus lui-même du genre à se déranger pour servir d'intermédiaire. Il faisait celui qui ne veut rien savoir dès qu'il pressentait qu'il faudrait se tenir sur ses gardes pour éviter des ennuis. Et, pour autant que la situation le permette, il souffrait seul en persistant à ne rien faire. Au lieu d'éprouver de la colère ou de l'amusement en face de cette contradiction, Kenzô éprouvait plutôt de la pitié pour son frère.

« Après tout, nous sommes de la même famille, il n'y a rien d'étonnant à ce qu'on nous trouve des ressemblances ! »

Tout en se disant cela, Kenzô finissait par se prendre en pitié lui-même.

— Est-ce qu'elle va mieux ?

Pour changer de conversation, il demanda des nouvelles de leur sœur.

— Oui. C'est vraiment bizarre, l'asthme. On voit les gens souffrir terriblement, et ils se remettent d'un jour à l'autre.

— Est-ce qu'elle peut parler ?

— Elle ne fait que ça, tu veux dire ! Tu la connais ! Selon elle, Shimada serait chez O-Nui, par qui il aurait obtenu beaucoup de renseignements.

— Ce n'est pas possible, voyons ! J'ai l'impression qu'il vaut mieux penser que c'est lui qui a proféré cette ineptie, insensé comme il est.

— Tu as raison.

Il réfléchissait. Le visage de Kenzô exprimait clairement à quel point il trouvait cela ridicule.

— Ou alors, c'est que tout le monde l'ennuie, maintenant qu'il est vieux...

Kenzô se taisait.

— Certainement, il se sent seul. Seulement, tel que je le connais, ce n'est pas parce qu'il est seul qu'il est triste, c'est parce qu'il n'a pas d'argent.

Kenzô se demandait comment son frère savait que, tous les mois, O-Nui envoyait de l'argent à sa mère.

— Il paraît qu'O-Fuji reçoit une pension de son mari militaire qui a la croix de l'ordre du Milan d'or, ou quelque chose de ce genre. Et c'est pour cela que Shimada ne tient pas en place, lui qui ne reçoit rien de nulle part ni de personne. Tu sais comme il est grippe-sous.

Kenzô n'éprouvait pas la moindre pitié pour les gens qui ne ressentent leur solitude qu'à cause d'un besoin matériel.

38

Quelques jours s'écoulèrent sans incident. Que rien ne se passât ne signifiait rien d'autre pour Kenzô qu'une journée de silence. Mais il lui arrivait de ne pas pouvoir s'empêcher d'évoquer des souvenirs. Sans qu'il s'en rendît compte, à vouloir se prendre de pitié pour son frère, il était devenu comme lui un homme du passé.

Il tenta de scinder sa vie en deux. Mais le passé dont il était censé se séparer nettement le poursuivait au contraire. Il chercha une direction à prendre. Mais ses pas le conduisaient irrémédiablement en arrière.

Au bout de l'impasse se dressait une grande maison rectangulaire à deux étages avec un large escalier. Le rez-de-chaussée et le premier étage paraissaient identiques à Kenzô. Le vestibule donnait sur une cour carrée.

Chose curieuse, cette grande maison était inhabitée. Kenzô n'était pas alors en âge de trouver cela triste. Il ne savait pas encore ce qu'était une maison. Il imaginait, à voir l'enfilade des pièces et la longueur du vestibule, que c'était une ville recouverte d'un toit. Et il s'amusait à passer de pièce en pièce, comme pour se donner l'impression d'être un passant isolé dans une rue déserte.

Il montait quelquefois au premier étage et regardait dans la rue à travers les fins barreaux qui protégeaient les fenêtres. Des chevaux passaient au galop devant lui, faisaient tinter les grelots et montraient leur plastron. Tout au bout de la rue, il y avait une grande statue en bronze de Bouddha. Ce Bouddha était assis sur un trône de pétales de lotus. Il portait un gros bourdon de pèlerin et avait la tête protégée par un chapeau de bambou.

Kenzô descendait quelquefois dans la pièce en terre battue et de là traversait la rue où passaient les chevaux pour descendre l'escalier de pierre de l'autre côté. Il grimpait souvent sur la statue. Il passait les pieds sur les plis du vêtement, se retenait au manche du bourdon. Il s'agrippait par-derrière à l'épaule ou bien il touchait de la tête le chapeau de bambou, et quand il ne pouvait pas faire mieux, il redescendait.

Il se rappelait aussi une maison au portail rouge qui n'était pas loin de la maison rectangulaire et de la statue de bronze. Elle était au bout d'une petite rue sinueuse de trente à quarante mètres. Derrière, elle était envahie tout du long par un massif de bambous.

Quand on tournait à gauche, au bout de cette ruelle, on découvrait une rue en pente qui n'en finissait pas. Dans son souvenir, elle était pavée de façon inégale. Avec le temps, les pierres avaient bougé et la rue était toute bosselée. Les herbes qui avaient poussé entre les pierres ondulaient au vent. Pourtant, c'était une rue que des gens empruntaient. Kenzô l'avait souvent montée et redescendue, chaussé de simples sandales de paille.

Au bas de la rue, il y avait encore une côte, et quand on la remontait un peu, on apercevait la couleur vert sombre d'un bouquet de cryptomères.

A gauche du creux qui séparait les deux rues, il y avait une maison au toit de chaume. Elle était légèrement en retrait et penchait un peu vers la droite. Mais sur la partie qui donnait sur la rue, on avait aménagé de façon rudimentaire un endroit pour boire le thé, et il y avait même deux ou trois bancs bien alignés.

En regardant à travers la palissade de bambous, on pouvait apercevoir un petit bassin entouré de pierres et au-dessus un treillage qui soutenait une glycine. Les deux poutrelles qui maintenaient le treillage s'enfonçaient dans l'eau. Autour, on avait planté beaucoup d'azalées. Le reflet des carpes dorées apparaissait de temps à autre. Kenzô s'était juré d'attraper l'un de ces poissons qui teintaient de rouge le fond de l'eau. Un jour, s'étant assuré qu'il n'y avait personne, il accrocha un fil au bout d'une canne grossière en bambou et la lança dans le bassin avec un appât. Le poisson mordit si vite qu'il eut peur. Il avait une vigueur telle que Kenzô se sentit comme entraîné vers le fond de l'eau ; la force de ses deux bras ne suffisant pas, il lâcha le tout. Le lendemain, apparut à la surface tranquille de l'eau, une carpe d'environ trente centimètres. Il eut peur.

« Chez qui habitais-je donc, à ce moment-là ? »

Il ne se souvenait pas. Sa mémoire était comme une feuille blanche. Pourtant, s'il s'en remettait à l'honnêteté de son raisonnement, il était obligé d'admettre qu'il habitait alors avec les Shimada.

39

La scène changea brusquement. La campagne désolée s'évanouit de son esprit. Une petite maison aux fenêtres à treillis lui apparut confusément. Il n'y avait pas de portail, et elle était dans une rue de derrière. Le quartier s'étendait en longueur et il y avait des tournants tantôt à gauche, tantôt à droite. La maison était toujours sombre. A l'image de sa mémoire, il lui était impossible d'associer cette maison avec l'idée de lumière.

Il avait eu la variole. Plus tard, il apprit qu'une vaccination en avait été l'origine. C'était le vaccin lui-même qui avait engendré une vraie variole. Il s'était jeté par terre dans la maison sombre qui avait des treillis et s'était gratté jusqu'au sang en hurlant.

Sa mémoire capricieuse l'entraîna dans une grande maison. Elle était comme divisée et, entre les cloisons qui se succédaient, on apercevait des gens.

Les tatamis brillaient d'un éclat jaune qui donnait à la maison un air de tristesse, comme en ont parfois les sanctuaires. Il était assis sur une marche d'escalier et mangeait un repas froid. Il laissait tomber des morceaux de friture attachés avec des tranches fines de courge séchée au soleil qui ressemblaient à des sushis. Il se penchait en se tenant à la rampe et regardait en bas. Mais il n'y avait personne pour lui ramasser ce qu'il avait fait tomber. Les grandes personnes regardaient seulement droit devant elles. En face, les poutres d'une maison avaient tremblé et elle s'était effondrée. Des tuiles du toit était sorti un soldat, l'air arrogant. A cette époque, Kenzô ne savait pas encore ce qu'était un théâtre.

Dans son esprit, les exclamations des spectateurs étaient sans aucune signification. Quand un faucon s'envola obliquement de l'autre côté vers un bois de bambous verts, quelqu'un à côté de lui cria : « Vas-y, faucon ! »

Quelqu'un d'autre applaudit et tenta de faire revenir le faucon. Le souvenir de Kenzô s'effaçait là. Avait-il vu d'abord le théâtre ou le faucon ? Ce point restait obscur. Il ne savait pas très bien non plus s'il avait vécu d'abord dans une maison à la campagne entourée de champs et de bois, ou en ville, dans une maison sans soleil, donnant sur une ruelle. Et dans le souvenir qu'il gardait de cette époque, il n'y avait pour ainsi dire personne qui lui apparût.

Pourtant, peu de temps après, il se rappela clairement le couple Shimada, qui lui avait servi de parents.

A ce moment-là, les Shimada habitaient une maison étrange. Quand on tournait au coin à droite, il fallait monter trois marches d'un escalier de pierre qui longeait le mur d'enceinte d'une autre maison. De là, on passait par un chemin d'un mètre de large environ et l'on débouchait sur une grande rue très animée. Au contraire, par la gauche, il fallait cette fois descendre trois marches. Il y avait une grande pièce rectangulaire. La pièce en terre battue qui suivait était également rectangulaire.

Quand on sortait de la maison par là, on débouchait sur une grande rivière. Des bateaux à voile allaient et venaient. Sur la rive, derrière une palissade, il y avait des tas de fagots. Les palissades se succédaient jusqu'au bord de l'eau. Entre les pierres, de petits crabes montraient leurs pinces.

La maison de Shimada faisait partie d'une enfilade de maisons. C'était celle du milieu. Elle avait appartenu à un marchand, et on aurait pu penser que la grande pièce qui faisait face à la rivière avait servi de magasin. Mais qui était le propriétaire et pourquoi avait-il vendu ? Tout cela était entouré de mystère. Pendant un certain temps, un étranger avait loué cette grande pièce pour y donner des leçons d'anglais. A cette époque, les Occidentaux passaient pour des barbares, et O-Tsune, la femme de Shimada, éprouvait la même répugnance que si elle avait vécu à côté d'un monstre.

Il faut dire que cet étranger avait la manie de traîner les pieds jusque sur la véranda de la maison que louait Shimada. Quand O-Tsune avait des crampes d'estomac, elle se reposait dans le salon, le visage pâle, et l'étranger, debout sur la véranda, s'informait de sa santé en jetant un coup d'œil dans la pièce. Kenzô ne savait pas si c'était de l'anglais, du japonais, ou simplement des mimiques.

40

Un beau jour, l'étranger partit. Quand le petit Kenzô s'en aperçut, la grande pièce en question était devenue ce qu'on appelle maintenant une mairie.

Les employés travaillaient sur des tables basses alignées sur un rang. Comme c'était encore une époque où l'usage des tables et des chaises n'était pas très répandu, les gens n'éprouvaient pas de difficulté à rester assis longtemps sur des tatamis, et ceux qui avaient été convoqués aussi bien que ceux qui venaient d'eux-mêmes laissaient tous leurs socques dans l'entrée en terre battue et allaient s'incliner devant la table du préposé.

Shimada était le chef de ce bureau. Il lui revenait donc la place la plus éloignée de l'entrée, tout au fond. Sa table était placée dans un angle, et d'après ce dont se souvenait Kenzô, il aurait été incapable de dire combien d'employés et combien de tables il y avait jusqu'au bord de la fenêtre à treillis d'où on apercevait la rivière. La maison et le bureau étaient une seule bâtisse en longueur qu'on avait coupée, et Shimada ne pouvait même pas dire qu'il allait au bureau ou qu'il rentrait puisqu'en fin de compte, il ne changeait pas de bâtiment. Même par beau temps, il lui était inutile de fouler le sol. Quand il pleuvait, l'ennui de prendre un parapluie lui était épargné. Il se rendait au bureau par la véranda de sa maison ; et il revenait de même.

C'est plus ou moins cette situation qui avait rendu le petit Kenzô effronté. Il lui arrivait de se montrer au bureau, et tout le monde s'occupait de lui. Enhardi, il prenait l'encre rouge dans l'écritoire du greffier, il s'amusait à ouvrir un couteau de poche, bref, il ennuyait tout le monde. De son côté, Shimada usait de son pouvoir et lui laissait tout faire.

Si Shimada était avare, sa femme O-Tsune l'était encore plus. « C'est ce qui s'appelle vivre chichement ! »

Après son retour sous le toit paternel, Kenzô avait entendu cette critique à plusieurs reprises. A cette époque, Kenzô avait souvent vu, sans rien en penser, O-Tsune assise à côté de la table-brasero, servir elle-même la soupe à la servante.

« Pauvre fille ! »

Tout le monde chez lui avait le même sourire amer.

O-Tsune accrochait toujours un grelot au garde-manger. Quand par hasard son père venait, elle commandait un plat de nouilles. Kenzô et elle en mangeaient aussi. En revanche, quand venait l'heure du repas, elle ne sortait jamais les bols à riz. Kenzô trouvait cela normal, et quand, repris par sa famille, il vit qu'on faisait invariablement trois repas par jour même si l'on avait mangé quelque chose entre-temps, il fut stupéfait.

Pourtant, le couple Shimada s'était montré étrangement généreux envers Kenzô. Pour sortir, on lui mettait un *haori*. On alla même exprès chez Echigoya pour lui faire confectionner un kimono de crêpe de soie. Pendant qu'ils choisissaient un tissu, comme le soir tombait, plusieurs apprentis vinrent fermer les volets de la devanture et, quand ceux-ci claquèrent en se fermant, Kenzô eut peur et se mit à pleurer.

Il va sans dire qu'il avait tous les jouets qu'il voulait. Entre autres, il y avait une lanterne magique qui projetait des images sur le rideau de papier. Kenzô faisait apparaître l'ombre d'un acteur masqué de noir, et s'amusait à lui faire tinter ses grelots ou à le faire marcher.

Il se fit acheter une toupie, et pour lui donner l'air ancien, il la plongea dans un égout au bord de la rivière. Cet égout passait entre les palissades qui séparaient des tas de bûches et finissait dans la rivière, et comme il avait peur de perdre sa toupie, il allait plusieurs fois voir si elle était toujours là, en passant par le bureau. A chaque fois, il s'amusa à passer un bâton entre les interstices du mur de pierres où se cachaient de petits crabes. Il attrapait ceux qui n'avaient pas eu le temps de s'enfuir et les mettait dans le fond de sa poche.

Il ne faisait pas de doute qu'il avait bénéficié d'un traitement de faveur de la part du couple Shimada dont l'avarice était pourtant manifeste.

41

Cependant, le couple ressentait toujours au fond du cœur une angoisse secrète vis-à-vis de Kenzô. Assis l'un en face de l'autre de chaque côté de la table-brasero, les soirs d'hiver, ils lui demandaient souvent :

— Ton papa, qui est-ce ?

Kenzô pointait le doigt en direction de Shimada.

— Et ta maman ?

Kenzô regardait O-Tsune et répétait le même geste. Ils étaient contents, mais ensuite, ils lui demandaient la même chose d'une manière plus précise.

— Dis, ton vrai père et ta vraie mère, qui est-ce ?

Kenzô ne pouvait que réitérer les réponses à contrecœur.

Pourtant, sans qu'il comprenne très bien pourquoi, ses réponses les remplissaient de joie. Ils se regardaient en souriant. Il arrivait que cette scène se répétât quotidiennement. D'autres fois, les questions ne s'arrêtaient pas là. C'était surtout O-Tsune qui était tenace.

— Où est-ce que tu es né ?

A chaque fois qu'on lui posait cette question, il lui fallait répondre que c'était dans la petite maison au portail rouge entourée de bambous, justement celle qu'il avait gardée en mémoire. O-Tsune lui avait appris à répondre sans hésiter à cette question, à quelque moment qu'on la lui pose. Il va sans dire qu'il répondait de façon automatique. Mais O-Tsune ne s'en préoccupait pas.

— Mon petit Kenzô, tu es le fils de qui ? Réponds sans mentir.

Il était au supplice. D'autres fois, il sentait la colère le gagner. Au lieu de faire la réponse qu'on attendait de lui, il avait envie de garder le silence.

— Qui est-ce que tu aimes le plus ? Papa ? Maman ? Il lui était insupportable de donner une réponse pour faire plaisir à O-Tsune. Il restait silencieux, droit comme un i. O-Tsune interprétait ce comportement en se disant qu'il était encore trop petit pour comprendre. Son point de vue était simpliste. Intérieurement, Kenzô haïssait cette attitude.

Le couple employa tous ses efforts à faire de Kenzô leur chose. En vain. Le fait qu'ils prennent bien soin de lui avait pour conséquence de lui enlever sa liberté. Il n'était déjà pas libre de ses mouvements. Mais le fait de n'être pas libre de ses pensées était encore plus redoutable, et bien qu'il ne comprît pas tout, cela le troublait et le laissait insatisfait.

A tout propos, le couple essayait de faire prendre conscience à Kenzô de la reconnaissance qu'il leur devait. Une fois c'était du « C'est ton père qui... », d'autres fois, on insistait sur « C'est ta mère qui... ».

Il était interdit à Kenzô de manger un gâteau ou de porter un vêtement sans faire le lien avec « papa » ou « maman ».

Les efforts pour contraindre l'enfant à éprouver de la reconnaissance envers eux ne firent que les lui rendre insupportables.

— Mais pourquoi sont-ils comme ça aux petits soins ?

Chaque fois qu'il entendait « C'est ton père qui… » ou « C'est ta mère qui… », Kenzô désirait éperdument sa propre liberté. Lui qui se réjouissait des jouets qu'on lui achetait, des images en couleurs qu'il ne se lassait pas de contempler, devint incapable d'être reconnaissant des attentions dont il était l'objet.

Pour le moins, il voulait s'oublier naïvement dans son plaisir, en séparant nettement les deux problèmes.

Le couple le chérissait. Mais à ce sentiment se mêlait un curieux désir de récompense, comme un homme qui tient une belle femme par l'argent et lui achète tout au gré de ses caprices. Il leur était impossible d'agir seulement dans le but d'exprimer leur tendresse pour l'enfant. Ils ne pouvaient pas s'empêcher de manifester leur gentillesse pour gagner les bonnes grâces de Kenzô. L'impureté de leurs intentions allait être punie. Naturellement, ils ne s'en doutaient pas.

42

En même temps, le caractère de Kenzô changea. Lui qui était d'un naturel amène devint de plus en plus renfermé. Et pour compenser l'altération de sa propre nature, il fut obligé de s'endurcir. De jour en jour, ses caprices se firent plus intenses. Quand il n'obtenait pas ce qu'il voulait, il s'asseyait en pleine rue ou sur le bord du chemin et ne bougeait plus. Une fois, il tira de toutes ses forces sur les cheveux d'un jeune garçon. Une autre fois, il voulut absolument emporter une colombe qui était élevée en liberté dans un sanctuaire shintô. Lui qui ne connaissait rien d'autre que son petit monde clos, qu'il possédait à travers les faveurs de ses parents adoptifs qu'il voulait toujours s'approprier, pensait que le monde entier était là pour faire ses quatre volontés. Il lui arrivait de penser que tout ce qu'il dirait ferait figure d'évidence. Il devenait de plus en plus sournois.

Un matin, réveillé par ses parents, il sortit sur la véranda en se frottant les yeux. Il avait l'habitude, chaque matin au réveil, de faire pipi depuis la véranda. Mais ce jour-là, plus ensommeillé que d'habitude, il s'endormit. Il ne se rendit compte de rien. Quand il ouvrit les yeux, il était par terre dans une flaque de pipi. Par malchance, et comme c'était une partie de terrain en déclivité de l'avenue jusqu'au bord de la rivière, la véranda d'où il était tombé était deux fois plus élevée que la moyenne. A la suite de cet accident, il ne put plus marcher. Les Shimada le conduisirent dans un grand hôpital de Senjû et le firent soigner du mieux qu'ils purent. Mais le choc avait été grave, et Kenzô ne se remettait pas à marcher. Il restait allongé dans le salon, et on lui appliquait quotidiennement sur la partie atteinte un produit gluant de couleur jaune qui sentait le vinaigre. Il ignorait combien de temps cela avait duré.

— Tu es sûr que tu ne peux pas te mettre debout ? Essaie quand même !

Elle le pressait tous les jours de se lever. Mais Kenzô ne bougeait pas. Même s'il le pouvait, il ne le faisait pas. De son lit, il regardait le visage inquiet d'O-Tsune et se réjouissait secrètement.

Finalement, il se leva. Et il allait et venait comme s'il n'avait rien eu. En voyant l'expression de surprise et de joie exagérée d'O-Tsune, qui frisait la comédie, il se dit qu'il aurait dû attendre plus longtemps pour se décider à marcher.

Il n'était pas rare que les points faibles de Kenzô et ceux d'O-Tsune se rencontrent. O-Tsune mentait très habilement et elle pouvait se mettre à pleurer en toute circonstance si elle sentait que cela lui servirait. Elle se laissait aller devant Kenzô, pensant qu'il n'était qu'un enfant, sans se rendre compte qu'il comprenait son jeu.

Un jour qu'elle recevait un visiteur au salon, la conversation porta sur une certaine Kô dont ils parlèrent en termes si méprisants que c'en était pénible à entendre. Or, après le départ du visiteur, Kô vint par hasard rendre visite à O-Tsune qui lui fit compliment sur compliment d'un air innocent. Elle alla même jusqu'à mentir inutilement en ajoutant qu'elle venait de dire beaucoup de bien d'elle à ***. Kenzô en fut indigné.

— Menteuse !

Il n'avait fait qu'exprimer sa franchise d'enfant. Après le départ de Kô, O-Tsune se mit en colère.

— Pourquoi faut-il que tu me fasses rougir ?

Kenzô souhaita intérieurement que le visage d'O-Tsune prît feu pour de bon.

Sans qu'il le veuille, la haine qui dormait au fond de son cœur influençait aussi O-Tsune.

Il y avait une laideur dans son caractère qu'elle cachait et qui empêchait Kenzô de répondre à l'amour qu'elle lui portait. Et celui qui connaissait le mieux cette laideur était justement l'enfant gâté dont elle essayait en vain de se faire aimer.

43

Quelque temps après, il se passa une chose étrange entre Shimada et O-Tsune. Un soir, Kenzô se réveilla et vit près de lui le couple qui se disputait. La scène était violente. C'était pour lui un événement inattendu. Il se mit à pleurer. Le lendemain soir encore, il fut tiré de son sommeil par le même genre de dispute. Il pleura à nouveau.

A mesure que ces scènes se répétaient, le ton des voix s'amplifiait. Ils en vinrent même aux mains. Au début, ils s'arrêtaient en le voyant pleurer, puis ils firent de moins en moins attention et se disputaient, qu'il soit réveillé ou qu'il dorme. Il était impossible à l'enfant d'interpréter le sens de ces scènes dont il n'avait pas l'habitude et qui le réveillaient chaque nuit.

Il ne pouvait que les détester. Son jeune âge l'empêchait de raisonner sur ce qui est bien ou mal, mais, d'instinct, il apprit naturellement à haïr ces scènes.

Au bout de quelque temps, O-Tsune révéla à Kenzô la vérité. D'après ce qu'elle disait, il n'y avait pas au monde femme plus parfaite qu'elle. En revanche, Shimada, lui, était une canaille. Mais la plus mauvaise était O-Fuji. Quand O-Tsune parlait d'elle, elle l'appelait « cette bonne femme », « cette drôlesse », et le dépit se lisait sur son visage. Il lui arrivait de pleurer; mais ces démonstrations violentes n'avaient d'autre effet qu'éloigner d'elle Kenzô toujours davantage.

— Pour ta mère et pour toi aussi, il faut que je me venge à tout prix.

O-Tsune serrait les dents. Kenzô avait envie de s'éloigner d'elle au plus tôt. Il était tout le temps avec elle et, du matin au soir, elle essayait de lui faire prendre son parti, mais Kenzô était du côté de Shimada. Celui-ci, contrairement à l'habitude, était de plus en plus souvent absent. Il ne rentrait qu'à une heure avancée de la nuit et il n'avait, de ce fait, plus beaucoup l'occasion de voir l'enfant.

Pourtant, toutes les nuits, l'enfant l'observait à la lueur de la lampe. Il vit ses yeux menaçants et sa bouche trembler de colère. Il entendit sa voix gronder d'une colère sourde, comme de la fumée qu'on retient dans la gorge et qui s'échappe brusquement.

Malgré cela, il lui arrivait encore d'emmener Kenzô en promenade. Il n'aimait pas le saké, mais il avait un faible pour les choses sucrées. Un soir, au retour d'une promenade dans un quartier animé avec Kenzô et O-Nui, la fille d'O-Fuji, ils s'arrêtèrent dans un *shirukoya* [1]. C'était la première fois que Kenzô rencontrait O-Nui, et ils ne se regardèrent presque pas. Ils n'échangèrent pas un mot.

---

1. Sorte de pâtisserie-confiserie où l'on pouvait consommer principalement une préparation à base de haricots rouges sucrés.

De retour à la maison, O-Tsune l'interrogea pour savoir où Shimada l'avait emmené. Ensuite, elle s'assura qu'ils n'étaient pas allés chez O-Fuji. Enfin, elle lui demanda avec qui il était allé au *shirukoya*. Kenzô raconta tout sans se soucier des recommandations de Shimada. Malgré cela, les soupçons d'O-Tsune ne s'effaçaient pas. Elle lui tendit plusieurs pièges pour lui faire dire plus que ce qui s'était réellement passé.

— La bonne femme était bien avec vous, non ? Dis-moi la vérité. Si tu parles, je te donnerai une récompense. Elle était avec vous, hein ? Dis-le, elle était avec vous ?

Elle voulait absolument lui faire dire qu'O-Fuji était avec eux. En même temps, Kenzô avait pris la résolution de ne rien dire. O-Tsune ne le crut pas. Kenzô la détesta.

— Bon, alors qu'est-ce que ton père a dit à la petite ? A qui est-ce qu'il a le plus parlé, à la petite ou à toi ?

Kenzô ne disait rien mais il rageait. O-Tsune n'était pas femme à s'arrêter là.

— Au *shirukoya*, où est-ce qu'on t'a fait asseoir. A droite ? A gauche ?

La jalousie lui faisait poser des questions sans relâche. Le bruit des claques, les trépignements, les cris remplissaient de terreur son cœur d'enfant. La pensée qu'elle s'aliénait son fils adoptif qui n'avait pas encore dix ans ne l'effleurait même pas. Elle ne se rendait pas compte que son caractère se dévoilait sans complaisance à travers ses questions, et elle n'était capable d'aucun retour sur elle-même.

44

Peu de temps après, Shimada disparut complètement de la vie de Kenzô. La maison à laquelle il était habitué, coincée entre la rue qui donnait sur les quais et la rue principale très animée, s'évanouit brusquement. Kenzô se retrouva seul avec O-Tsune dans une maison inconnue. Au coin de cette maison, il y avait un marchand de riz ou de *miso* [1] avec une enseigne en corde tressé. Dans son souvenir, Kenzô associait ce magasin à des haricots bouillis. Il ne pouvait pas oublier qu'il en avait mangé tous les jours. Mais il n'arrivait à évoquer aucune image de la nouvelle maison. Le temps avait lavé sa mémoire de ce triste souvenir.

Chaque fois qu'O-Tsune voyait quelqu'un, elle parlait de Shimada. Elle disait son dépit et pleurait.

— Je le poursuivrai de ma malédiction, même après la mort !

Ces attitudes menaçantes ne faisaient qu'éloigner davantage d'elle le cœur de Kenzô.

Séparée de son mari, elle voulut faire de Kenzô sa chose. En tout cas, elle croyait qu'elle en avait la possession exclusive.

— A partir de maintenant, je n'ai que toi sur qui compter. Tu entends ? Il faut absolument que je puisse compter sur toi !

Chaque fois qu'elle lui disait cela, il hésitait à répondre. Il lui était impossible de la consoler comme aurait pu le faire normalement un enfant.

L'esprit malin travaillait toujours en elle, et le mouvement qui la poussait à accaparer Kenzô était moins engendré par l'amour que par la cupidité. Cela faisait naître un grand malaise dans le cœur de Kenzô qui était encore sans malice, sans qu'il pût s'expliquer pourquoi. Mais cette vie ne dura pas longtemps.

Soit à cause de difficultés matérielles, soit parce qu'un second mariage ne lui avait pas laissé le choix, O-Tsune disparut brusquement de la vie de Kenzô qui, encore petit, ne comprit rien à ce qui lui arrivait. Il se retrouva dans la maison paternelle.

---

1. Pâte fermentée à base de haricots qui sert à la préparation de la soupe.

— Plus j'y pense, plus j'ai l'impression qu'il s'agit de quelqu'un d'autre. Je n'arrive pas à me faire à l'idée que c'était moi.

Le décalage était trop grand entre le Kenzô d'à présent et les événements qu'il se remémorait. Pourtant, il avait été obligé de se rappeler son passé qui lui semblait appartenir à un autre. De surcroît, il s'y était vu contraint par des circonstances déplaisantes.

— Est-ce que c'est à cette époque qu'O-Tsune s'est remariée avec un homme du nom de Hatano ?

La femme de Kenzô se rappelait l'adresse au dos d'une lettre qu'O-Tsune avait adressée à Kenzô quelques années auparavant.

— Oui, sans doute. Je ne suis pas plus au courant que toi.

— Ce Hatano vit encore, probablement, non ?

Kenzô ne l'avait jamais vu. Et il ne se souciait nullement de savoir s'il était en vie ou non.

— Il paraît qu'il est commissaire, non ?

— Je n'en sais rien. C'est possible.

— C'est toi-même qui me l'as dit.

— Quand ça ?

— Mais quand tu m'as montré la lettre.

— Peut-être…

Kenzô se remémora un peu le contenu de la longue lettre. O-Tsune ne faisait que parler des peines qu'elle avait eues quand elle s'était occupée de Kenzô enfant. Elle n'avait pas de lait, il avait fallu qu'elle lui donne dès le début du riz cuit avec des légumes. Il faisait pipi au lit et il fallait tout le temps nettoyer, etc. Tout était sur ce ton, et elle racontait avec tant de détails qu'on se lassait. Elle écrivait aussi que, grâce à quelqu'un de sa famille qui était juge à Kôfu et qui lui envoyait tous les mois de l'argent, elle était tranquille pour le moment.

Mais Kenzô ne se rappelait absolument pas si elle disait que son mari était commissaire ou non.

— Après tout, il est peut-être mort.

— On ne peut pas savoir.

Ils continuèrent à se poser des questions sur Hatano et sur O-Tsune.

— Shimada est bien venu, elle va peut-être venir elle aussi un jour, après tout. Va savoir !

Elle regarda son mari. Les bras croisés, il garda le silence.

45

Kenzô et sa femme se rappelaient très bien le ton de la lettre. On voyait clairement où elle voulait en venir : puisqu'une personne qui n'avait aucun lien particulier avec elle était assez généreuse pour lui envoyer tous les mois quelque argent, on était en droit de s'étonner que quelqu'un dont elle avait pris tant de soin dès le plus jeune âge pût rester sans faire un geste.

Kenzô avait envoyé la lettre à son frère, qui habitait à Tôkyô. Il lui demandait de faire savoir à la personne en question qu'il serait gênant pour lui de recevoir des lettres de ce genre à son lieu de travail. Son frère lui répondit tout de suite. Dans sa lettre, il lui disait de ne plus s'inquiéter car il avait fait comprendre à O-Tsune qu'ayant quitté sa famille adoptive et s'étant remariée, elle était à présent une étrangère, d'autre part, Kenzô étant également sorti de sa famille adoptive, il était inconcevable qu'elle pût correspondre directement avec lui.

O-Tsune n'écrivit plus. Kenzô fut rassuré. Pourtant, il lui restait une impression désagréable. Il ne pouvait oublier qu'O-Tsune s'était autrefois occupée de lui. En même temps, le sentiment de haine qu'il avait nourri à son égard était toujours présent. En somme, l'attitude de Kenzô vis-à-vis d'O-Tsune était la même que vis-à-vis de Shimada. Simplement, son aversion était plus forte pour O-Tsune.

« J'en ai déjà bien assez avec Shimada ! Si, en plus, il faut que cette femme vienne réclamer aussi, non merci ! »

C'était le fond de sa pensée. A plus forte raison, sa femme, qui n'était pas très au courant du passé de son mari, avait la même pensée.

La compassion de sa femme était à présent entièrement dirigée vers ses parents. Son père, qui avait occupé un poste important en son temps, menait depuis longtemps une vie retirée, et sa situation matérielle devenait de plus en plus difficile.

Des étudiants venaient quelquefois chez eux. Kenzô les recevait et, tout en discutant avec eux, il comparait leur air épanoui avec sa propre vie intérieure, et il avait l'impression que les jeunes gens qu'il avait en face de lui regardaient tous droit devant eux et riaient à leur avenir.

Un jour, il dit à l'un d'eux :

— Vous êtes heureux : vous ne pensez qu'à ce que vous ferez après votre diplôme !

Le jeune homme eut un sourire amer et répondit :

— C'est plutôt à vous qu'il faudrait dire cela. Les jeunes de maintenant ne sont pas si insouciants que vous le croyez. Bien sûr, ils pensent à ce qu'ils feront, mais ils savent bien que la société ne répondra pas nécessairement à leurs désirs.

C'était vrai : comparé à l'époque où il était sorti de l'université, la vie était infiniment plus difficile. Mais cela ne concernait que ses aspects matériels. Il y avait donc un décalage entre la réponse du jeune homme et ce que Kenzô avait voulu dire.

— Je voulais dire que vous avez de la chance de ne pas être troublé par le passé, comme je le suis, moi.

Le visage du jeune homme reflétait l'incompréhension.

— Vous aussi, à vous regarder, on comprend que vous n'êtes pas tourmenté par votre passé. A vous voir, on a l'impression que vous attendez tout de l'avenir.

Ce fut à Kenzô d'avoir un sourire amer. Il parla au jeune homme d'une nouvelle théorie avancée par un savant français sur la mémoire [1].

— S'appuyant sur le fait que des hommes sur le point de se noyer ou au bord du désespoir, l'espace d'un éclair, revoient dans leur mémoire toute leur vie, ce philosophe propose l'interprétation suivante : alors que les hommes dans leur ensemble vivent tournés vers l'avenir, s'ils se trouvent en danger, cet avenir disparaît pour faire place au pavé qui, d'un coup, remplit la conscience, avec la richesse de ses expériences. Enfin, c'est de cette façon qu'il explique le phénomène…

Le jeune homme avait l'air intéressé. Mais, ignorant tout, il ne pouvait appliquer cette expérience à Kenzô lui-même.

De son côté, Kenzô n'était pas assez idiot pour s'imaginer un seul instant placé dans une situation désespérée au point de se rappeler d'un coup tout son passé.

46

Shimada, qui était à l'origine du malaise de Kenzô, dont la mémoire le tirait en arrière, fit à nouveau son apparition cinq ou six jours plus tard.

Le vieillard qui apparut à Kenzô était vraiment un fantôme du passé. Mais c'était aussi un être du présent, en même temps qu'une ombre diffuse de l'avenir.

— Jusqu'où cette ombre me poursuivra-t-elle ?

Plutôt que de la curiosité, c'était de l'angoisse que ressentait Kenzô, par vagues.

— Je me suis rendu chez M. Hida l'autre jour.

---

1. Allusion à *Matière et Mémoire*, de Bergson.

Comme la dernière fois, Shimada s'exprimait poliment. Mais il ne montrait rien des intentions qui l'avaient fait y aller et jouait l'innocent. Il faisait celui qui avait profité qu'il se trouvait à proximité pour rendre une visite de politesse, s'excusant de n'avoir pas donné signe de vie pendant si longtemps.

— C'est tout à fait différent d'autrefois, par là-bas ?

Kenzô se mit à douter du sérieux de l'homme qu'il avait en face de lui. Etait-il possible que le même homme ait demandé à Hida sa réinscription sur le registre de sa famille ? Hida avait-il vraiment rejeté résolument cette demande après examen ? Kenzô ne pouvait s'empêcher de douter de tous ces faits qui étaient pourtant vrais.

— A l'origine, il y avait une cascade, et on y allait souvent tous ensemble, l'été !

Shimada, sans se soucier de son interlocuteur, alignait des banalités. Comme Kenzô ne sentait pas la nécessité de toucher à des sujets délicats, il se laissa entraîner à la suite du vieillard.

Brusquement, Shimada changea de ton et se mit à parler de la sœur de Kenzô en l'appelant par son prénom.

— O-Natsu a bien changé, elle aussi. Evidemment, il y avait bien longtemps qu'on ne s'était vus. Autrefois, c'était une femme résolue. Elle s'en prenait souvent à moi. Mais on était comme frère et sœur, on avait beau se disputer, on se réconciliait tout de suite. Quand elle avait des ennuis, elle venait souvent pleurer près de moi pour que je l'aide, et moi, j'avais pitié d'elle, je m'arrangeais toujours pour lui donner quelque chose.

Si sa sœur avait pu entendre la conversation, elle aurait sans doute laissé éclater sa colère. Ce que disait Shimada exprimait une réalité déformée à son propre avantage et, de surcroît, mensongère.

Kenzô ne parlait presque plus. Finalement, il se tut complètement et se mit à fixer le visage de Shimada.

Sa lèvre supérieure rejoignait presque le bout de son nez. Et quand il regardait quelque chose dans la rue, il avait toujours la bouche ouverte. Cela lui donnait l'air idiot. Mais personne ne pouvait s'y laisser prendre. Ses yeux enfoncés prouvaient le contraire. Il avait les sourcils plutôt fournis. Ses cheveux n'étaient jamais séparés par une raie à gauche ou à droite, mais toujours relevés en arrière, ce qui lui dégageait le front, qu'il avait petit, et lui donnait l'air d'un ermite.

Son regard croisa celui de Kenzô, et il devina sa pensée. En un éclair, il avait retrouvé sa façon polie et un peu surannée de s'exprimer. Il avait réussi à ramener Kenzô vers son passé.

Il se mit à parcourir la pièce des yeux. Elle était sobre à l'extrême et aucune peinture ne venait la décorer.

— Aimez-vous les calligraphies de Li Hong-tchang [1] ? demanda-t-il à brûle-pourpoint.

Kenzô n'en avait aucune idée.

— Si vous le voulez, je peux vous en donner une. Ça doit avoir beaucoup de valeur à présent.

Autrefois, Shimada avait mis une date à un faux de Fujita Tôko [2], et il avait accroché la calligraphie au-dessus du fourneau de la cuisine ; c'était une feuille de papier de riz sur laquelle était écrit le poème qui commence par :

---

1. Li Hong-tchang (1823-1901), diplomate.

2. Fujita Tôko (1806-1855), lettré et homme politique, né à Mito, dans l'actuel département d'Ibaraki, formé dans la tradition chinoise. Il était partisan du rétablissement de la souveraineté impériale. Conseiller de Tokugawa Nariaki, seigneur de la province de Mito, qui prit une part active dans les préparatifs destinés à repousser les étrangers, il fut retenu prisonnier en 1844 par le gouvernement du shôgun, qui craignait de voir se retourner contre lui cette puissante armée. Il mourut lors du grand tremblement de terre d'Edo, en voulant sauver sa mère.

Le poème cité ici pourrait s'intituler *Regrets* :

Les cheveux blanchis par les tourments,
Le visage ridé par les épreuves,
J'ai perdu la force de pourfendre de mon sabre
Les barbares venus de l'autre côté de la mer
Et mon cœur est pris de nostalgie
Au souvenir de ma maison natale.

Les cheveux blanchis par les tourments,
Le visage ridé par les épreuves...

La calligraphie qu'il prétendait offrir à Kenzô devait être du même genre et avoir été faite par n'importe qui sauf Li Hong-tchang... D'ailleurs, il n'était pas question pour Kenzô d'accepter quoi que ce soit de Shimada. Celui-ci partit enfin.

47

— Qu'est-ce qu'il est venu faire ?

La femme de Kenzô était convaincue qu'il ne devait pas venir sans un but précis. Kenzô, de son côté, était envahi par un sentiment du même ordre.

— Vraiment, je ne comprends pas.

— Il y a autant de différence qu'entre un poisson et un quadrupède.

— Quoi ?

— Quelqu'un comme lui et quelqu'un comme moi.

Sa femme se souvint brusquement des rapports que son mari entretenait avec sa famille. Il y avait entre eux une distance naturelle, et chacun restait de son côté. Têtu, Kenzô n'avait jamais consenti à faire un geste. Il persistait à penser que c'était à ceux qui avaient creusé le fossé de le combler. Du côté de sa famille, on était dans les mêmes dispositions : puisque c'était Kenzô qui avait délibérément rendu les relations difficiles, c'était à lui de faire le premier pas. Naturellement, sa femme prenait le parti de sa famille. Elle considérait son mari comme un érudit excentrique, incapable de se trouver en harmonie avec le monde. En même temps, elle reconnaissait que c'était à elle qu'incombait la responsabilité du désaccord qui régnait entre sa famille et son mari.

Elle pensa mettre un terme à la conversation en ne répondant rien. Mais Kenzô, tout absorbé qu'il était par la pensée de Shimada, ne comprit pas la signification de son silence.

— Tu n'es pas de mon avis ?

— Evidemment, je pense bien qu'il y a autant de différence entre cet homme et toi qu'entre un poisson et un quadrupède !

— Bien sûr, il ne s'agit pas de me comparer à une autre personne que Shimada.

Elle demanda en riant :

— Il a parlé d'une calligraphie de Li Hong-tchang, n'est-ce pas ?

— Il m'a proposé de me la donner !

— Tu ne vas pas l'accepter, au moins ? Tu te rends compte de ce qu'il pourrait nous demander après ? Il dit qu'il veut te la donner, mais c'est une façon de parler ; en réalité, il veut te la vendre, c'est certain !

L'un comme l'autre avaient autre chose à acheter qu'une calligraphie de Li Hong-tchang. Par exemple, il ne se rendait pas compte que sa femme s'inquiétait de ne pas pouvoir habiller convenablement leur fille qui grandissait. De son côté, il devait prélever tous les mois deux yens et cinquante *sen* de son salaire pour payer le tailleur chez qui il s'était fait faire un manteau de pluie, et il lui était difficile d'avoir l'esprit serein.

— On dirait qu'il n'a pas parlé de la question d'état civil ?

— Non, il n'en a rien dit, c'est vraiment comme si j'avais été victime d'une illusion.

Kenzô se demandait s'il avait fait cette requête invraisemblable pour attirer son attention, ou bien s'il en avait parlé le plus sérieusement du monde comme d'une chose envisageable, mais que, Hida ayant catégoriquement refusé, il s'était rendu compte que c'était irrecevable dès le début.

— Qu'est-ce qui est vrai dans tout cela ?

— Vraiment je n'en sais rien, je n'arrive pas à saisir ce qu'un homme comme lui peut penser.

En effet, Shimada était susceptible d'avoir adopté tout aussi bien les deux attitudes.

Trois jours après, il se présenta à nouveau. Kenzô était dans son bureau. Il avait allumé la lampe et travaillait. Dans sa tête venait de s'élaborer une idée. Il en avait démêlé les fils embrouillés et il arrivait au bout de ses peines. Sa réflexion fut brutalement interrompue. L'air mécontent, il regarda la servante qui se tenait à l'entrée de son bureau, à genoux, les mains posées à plat sur le sol.

« Quel besoin a-t-il de venir comme ça m'importuner tout le temps ! »

C'est ce qu'il se disait tout en regardant la servante, mais il ne se sentait pas le courage de refuser net de le voir.

— Dois-je le faire entrer au salon ?

Il accepta à contrecœur puis il demanda :

— Où est Madame ?

— Elle a dit qu'elle ne se sentait pas bien et elle s'est couchée.

Kenzô ne put s'empêcher d'associer la fatigue prétextée de sa femme à une crise de nerfs. Enfin, il se leva pour aller accueillir le visiteur.

48

C'était encore une époque où toutes les maisons n'avaient pas l'électricité, et on avait allumé comme d'habitude une lampe dans le salon. Le pied de la lampe était en bambou, et à l'intérieur se trouvait le réservoir d'huile. Elle ressemblait à une sorte de tambourin. Le socle était plat, de telle sorte qu'on pouvait poser la lampe sur le tatami.

Quand Kenzô entra dans le salon, Shimada l'avait approchée de lui et examinait la flamme tout en sortant et rentrant la mèche. Sans changer de position, il dit :

— On dirait qu'il y a un dépôt de noir de fumée.

Effectivement, le verre de lampe était noirci.

Là où la mèche n'était pas coupée droit, il se produisait toujours cet effet quand on élevait trop la flamme. C'était la particularité de la lampe.

— Je vais en demander une autre.

Il y en avait trois autres. Kenzô manifesta son intention d'appeler la servante pour lui dire d'apporter la lampe de la salle de séjour, mais Shimada ne fit qu'une réponse vague et continua à fixer le verre de lampe couleur de suie.

— Je me demande vraiment pourquoi.

Il parlait tout seul, et il jeta un coup d'œil par l'interstice entre le pied de la lampe et le globe, qui était orné de fleurs des champs en verre opaque. Shimada était bien tel qu'il était resté dans la mémoire de Kenzô : un homme extrêmement attaché aux détails, au caractère vétilleux. C'était sans doute pour pallier sa morale douteuse et ses finances difficiles qu'il s'occupait de la poussière qui pouvait recouvrir les tatamis ou la véranda. Il se mettait à genoux et passait le chiffon. Il descendait pieds nus au jardin et balayait dans les moindres recoins, aspergeait d'eau le plancher.

Quand quelque chose se cassait, il le réparait toujours lui-même. Tout au moins, il essayait. Quelles que soient la durée et la difficulté de cette opération, rien ne l'arrêtait. C'était dans son caractère, mais c'était aussi parce que tenir dans sa main une pièce d'un *sen* était de loin plus important pour lui que le temps passé ou l'effort accompli.

— On peut faire ça à la maison, voyons. Inutile de dépenser de l'argent en demandant à quelqu'un. On y perdrait.

C'est ce qu'il craignait par-dessus tout: « y perdre ». Et il ne se rendait pas compte de ce qu'il perdait en réalité.

— Il est trop honnête, cet homme.

C'est le mot qu'avait employé O-Fuji autrefois devant Kenzô pour faire valoir son mari. Kenzô, qui pourtant était petit, savait qu'elle se trompait. Mais il n'avait rien dit à O-Fuji parce qu'il pensait qu'elle voulait interpréter tout en faveur de son mari pour se prouver ses qualités. A bien y regarder, le jugement que portait O-Fuji paraissait avoir plus de fondement.

— Il est tellement naïf qu'il ne se rend compte de rien quand il y perd.

Kenzô éprouvait plutôt de la pitié pour le vieillard dont l'intelligence n'était pas à la mesure de son avidité, et qui devait suer sang et eau pour amasser son pécule.

A présent, il éprouvait la même pitié pour cet homme qui fixait la faible flamme de la lampe de ses yeux caves à travers le verre : « C'est donc comme ça qu'il a vécu ? »

Kenzô, qui venait de résumer la vie de Shimada qu'il avait devant lui, se prit à se demander comment il vieillirait lui-même. Il avait en horreur le mot « Dieu ». Pourtant, à cet instant, c'est ce mot qui surgit dans sa pensée, et il eut l'impression très forte que Dieu ne ferait pas de différence entre ce vieillard cupide et lui.

A ce moment, la lampe dont Shimada avait brusquement tourné la molette se mit à brûler d'une lumière vive. Surpris, il se mit à tourner en sens inverse, mais il tourna trop et la lumière qui était déjà faible s'affaiblit encore.

— Vraiment, il y a quelque chose qui ne va pas.

Kenzô frappa dans ses mains pour appeler la servante, qui apporta une autre lampe.

49

Ce soir-là, rien ne différa dans l'attitude de Shimada de celle qu'il avait adoptée lors de sa visite précédente. Dans l'ensemble, il parlait d'une manière indiquant qu'il considérait Kenzô comme un homme accompli. Mais il semblait avoir complètement oublié ce qu'il avait dit à propos de la calligraphie. Il ne toucha pas un mot non plus de Li Hong-tchang. A plus forte raison, il ne fit aucune allusion à la question de l'état civil.

Il s'efforçait de dire des choses banales. Mais il lui était impossible de trouver des sujets d'intérêt communs. Kenzô n'était pas loin de trouver la conversation lassante.

Kenzô s'ennuyait. Mais à cet ennui se mêlait une sorte de tension. Il se sentait sur le qui-vive. Il était persuadé qu'un jour, ce même vieillard se présenterait devant lui d'une manière beaucoup plus claire, quelque chose à la main. Cette idée le hantait que cette chose, dont il ne savait pas ce qu'elle serait, lui serait déplaisante ou lui ferait du tort. A travers cet ennui, il ressentait, bien que faible, une tension plus aiguë qu'il ne l'aurait voulu. A cause de cela sans doute, Shimada l'observait d'une manière radicalement différente de celle dont il avait regardé tout à l'heure la flamme de la lampe à travers le verre.

« S'il a un moment de relâchement, je me lance. »

C'est ce que son regard, vague pourtant, disait. Naturellement, Kenzô résistait car il fallait qu'il se tienne prêt. Mais il lui arrivait de renoncer à se tenir sur ses gardes, pour apaiser le regard avide de l'autre.

Tout à coup, des gémissements leur parvinrent. C'était la femme de Kenzô. Il était sensible plus que quiconque à cette voix et tendit l'oreille.

— Qui est malade ? demanda Shimada.

— Ma femme. Elle n'est pas très bien ces derniers temps.

— Ah bon ? Voilà qui est navrant. Qu'a-t-elle donc ?

Shimada ne l'avait jamais vue. Il ne semblait même pas savoir quand Kenzô l'avait épousée ni d'où elle venait. Ses questions n'étaient donc que pure convenance. De son côté, Kenzô n'avait aucunement l'intention d'afficher des sentiments de pitié à l'égard de sa femme.

— Le temps est mauvais en cette période, il faut veiller à sa santé.

Comme les enfants étaient couchés depuis longtemps, on n'entendait aucun bruit dans la maison. La servante était dans un coin de trois tatamis à côté de la cuisine, éloignée du salon. Il était pénible à Kenzô de laisser sa femme seule. Il frappa dans ses mains pour appeler la servante.

— Allez dans la chambre de Madame et restez près d'elle.

— Bien.

La servante quitta la pièce sans avoir l'air de bien comprendre pourquoi on lui demandait cela. Elle referma la porte coulissante.

Kenzô se tourna à nouveau vers Shimada, mais son attention s'était détournée du vieillard. Il voulait qu'il s'en aille et cela se sentait dans ses paroles, dans son attitude.

Pourtant, Shimada ne se levait pas. Quand enfin la conversation s'essouffla, ne trouvant vraiment plus rien à dire, il se laissa glisser de son coussin…

— Excusez-moi d'avoir abusé de votre précieux temps. Je reviendrai vous voir.

Il ne dit rien au sujet de la maladie de la femme de Kenzô et, pendant qu'il se chaussait, il se retourna et demanda :

— En général, vous êtes libre, tard le soir ?

Et comme Kenzô restait debout, ne disant ni oui ni non :

— A vrai dire, je voudrais vous entretenir de quelque chose.

Kenzô ne lui demanda même pas de quoi il s'agissait. La lumière de la lampe que Kenzô tenait à la main éclaira les yeux troubles du vieillard qui le regardait. C'était un mauvais regard, le regard de celui qui n'hésiterait pas à abuser de l'autre si l'occasion se présentait.

— Eh bien, bonsoir.

Disant cela, il ouvrit la porte à claire-voie et disparut dans la nuit. Le porche n'était même pas allumé.

50

Kenzô se rendit tout de suite au chevet de sa femme.

— Ça ne va pas ?

Elle ouvrit les yeux et regarda le plafond. Kenzô regarda sa femme dont le visage dépassait des couvertures. La lampe posée à côté du *fusuma* [1] était plus sombre que celle du salon. Kenzô ne distinguait pas bien dans quelle direction sa femme regardait.

— Ça ne va pas ?

Il fut obligé de répéter sa question qui resta sans réponse.

Depuis leur mariage, il avait remarqué à plusieurs reprises ce phénomène. Mais il avait une sensibilité trop vive pour s'y habituer. Chaque fois qu'il se trouvait confronté à une situation de ce genre, il éprouvait de l'angoisse. Il s'assit à son chevet.

— Vous pouvez disposer. Je suis là.

La servante qui était assise près de la couche et regardait Kenzô d'un air d'ennui se leva sans rien dire. Puis,

1. Cloison mobile, recouverte de papier épais et non transparent.

avant de refermer la cloison coulissante, elle leur souhaita bonne nuit en s'inclinant, les mains posées sur le sol. Après son départ, Kenzô remarqua sur un tatami quelque chose de brillant avec un fil rouge. Les sourcils froncés, il ramassa l'aiguille que la servante avait laissée tomber. D'ordinaire, il l'aurait rappelée pour la réprimander. Cette fois, il resta songeur, l'aiguille à la main. Finalement, il la planta dans le *fusuma* et se tourna à nouveau vers sa femme. Son regard avait quitté le plafond, mais il était difficile de déterminer où il s'était posé maintenant. Quelque chose brillait au fond de ses grosses prunelles noires. Pourtant, il y manquait la vie. Les yeux étaient grands ouverts mais donnaient l'impression de n'être pas reliés directement à l'âme, ils voyaient ce que les pupilles voyaient, sans but défini.

— Hé ! réveille-toi !

Kenzô secoua sa femme par les épaules. Elle ne répondit pas et secoua seulement la tête en donnant l'impression de regarder en direction de Kenzô, mais aucune lueur ne permettait de dire qu'elle était consciente de la présence de son mari.

— C'est moi ! Tu ne me reconnais pas ?

Personne d'autre que lui ne pouvait comprendre le désarroi, la douleur, le chagrin que contenaient ces mots banals, simples et même brutaux. Il lui était arrivé aussi de s'agenouiller et de prier le ciel.

— Je t'en prie, dis quelque chose ! Par pitié, regarde-moi !

Intérieurement, il implorait sa femme. Mais cette prière ardente ne franchissait pas ses lèvres. Lui qui était facilement sentimental n'était capable d'aucune parole de tendresse.

Tout à coup, le regard de sa femme redevint normal. Elle revint à elle et le regarda comme si elle venait de sortir d'un rêve.

— C'est toi ? dit-elle d'une toute petite voix.

Elle ébaucha un sourire. Mais ce sourire se figea quand elle vit le visage contracté de Kenzô.

— Il est parti ?

— Oui.

Ils restèrent silencieux quelques instants. Elle tourna la tête pour regarder l'enfant qui dormait à son côté.

— Il dort bien.

L'enfant dormait profondément, la tête sur un petit oreiller aligné sur celui de sa mère. Kenzô posa la main sur le front de sa femme.

— Tu veux que je te mette une serviette froide ?

— Non, ça va.

— C'est vrai ?

— Oui.

— Vrai de vrai ?

— Oui. Tu devrais aller te coucher.

— Je ne peux pas me coucher tout de suite.

Kenzô entra dans son bureau et il attendit seul dans la nuit tranquille que le jour se lève.

51

Il n'avait pas sommeil et pourtant, il n'avait pas les idées claires. Comme quelqu'un qui a été interrompu dans le fil de ses pensées, il se débattait à travers le brouillard qui empêchait sa réflexion de suivre son cours. Le lendemain matin, il devait monter sur l'estrade et il se voyait pitoyable. Il était à la torture face à ces jeunes gens qui le regardaient avec passion, qui prenaient sérieusement des notes sur ce qu'il disait si maladroitement. C'était un supplice pour lui que de se sentir incapable de dépasser son sentiment d'insuffisance.

— Est-ce que je vais pouvoir mettre à jour ce cours pour demain ?

A cette pensée, ses efforts lui parurent soudain sans effet, et la confiance en lui, ce quelque chose qui lui faisait penser « je ne suis pas si bête » s'évanouit aussitôt. Quand il lui arrivait d'aboutir à des conclusions intéressantes, le mécontentement qu'il éprouvait à l'égard de l'atmosphère qui l'entourait et qui troublait ses réflexions augmentait de plus belle. Finalement, il lança sa plume.

— Ça suffit, je laisse tout tomber.

Il était plus d'une heure. Il éteignit la lampe et se dirigea dans l'obscurité vers le couloir qui longeait la véranda. Deux *shôji* seulement dans la pièce du fond laissaient passer de la lumière. Kenzô en poussa un et entra.

L'enfant dormait en boule comme un petit chien. La femme de Kenzô dormait aussi tranquillement, allongée sur le dos. Il s'assit sans faire de bruit, tendit légèrement le cou et regarda sa femme. Puis il étendit doucement la main au-dessus de son visage. Sa bouche était fermée. Il sentit sur sa paume le souffle léger et tiède qui sortait des narines. Sa respiration était calme et régulière. Il retira enfin sa main. Brusquement, il fut saisi de l'envie d'appeler sa femme par son nom pour être tout à fait rassuré. Mais il se retint. Il lui posa la main sur l'épaule et pensa à la réveiller, mais il se ravisa.

« Non, il ne doit pas y avoir de problème. »

Il arriva enfin à raisonner comme un homme normal. Mais lui qui avait les nerfs particulièrement sensibles à l'égard de ce qui touchait l'état de sa femme, pensait qu'il faisait comme n'importe qui en pareille circonstance. Le meilleur remède à la maladie de sa femme était le sommeil.

Lorsque, assis de longs moments près d'elle, Kenzô, inquiet, contemplait son visage et qu'il voyait le sommeil alourdir ses paupières, il avait toujours l'impression que c'était un bienfait du ciel. Toutefois, quand ce sommeil se prolongeait, le fait de ne plus pouvoir saisir le regard de sa femme était pour lui une cause d'inquiétude. Finalement, il lui arrivait très souvent, sans pouvoir s'en empêcher et pour voir ce qui se cachait derrière les cils baissés, de la réveiller.

Quand elle levait vers lui un visage fatigué, aux paupières lourdes, en lui demandant de la laisser dormir, il regrettait son geste. Mais il était obligé d'en arriver là pour s'assurer que sa femme était vivante.

Enfin, il se déshabilla et se coucha. Et il confia son esprit troublé au silence de la nuit. La nuit était trop avancée pour alléger son désarroi, mais elle était assez calme pour faire taire son agitation intérieure. Le lendemain matin, il fut réveillé par sa femme qui l'appelait.

— C'est l'heure !

Elle était encore couchée et avait étendu la main pour prendre la montre à côté de l'oreiller de Kenzô. On entendait la servante qui préparait le petit-déjeuner dans la cuisine.

— Elle est levée ?

— Oui, je suis allée la réveiller tout à l'heure.

Sa femme s'était donc levée, puis recouchée. Kenzô se mit debout. Elle en fit autant. Ils ne dirent rien, comme s'ils avaient complètement oublié ce qui s'était passé la veille.

52

Ni l'un ni l'autre ne prêtaient attention à cette attitude qui leur était commune, mais ils avaient obscurément conscience d'avoir des rapports inéluctablement malheureux. Ils étaient également persuadés que la spécificité de leurs rapports n'était percée à jour par personne. Il ne leur venait même pas à l'esprit qu'un tiers pût les considérer comme un couple étrange.

Kenzô ne parla donc de rien, sortit et fit son travail comme à l'accoutumée. Mais pendant qu'il faisait son cours, il lui arriva de penser brusquement à la maladie de sa femme. Son regard lui apparut soudain. Il eut alors l'impression qu'il devait descendre de l'estrade et rentrer tout de suite chez lui. Il s'attendait même à ce qu'on vienne le chercher. Il se mit dans un coin de la classe et fixa la porte droit devant lui. Puis il se mit à contempler le plafond arrondi en forme de casque. Ce plafond était fait de lattes rectangulaires, patinées, alignées de telle sorte qu'il paraissait encore plus haut qu'il ne l'était en réalité. Il n'était cependant pas assez haut pour contenir l'inquiétude qui troublait l'esprit de Kenzô. Enfin, son regard retourna vers les têtes noires alignées qui écoutaient attentivement ce qu'il disait. Ce furent les étudiants qui le rappelèrent brusquement à la réalité.

Kenzô, tourmenté par la maladie de sa femme, n'avait aucune crainte de devenir la victime de Shimada. Il savait que le vieillard était un avare sans compassion pour autrui, mais il le jugeait incapable de déployer ses facultés et, de ce fait, il le méprisait. Et qu'il lui fasse perdre un temps précieux dans des conversations sans intérêt était insupportable à Kenzô plus qu'à n'importe qui.

— Qu'est-ce qu'il va me dire, la prochaine fois ?

Les paroles de Kenzô, qui prévoyait l'attaque suivante et qui en souffrait d'avance, stimulèrent sa femme.

— Tu sais très bien ce qu'il va te dire. Au lieu de t'inquiéter, tu ferais mieux de rompre tout lien avec lui.

Dans le fond de son cœur, il était d'accord avec elle ; mais il fit une réponse qui ne correspondait pas à sa pensée.

— Il ne me préoccupe pas tant que ça, ce bonhomme ! Il ne m'a jamais fait peur.

— Personne n'a dit qu'il te faisait peur ! Mais ce qui est sûr, c'est que c'est très ennuyeux. Même toi, ça t'ennuie.

— Dans la vie, il y a des tas de choses qu'on ne peut pas cesser de faire sous le simple prétexte qu'elles sont fastidieuses !

Kenzô, qui avait mis un brin d'entêtement dans ce qu'il avait dit à sa femme, fut une fois de plus incapable de refuser un entretien à Shimada quand il revint, bien qu'il fût plus préoccupé que d'habitude.

Comme l'avait deviné sa femme, c'était bien d'argent que Shimada voulait entretenir Kenzô.

Lui qui attendait de saisir la moindre occasion, pensa-t-il que cette attente serait sans limites ? Toujours est-il que sans se demander si le moment était propice ou non, il se mit à presser Kenzô.

— Je suis vraiment gêné. Je n'ai personne à qui m'adresser, je vous en prie, faites quelque chose.

Le ton de ses paroles montrait qu'il trouvait normal que Kenzô se sente en devoir de l'aider. Toutefois, il n'était pas arrogant au point de heurter l'amour-propre de Kenzô, qui finit par se lever et alla prendre son portefeuille sur son bureau. Comme il ne gérait pas le budget de la maison, il n'y avait pas grand-chose dedans. Il n'était pas rare qu'il restât vide plusieurs jours à côté de son écritoire. Il en sortit le contenu qu'il posa devant Shimada. Celui-ci n'avait pas l'air de comprendre.

— De toute façon, je ne pourrai pas vous donner ce que vous voulez. Voilà, je vous ai donné tout ce que je pouvais.

Kenzô montra à Shimada l'intérieur de son portefeuille. Après son départ, il laissa le portefeuille vide dans le salon et retourna dans son bureau. Il ne dit pas à sa femme qu'il avait donné de l'argent à Shimada.

53

Le lendemain, Kenzô rentra à la même heure que d'habitude. Il s'assit devant sa table et remarqua le portefeuille soigneusement remis à sa place. C'était un grand portefeuille de cuir, presque de trop bonne qualité par rapport à ses autres affaires. Il l'avait acheté dans le quartier le plus animé de Londres.

Les souvenirs qu'il avait rapportés de l'étranger n'éveillaient plus aucun intérêt en lui, et ce portefeuille lui paraissait également un objet inutile. Il se demanda pourquoi sa femme l'avait remis si soigneusement à sa place habituelle, et, après avoir jeté un coup d'œil ironique sur le portefeuille vide, il n'y toucha plus pendant quelques jours. Il se trouva qu'il eut besoin d'argent. Il le brandit sous le nez de sa femme en lui disant :

— Dis donc, mets-moi un peu d'argent là-dedans.

Elle tenait un mètre dans la main droite. Elle leva la tête vers son mari.

— Mais j'en ai mis.

Elle n'avait rien demandé à son mari après le départ de Shimada. Il n'avait pas été question entre eux de l'argent que Kenzô avait remis au vieillard. Kenzô s'attendait à une réaction de ce genre, puisqu'elle ne connaissait rien de la situation.

— Je lui ai donné, figure-toi ! Oui, mon portefeuille est vide !

Elle n'avait pas l'air de comprendre. Elle posa le mètre sur le tatami et tendit la main.

— Fais voir.

Kenzô, exaspéré, lui tendit le portefeuille. Elle regarda à l'intérieur et en sortit quelques billets.

— Qu'est-ce que je disais !

Elle mit entre ses doigts les billets crasseux et froissés, et les éleva jusqu'à sa poitrine. Elle sourit imperceptiblement, pour marquer sa victoire.

— Quand les as-tu mis ?

— Après son départ.

Au lieu de se réjouir de la délicatesse de sa femme, il s'en étonna. Il ne la croyait pas capable d'une telle perspicacité.

« Aurait-elle eu pitié de moi, à qui Shimada a pris de l'argent sans qu'elle le sache ? » se demanda-t-il. Mais il n'essaya pas d'élucider la question.

De son côté, alors qu'elle aurait pu se rapprocher de son mari, elle n'eut pas le courage de s'expliquer. L'argent qu'elle avait remis en place sans rien dire fut dépensé également sans explication.

Son ventre s'arrondissait de plus en plus. Il lui était pénible de rester debout. Son humeur changeait sans cesse.

— Cette fois, je vais peut-être bien mourir !

Il lui arrivait de verser des larmes, sans qu'on comprenne ce qu'elle ressentait. Kenzô, qui se tenait à l'écart de tout cela, était quelquefois bien obligé de s'en mêler.

— Pourquoi dis-tu ça ?

— Je ne sais pas, je ne peux pas m'en empêcher.

Les questions et les réponses en restaient toujours là, mais, à travers les mots, quelque chose se dissimulait. Ce quelque chose disparaissait, une fois mis dans des mots simples, et la parole ne pouvait plus l'atteindre, comme le son de la cloche s'évanouit au moment où l'oreille ne peut plus le capter.

Elle se souvint de sa belle-sœur qui était morte à force de vomissements. Elle se rappelait qu'elle-même avait aussi beaucoup souffert quand elle avait accouché de sa fille. Il s'en était fallu de peu ; si elle était restée deux ou trois jours de plus dans le même état, elle serait morte de dénutrition. Elle se demanda comment elle avait pu s'en sortir, et c'était plutôt le fait d'être en vie qui lui paraissait l'effet du hasard.

— Ce n'est vraiment pas drôle d'être une femme !

— Mais c'est le devoir des femmes d'avoir des enfants. On n'y peut rien.

La réponse de Kenzô était banale. Il savait bien lui-même qu'il avait répondu une sottise. Il sourit amèrement.

54

L'humeur de Kenzô aussi avait des hauts et des bas. Il ne disait pas que des choses propres à apaiser les inquiétudes de sa femme. Il lui arrivait de ne plus pouvoir supporter l'état de celle-ci, qui reposait, la mine contractée. Debout à son chevet, il lui demandait brusquement des choses dont il n'avait pas besoin.

De son côté, elle ne bougeait pas. Elle affichait une indifférence à toute épreuve, l'air de dire : « Bats-moi, donne-moi des coups de pied si tu veux. » Elle qui ne parlait déjà pas beaucoup d'habitude, s'enfermait de plus en plus dans le silence. Elle se rendait pourtant compte que cela exaspérait Kenzô.

« En fin de compte, ce n'est qu'une entêtée ! »

Intérieurement, il résumait ainsi les particularités de sa femme. Il fallait qu'il oublie tout le reste. Son esprit était fixé sur cette notion d'entêtement. Il projetait toute sa rancune dans ce mot, le seul qui veuille dire quelque chose pour lui, le seul éclairant l'obscurité trompeuse des autres mots. De son côté, sa femme, aussi muette qu'un poisson ou un serpent, acceptait en silence cette rancune, ce qui avait pour résultat de la faire passer aux yeux de leur entourage pour une femme de caractère, alors que Kenzô passait pour un homme irrésolu à la limite de la folie.

« Tu es si cruel, que je vais avoir une crise de nerfs. »

C'est ce que son regard semblait de temps en temps vouloir dire. Toujours est-il que Kenzô redoutait cet éclat qui brillait dans ses yeux. En même temps, il le haïssait. Tout en priant pour qu'aucun éclat ne se produise, il ne laissait paraître qu'indifférence. Mais elle savait que, derrière cette attitude forte, se cachait un endroit vulnérable.

« De toute façon, je vais mourir en couches, alors, ça m'est bien égal ! »

Elle prononçait ces mots entre ses dents, assez haut cependant pour que Kenzô les entende. Il avait envie de lui répondre : « C'est ça, meurs donc ! »

Une nuit, s'étant brusquement réveillé, il vit sa femme qui fixait le plafond, les yeux grands ouverts. Elle tenait à la main un rasoir qu'il avait rapporté d'Europe. La lame était sortie du manche d'ébonite, mais elle n'était pas droite. L'éclat froid du métal ne le frappa pas. Pourtant, il eut un sursaut. Il se dressa à moitié hors des couvertures et arracha le rasoir des mains de sa femme.

— Qu'est-ce que tu fais, idiote !

En même temps, il lança le rasoir. La lame brisa une partie de la paroi de verre du *shôji* et alla tomber sur la véranda. Sa femme ne dit rien, l'air ahuri, comme dans un rêve. Avait-elle cédé à sa passion des instruments tranchants ou, bien pis, à une crise ? N'avait-elle pas pu s'empêcher de s'en emparer, ou encore avait-elle recouru à cette ruse, bien féminine, pour prendre sa revanche sur son mari en lui faisant peur ? A supposer que la dernière proposition fût juste, quelle était son intention véritable ? Etait-ce pour faire revenir son mari à une attitude confiante et gentille, ou bien avait-elle été poussée par un obscur désir de domination ?

Dans son lit, Kenzô donnait plusieurs interprétations à son geste. De temps en temps, il jetait un coup d'œil vers sa femme et se demandait quels étaient ses sentiments. Il était impossible de savoir si elle dormait ou non. Elle restait impassible. Elle avait l'air d'une morte. Kenzô, la tête sur l'oreiller, se remit à penser à ses problèmes. Cette préoccupation dominait sa vie quotidienne, et elle avait pour lui bien plus d'importance que ses cours.

Son attitude vis-à-vis de sa femme reposait sur la solution qu'il trouverait à son problème. Avant, quand il se posait beaucoup moins de questions qu'à présent, il mettait l'attitude étrange de sa femme sur le compte de la maladie. A cette époque, chaque fois qu'une crise se déclarait, comme un fidèle qui raconte la vérité en se confessant à Dieu, il se mettait à genoux devant elle. Il considérait que c'était la conduite la plus tendre et la plus noble en tant qu'époux.

« Si au moins j'en connaissais la raison »

Il se sentait prêt à tout pardonner. Malheureusement, l'attitude de sa femme ne lui paraissait pas si simple. Il fallait qu'il réfléchisse sans fin. Fatigué par un problème dont il n'entrevoyait pas la solution, il finissait par s'endormir pour se réveiller sitôt après, obligé d'aller faire ses cours. Il ne trouva pas l'occasion de parler à sa femme de ce qui s'était passé la veille. De son côté, elle semblait avoir tout oublié au réveil.

55

Après ce genre de scène, l'habitude reprenait le dessus et leur servait de médiateur. Sans qu'ils s'en aperçoivent, ils se remettaient à se parler comme un couple normal.

Mais il arrivait que l'habitude ne soit rien d'autre qu'un témoin indifférent. Ils vivaient en se tournant le dos. Quand leurs rapports devenaient par trop tendus, Kenzô disait toujours à sa femme de retourner chez ses parents. De son côté, elle semblait estimer que c'était à elle de décider si elle restait ou non. Cette attitude était odieuse à Kenzô, qui ne craignait pas de répéter la même chose jusqu'à l'épuisement.

— Dans ces conditions, j'emmène les enfants pour un temps indéterminé !

Il lui était arrivé en effet de retourner ainsi chez ses parents. Il promettait d'envoyer tous les mois de quoi les nourrir, en se réjouissant de revenir à sa vie d'étudiant.

L'idée de se retrouver brusquement seul dans la maison devenue trop grande puisqu'il ne restait plus que la servante ne l'attristait nullement.

« Comme on est bien ! »

Au milieu de la pièce de huit tatamis, il avait dressé une petite table sur laquelle il écrivait du matin au soir.

C'était le moment le plus chaud de l'été et, comme il n'était pas très robuste, il s'allongeait souvent à même les tatamis. Il y avait beau temps qu'on ne les avait pas changés. Ils étaient tout jaunes, usés jusqu'à la trame, et ne lui procuraient aucune fraîcheur.

Son écriture était fine et serrée à l'extrême. C'était alors son grand plaisir que de remplir le plus possible de feuilles d'une écriture qui n'était comparable qu'à des pattes de mouche. En même temps, cela lui était pénible. Mais il devait le faire.

La servante, dont le père était pépiniériste à Sugamo, lui avait apporté des bonsaïs. Il les avait mis sur la véranda de la salle de séjour et il bavardait avec elle tout en déjeunant. Il était heureux de sa gentillesse. Mais il dédaignait les arbustes. Sur n'importe quel marché, on aurait pu acheter les mêmes pour vingt ou trente *sen*.

Il rédigeait son manuscrit sans aucune pensée pour sa femme. Il ne lui serait pas venu à l'esprit d'aller la voir chez ses parents. Son inquiétude à propos de sa maladie s'était évanouie.

« Si elle tombait malade, ses parents sont là, ils me préviendraient. »

Il avait l'esprit beaucoup plus serein que lorsqu'ils étaient sous le même toit. Non seulement il ne voyait pas les parents de sa femme, mais il n'alla pas voir son frère ni sa sœur. Personne ne vint non plus. Il passait ses journées à travailler et à se promener quand la chaleur de la journée faisait place à la fraîcheur du soir.

Un mois à peine s'était écoulé, lorsque sa femme revint brusquement. Kenzô était dans le petit jardin de devant et se promenait de long en large à la lumière du soleil couchant.

Quand les pas de Kenzô arrivèrent à hauteur de son bureau, elle apparut soudain derrière la porte du jardin à moitié ouverte.

— Laisse-moi revenir !

Il remarqua les socques qu'elle avait aux pieds, dont le bout était fendillé et le talon complètement usé. Il éprouva de la pitié. Il prit son portefeuille, en sortit trois billets d'un yen qu'il lui mit dans la main.

— Tu ne peux pas rester avec ces socques. Achète-t'en !

Quelques jours plus tard, sa belle-mère vint le voir pour la première fois. Sa visite n'avait d'autre motif que de demander à Kenzô de reprendre sa femme et les enfants. La seule différence avec la demande de sa femme était que celle de sa belle-mère comportait plus de phrases et de détails. Nier que l'intéressée ait le désir de revenir eût été faire preuve d'une cruauté que Kenzô n'avait pas. Il accepta sans discuter. Sa femme revint avec les enfants dans la maison de Komagome, mais elle avait la même attitude qu'avant. Kenzô eut l'impression d'avoir été dupé.

Chaque fois qu'il repassait dans son esprit ce qui s'était passé pendant l'été, il s'irritait, en se demandant si cela finirait un jour.

56

De son côté, Shimada ne manquait pas non plus de se montrer. Depuis qu'il s'était fait une idée de ce qu'il pourrait soutirer, il se montrait de plus en plus insistant. Il arrivait à Kenzô d'être obligé d'aller chercher son portefeuille dans son bureau pour le montrer au vieillard.

— C'est un portefeuille de qualité. Décidément, les articles étrangers, c'est autre chose !

Il le prenait en main, l'admirait et le retournait dans tous les sens.

— Excusez-moi, mais combien cela coûte, là-bas ?

— Je l'ai payé dix shillings, je crois. Cela doit faire à peu près cinq yens.

— Cinq yens ? C'est une somme ! Je connais depuis longtemps une boutique à Asakusa, du côté de Kurofune-chô, qui vous ferait la même chose pour bien moins cher. Si vous voulez, je me renseignerai.

Le portefeuille de Kenzô n'était pas toujours plein, tant s'en faut. Il était quelquefois complètement vide. Dans ces cas-là, comme il n'y avait rien à faire, il ne se levait pas ; de son côté, Shimada trouvait n'importe quel prétexte pour rester.

— Tant que je ne lui ai pas donné d'argent, il ne part pas, cette espèce d'individu !

C'est ce que disait Kenzô. Mais il n'essayait jamais de prendre de l'argent à sa femme. Elle ne se serait pas plainte, pourtant. Son attitude l'avait prouvé.

Shimada devenait de plus en plus pressant. Il se mit à réclamer sans vergogne des sommes importantes, comme vingt ou trente yens.

— Je vous en prie ! A mon âge, je n'ai personne sur qui compter, je n'ai que vous.

Il ne se rendait pas compte de l'audace de ses paroles. Si Kenzô ne répliquait rien, il faisait rouler ses yeux sous ses lourdes paupières et il l'examinait.

— Avec la vie que vous menez, vous devez bien pouvoir disposer de dix ou vingt yens !

Il allait jusqu'à dire cela !

Quand il fut parti, Kenzô, la mine renfrognée, se tourna vers sa femme.

— Il vient envahir notre vie. Il a essayé une fois d'un coup, je n'ai pas cédé. Alors maintenant, il y va petit à petit. Quel horrible individu !

Kenzô était le genre d'homme à utiliser de grands mots pour exprimer sa colère. Quand il en arrivait à ce point, sa femme au contraire faisait preuve d'un grand calme.

— Tu te laisses faire. Il fallait faire en sorte dès le début de ne pas le laisser approcher.

Kenzô fit une moue pour bien montrer qu'il savait à quoi s'en tenir dès la première fois.

— Si vraiment il veut me voir, il peut toujours !

— Mais nous n'avons qu'à y perdre, d'avoir des relations avec lui !

— Tu parles ainsi parce que tu n'es pas concernée. Je ne suis pas comme toi, moi !

Elle ne comprit pas ce qu'il avait voulu dire.

— Evidemment, pour toi, je ne suis qu'une idiote !

Kenzô trouvait fastidieux d'effacer la méprise.

Quand ils se méprenaient ainsi sur leurs sentiments, ils n'échangeaient même pas une conversation de ce genre.

Kenzô suivit des yeux Shimada qui s'éloignait et entra tout de suite dans son bureau. Il ne lut rien, n'écrivit rien et resta seulement assis à ne rien faire.

Quant à sa femme, elle n'était pas du genre à s'occuper indéfiniment d'un homme solitaire au point de se sentir détaché des affaires du ménage. Son mari s'enfermait dans sa tour d'ivoire, elle n'y pouvait rien. Ainsi pensait-elle, sans plus s'en préoccuper.

57

Kenzô avait l'impression que sa tête était une boule de papier froissé. Il se sentait comme électrisé par l'exaspération et il lui arrivait de ne plus pouvoir se supporter lui-même s'il ne laissait pas échapper les ondes de colère qui le parcouraient. Par exemple, il renversa sans motif un pot de fleurs que les enfants avaient réussi à se faire acheter à force d'importuner leur mère. Le pot de terre cuite, tirant sur le rouge, s'était brisé en mille morceaux, il en éprouva une certaine satisfaction. Mais quand il vit l'aspect pitoyable des fleurs, il ressentit une sorte de pitié. Quand il se rendit compte que c'était lui, le père, qui avait détruit brutalement cet objet qui charmait ses enfants, il s'attrista davantage. Il regrettait à moitié son geste. Mais il ne tenta pas de s'expliquer devant les enfants.

« Je ne suis pas responsable. Tout compte fait, qui m'a fait accomplir cet acte insensé ? C'est l'autre qui est responsable ! »

Intérieurement, il se justifiait toujours de la sorte. Pour retrouver un certain calme, il lui aurait fallu avoir des relations normales avec les gens. Mais il évitait tout le monde. Aucune occasion ne se présentait. Il était seul, il le restait et il se rongeait.

Quand la servante lui apporta la carte de l'agent d'assurances dont la visite ne lui faisait jamais plaisir, il se mit en colère contre elle qui n'y était pour rien. Sa voix retentit jusque dans le vestibule où attendait le visiteur. Après, il eut honte de son attitude. En réalité, sa colère était dirigée contre lui-même, car il se savait incapable d'avoir quelque rapport que ce soit avec l'espèce humaine. Mais il prenait sa propre défense comme il l'avait fait quand il avait renversé exprès le pot de fleurs des enfants.

« Ce n'est pas de ma faute. Même si cet homme ne comprend pas que ce n'est pas de ma faute, je le sais, moi ! »

Lui qui n'était pas croyant ne pouvait pas dire « Dieu le sait ». Il ne se rendait même pas compte à quel point il aurait été heureux de pouvoir se consoler par ces mots. Sa morale avait toujours « lui » comme point de départ et aboutissait toujours à « lui ».

Il pensait de temps en temps à l'argent. Il lui arrivait même de se demander comment il n'avait pas employé davantage son temps jusqu'ici à améliorer sa situation matérielle.

« Si je n'avais fait que ça ! »

Il flattait son amour-propre. Il jugeait absurde sa petite vie étriquée. Il considérait avec pitié les personnes de sa famille plus pauvres que lui ou qui avaient une vie encore plus modeste. Jusqu'à Shimada qui s'agitait sans trêve ni repos pour des désirs encore plus petits qu'il prenait en pitié.

« Tout le monde veut de l'argent. Rien d'autre, il n'y a que ça. »

A penser de la sorte, il se demandait ce qu'il avait fait jusqu'à ce jour. Il n'était pas fait pour le profit. Même s'il devait faire un bénéfice quelconque, il était homme à regretter le temps qu'il y aurait perdu. Peu après sa sortie de l'université, il avait refusé plusieurs offres pour se contenter des quarante yens que lui proposait une école. La moitié allait à son père ; avec l'autre moitié, il louait une chambre dans un temple et se nourrissait de patates et de friture. Cependant, durant cette période, il n'avait rien accompli. Comparée à aujourd'hui, sa situation avait changé sous bien des rapports.

Toutefois, deux aspects de sa vie restaient inchangés : le manque d'aisance matérielle et le fait de n'avoir rien accompli. Devenir riche ? Il en était incapable, et il était trop tard. Par ailleurs, trop de tracas troublaient son esprit pour qu'il pût mener à bien un travail remarquable. A la réflexion, il se rendait compte que le manque d'argent était à l'origine de bien des problèmes, et il s'irritait de ne pouvoir donner une direction à sa vie. Il lui faudrait encore beaucoup de temps avant que ne lui apparaisse le vrai chemin à prendre, inaccessible par la seule puissance de l'argent.

58

Quand Kenzô était revenu de l'étranger, il avait ressenti sur-le-champ la nécessité de l'argent. Lui qui venait de retrouver son Tôkyô natal où il s'était installé n'avait pas un sou en poche.

Quand il avait quitté le Japon, il avait confié sa femme et ses enfants à la garde de son beau-père. Ce dernier avait libéré un petit bâtiment qui faisait partie de la maison pour qu'ils puissent y loger. Les grands-parents de sa femme y habitèrent jusqu'à leur mort. La maison n'était pas très vaste, mais elle n'était pas laide. Les *fusuma*, laissés dans leur état d'origine, étaient recouverts de dessins de Nankô [1], de calligraphies de Bôsai [2] et laissaient deviner le goût de ceux qui l'avaient occupée autrefois.

Le beau-père de Kenzô était administrateur. S'il ne menait pas une vie très aisée, il n'en était pas au point d'imposer à sa fille et à ses petits-enfants une vie pauvre en l'absence de Kenzô.

De plus, l'université versait une petite pension mensuelle à Kenzô en tant que fonctionnaire. Celui-ci laissa donc sa maison derrière lui sans inquiétude.

Pendant son séjour à l'étranger, le gouvernement changea. A ce moment, son beau-père, qui occupait un poste relativement stable, fut muté à un poste où il lui fallait se dépenser considérablement. Pour comble de malheur, le nouveau cabinet fut tout de suite renversé. Il fut entraîné dans la tourmente. En apprenant la nouvelle, Kenzô se sentit plein de compassion envers les siens. Mais il ne mit pas un instant en doute la situation matérielle de son beau-père et ne fut pour ainsi dire pas

1. Haruki Nankô (1759-1839), peintre.
2. Kameda Bôsai (1752-1826), confucianiste.

troublé par l'événement. Même après son retour, il n'y prit pas garde. Sa négligence était telle qu'il ne remarqua rien. Il s'imaginait qu'avec vingt yens par mois sa femme pouvait nourrir deux enfants et une servante. A l'étranger, il se disait :

« Quoi qu'il en soit, il n'y a pas de loyer à payer ! »

Lui qui avait raisonné avec tant d'insouciance ouvrit de grands yeux quand il se trouva confronté à la réalité. Il tombait de haut.

Pendant son absence, sa femme avait défait ses kimonos de tous les jours. Finalement, à bout de ressources, elle avait pris un kimono que Kenzô avait laissé ; elle l'avait décousu puis retouché pour pouvoir le mettre. L'ouate des édredons aussi avait disparu. La literie partait en lambeaux. Son beau-père assistait, impuissant, à cette dégradation.

Après avoir perdu son poste, il s'était lancé dans la spéculation et avait fini par perdre tout son pécule déjà bien maigre.

Kenzô, qui revenait de l'étranger fier de son haut col, qui l'empêchait presque de tourner la tête, resta muet devant la situation pitoyable dans laquelle se trouvaient sa femme et ses enfants. Le choc fut considérable. Il n'avait même pas le courage d'ébaucher le moindre sourire.

Au bout de quelque temps, ses bagages, qui ne contenaient que des livres, arrivèrent. Il n'y avait pas la moindre bague pour sa femme, pas un cadeau, rien que des livres. A l'étroit dans le petit bâtiment où ils habitaient à côté de la maison de ses beaux-parents, il n'avait pas le cœur de soulever le couvercle de ses malles. En même temps, il se jugeait stupide de rester ainsi sans rien faire. Il se mit à chercher une maison. Il fallait aussi qu'il trouve un expédient. Il donna sa démission, ce qui lui permit de réunir quelque argent car le règlement de l'établissement où il avait occupé le poste de professeur stipulait qu'en cas de départ, l'école allouait la moitié du traitement mensuel, à condition qu'on ait occupé le poste une année. Il va sans dire que cette somme n'était pas très élevée. Cependant, grâce à cela, il réussit à acheter de quoi meubler convenablement une maison.

Avec un peu d'argent en poche, il fit le tour des marchands de meubles, accompagné d'un vieil ami. Comme ce dernier avait la manie de marchander, quel que soit l'objet, Kenzô avait l'impression de ne faire que marcher de boutique en boutique et de perdre un temps considérable. Les plateaux, les nécessaires à friture, les braseros, les bols, tout cela ne manquait pas. Malheureusement, ce n'était que rarement qu'il pouvait acheter. Son ami lui disait de faire baisser jusqu'à tel prix et si le marchand ne cédait pas, il plantait là Kenzô et continuait de son côté. Impuissant, Kenzô était obligé de courir après lui. Quand il lui arrivait de s'attarder, il l'appelait de loin en criant. C'était un homme dévoué, mais acharné, et qui ne faisait aucune différence entre ce qu'il achetait pour lui-même et ce qu'il achetait pour les autres.

59

Outre le mobilier nécessaire à la vie quotidienne, il fallait aussi qu'il s'achète des bibliothèques et une table. Il alla chez un menuisier et parlementa avec lui, qui agitait son abaque.

Les étagères n'avaient pas de fond et n'étaient pas garnies de vitres. Lui qui était démuni de tout ne pouvait se permettre de s'inquiéter de la poussière qui allait recouvrir les livres. Le bois n'étant pas assez sec, les étagères ployaient sous le poids des livres.

Pourtant, pour réunir ce mobilier rudimentaire, cela lui prit un temps considérable. L'argent qu'il avait reçu au moment de sa démission n'était plus qu'un souvenir. Il considérait d'un œil étonné sa nouvelle demeure à l'aspect désolé. Son insouciance lui avait fait oublier qu'obligé de se faire faire des vêtements quand il était à l'étranger, il avait emprunté de l'argent à un copensionnaire. Cela lui revint tout d'un coup et il se demanda comment il le rembourserait.

Justement, il reçut de l'homme en question une lettre dans laquelle celui-ci lui demandait de s'arranger pour le rembourser.

Assis à son bureau, Kenzô resta quelque temps à contempler la lettre. Il n'avait qu'un souvenir très vague de cet homme avec lequel il n'avait fait que loger un certain temps dans une pension. Il sortait de la même université que lui et ils avaient à peu près le même âge. Mais c'était un fonctionnaire important, en mission officielle, et un abîme séparait les moyens d'existence dont il disposait et la bourse allouée à Kenzô.

En plus d'une chambre, il louait un salon. Le soir, il mettait une robe de chambre à broderies et lisait un livre devant le feu, l'air satisfait. Kenzô, recroquevillé de froid dans sa petite chambre, enviait secrètement sa situation. Il lui arrivait même de sauter des repas. Un jour, avant de rentrer à la pension, il avait acheté des sandwiches et, tout en les mangeant, s'était dirigé sans but précis vers un grand jardin public. La pluie tombait dru. D'une main, il se protégeait tant bien que mal avec son parapluie, de l'autre il essayait péniblement de mordre dans son sandwich à la viande. Plusieurs fois, il avait voulu s'asseoir, mais tous les bancs étaient mouillés.

Un autre jour, il avait ouvert pour le déjeuner une boîte de biscuits qu'il avait achetée en ville. Il avait mordu dans les biscuits durs et cassants et, sans eau ni thé, il avait réussi à les avaler en salivant.

Une autre fois, il avait mangé un repas misérable avec des ouvriers et des cochers. Derrière les sièges, il y avait comme un haut paravent, et il était impossible de s'en rendre compte au premier abord, mais on pouvait observer à loisir le visage de ceux qui faisaient la queue. Quand s'étaient-ils lavés pour la dernière fois ? Le fonctionnaire qui logeait sous le même toit que Kenzô se rendait compte de la vie que menait celui-ci car il l'invitait souvent à déjeuner. Il l'emmena aussi aux bains publics. A l'heure du thé, c'était lui qui venait le chercher. Quelque temps après que se fut installée entre eux une certaine intimité, Kenzô lui emprunta de l'argent. C'est l'air dégagé que son ami lui remit deux billets de cinq livres comme si c'était du papier à jeter à la corbeille. Naturellement, il ne toucha pas un mot du remboursement. De son côté, Kenzô pensait qu'il s'arrangerait une fois rentré au Japon.

De retour, Kenzô se souvint à plusieurs reprises de ces deux billets. Mais jusqu'à la lettre pressante, il n'avait pas imaginé qu'il dût les rendre si vite. Sa seule ressource était d'aller trouver un ami de longue date. Il savait bien que ce dernier n'était pas très argenté. Mais il savait aussi qu'il était dans une position supérieure à la sienne. L'ami s'arrangea pour lui prêter ce dont il avait besoin. Il s'empressa d'aller rembourser celui qui l'avait secouru pendant son séjour à l'étranger et s'entendit avec son ami pour le rembourser à raison de dix yens par mois.

60

Conscient de sa situation matérielle à Tôkyô, où il avait enfin pu s'installer, Kenzô se sentait misérable. Dès qu'il ne s'agissait plus de puissance matérielle, la conscience d'avoir une supériorité sur les autres ne le quittait plus et il était heureux. Quand cette conscience était troublée par des questions d'argent, il se faisait des reproches. Même le kimono de coton noir aux armes de la famille qu'il mettait avec insouciance pour sortir lui paraissait être la preuve de son incapacité.

« Et en plus, il y en a toujours pour venir me réclamer de l'argent ! C'est une honte ! »

C'était principalement à Shimada qu'il pensait. Ce dernier personnifiait à ses yeux le type même du quémandeur de mauvais aloi.

Cependant, il avait beau examiner sa situation sous tous ses aspects, il était obligé d'admettre que c'était lui qui avait la position sociale la meilleure. Mais, indéniablement, cela ne flattait aucunement son orgueil. Il ne tirait aucune joie à se voir traité poliment par quelqu'un qui autrefois l'appelait seulement par son nom. Et qu'on le prenne pour un distributeur d'argent de poche ne faisait qu'exciter sa colère puisqu'il se considérait dans la misère.

Par acquit de conscience, il alla voir sa sœur pour lui demander son avis.

— Je me demande vraiment dans quelle mesure il est dans la gêne.

— Je me le demande aussi. Mais pour venir comme ça te réclamer de l'argent si souvent, il faut qu'il soit vraiment dans le besoin. Ce n'est pas parce qu'il a contribué à ton entretien à une certaine époque qu'il doit te taper sans limites ! Au fait, combien lui as-tu donné ?

— Est-ce que j'ai l'air de pouvoir donner de l'argent ?

— Par rapport à nous, il me semble bien que tu es du genre à en avoir !

Elle considérait son propre niveau de vie comme moyen. Bavarde, elle ne lui fit pas grâce d'un détail : ce que rapportait Hida tous les mois ne suffisait jamais à payer les frais de représentation, ni les repas froids qu'il emportait (nombreux puisqu'il était souvent de garde la nuit) et c'était avec les primes annuelles qu'ils arrivaient à combler le déficit de chaque mois.

— Et ne crois surtout pas qu'il me remette les primes en totalité ! Mais depuis quelque temps, comme nous menons une vie très retirée, je laisse Hiko se débrouiller lui-même pour pourvoir à la nourriture, alors, encore heureux que ça aille un peu mieux !

Sa sœur et son beau-frère habitaient avec leur fils adoptif mais ils faisaient budget à part. Ils avaient chacun leur *mochi* [1], leur sucre. Quand ils recevaient quelqu'un, ils en étaient certainement de leur poche. Kenzô considérait d'un œil ahuri cette famille dont les finances reposaient entièrement sur une sorte de système individualiste, évident aux yeux de sa sœur qui ne réglait pourtant pas sa vie sur une théorie ou sur des raisonnements.

— Toi, au moins, tu n'en es pas là, tu as de la chance ! Et puis tu es jeune et, si tu t'en donnes la peine, tu dois pouvoir gagner autant d'argent que tu veux !

Kenzô l'écoutait sans rien dire ; elle semblait avoir oublié Shimada. Pourtant, à la fin, elle ajouta :

— Après tout, ce n'est pas si grave. Quand tu en auras assez, tu n'as qu'à lui dire que tu t'arrangeras la prochaine fois et tu le congédies. S'il continue à t'importuner, fais dire que tu n'es pas là. Tu n'as pas à te gêner comme ça pour lui !

Ces conseils lui ressemblaient bien. N'ayant pas obtenu de réponse satisfaisante de sa sœur, il posa la même question à Hida, qui lui répondit seulement de ne pas s'inquiéter.

— Il a tout de même un terrain et une maison. Il n'est pas autant à plaindre qu'il le dit. Et puis O-Nui envoie de l'argent à O-Fuji. Il raconte n'importe quoi, ne t'en fais donc pas pour lui.

Hida éludait lui aussi la question.

1. Riz pilé, servi en morceaux de forme ronde ou carrée, généralement grillés et assaisonnés de sauce de soja.

61

Kenzô posa la question à sa femme.

— Je me demande vraiment quelles sont les ressources de Shimada ! J'ai eu beau en parler à ma sœur et à Hida, ils ne sont pas très fixés.

Elle regarda Kenzô sans entrain. Elle était presque à terme et se tenait le ventre d'un air douloureux. Elle était étendue, la mine défaite, la tête sur un oreiller de bois laqué rouge.

— Si tu tiens tellement à le savoir, pourquoi ne te renseignes-tu pas toi-même ? Tu saurais à quoi t'en tenir. Comment veux-tu que ta sœur sache, puisqu'elle n'a plus de relations avec lui ?

— Je n'ai pas de temps à perdre avec ça.

— Alors, tu n'as qu'à ne pas t'en occuper.

Dans ce qu'elle lui disait, il sentait poindre la critique : tu ne te conduis pas en homme !

Elle n'était pas femme à exprimer clairement sa pensée. Elle ne se plaignait pas non plus des relations plutôt froides qui existaient entre sa famille et son mari. La plupart du temps, elle feignait l'ignorance au sujet de Shimada et ne se sentait nullement concernée. L'image de son mari qui se reflétait dans son cœur était celle d'un homme aux nerfs sensibles, faible et à l'esprit tortueux.

Il répéta :

— Laisser tomber ?

Elle ne répliqua pas.

— C'est bien ce que j'ai fait jusqu'à maintenant !

Elle ne répliqua pas davantage. Kenzô se leva brusquement et alla s'enfermer dans son bureau.

Ce n'était pas seulement au sujet de Shimada que des scènes de ce genre se produisaient. Par contre, si le contexte s'y prêtait, il leur arrivait d'avoir des conversations qui ne se terminaient pas en disputes.

— Il paraît qu'O-Nui a une maladie de la moelle épinière…

— C'est incurable, non ?

— Il paraît qu'il n'y aurait plus aucun espoir. Alors, Shimada s'inquiète parce que si elle disparaît il n'aura plus aucun lien avec Shibano et O-Fuji, et il a peur qu'on ne lui verse plus de pension.

— C'est une maladie terrible. Elle est encore jeune, la pauvre, n'est-ce pas ?

— Je crois qu'elle a un an de plus que moi. Je te l'ai déjà dit.

— Elle a des enfants ?

— Oui, plusieurs même, à ce qu'on dit. Combien exactement, je ne sais pas, mais plusieurs en tout cas.

Elle se représentait la douleur que devait éprouver une femme de moins de quarante ans, condamnée à mourir en laissant des enfants dont l'éducation n'était pas achevée. Elle prit davantage conscience que son accouchement était proche. Elle éprouvait une sorte de pitié pour l'homme qui, tout en ayant sous les yeux ce ventre énorme, semblait ne pas avoir d'inquiétude et, en même temps, elle l'enviait.

Kenzô ne se rendait compte de rien.

— Pour que Shimada s'inquiète de la sorte, leurs relations ne doivent pas être au mieux. Il paraît qu'on ne l'aime pas. D'après Shimada, Shibano est porté sur l'alcool et il a la querelle facile. Ce serait la cause de ses divers échecs. A mon avis, il y a autre chose. C'est Shimada qui s'aliène tout le monde.

— En tout cas, que Shimada se fasse détester ou non, s'il y a des enfants, on n'y peut rien.

— Bien sûr. Tout militaire qu'il est, il est sûrement aussi pauvre que moi !

— Mais enfin, pourquoi est-ce que cet homme, avec O-Fuji…

Elle hésita. Kenzô ne comprenait pas ce qu'elle voulait dire. Elle reprit :

— Pourquoi est-il devenu intime avec O-Fuji ?

Lorsqu'elle était encore jeune, déjà veuve, elle avait eu à faire des démarches à la mairie, et Shimada avait été pris de pitié pour elle. Il l'avait aidée, et c'est de cette façon que leurs relations avaient commencé. On avait raconté cela à Kenzô quand il était petit. Mais Kenzô ne savait toujours pas si on pouvait parler d'« amour » à propos de Shimada.

— L'intérêt y est certainement pour quelque chose !

Sa femme ne répondit rien.

62

Kenzô avait reçu une lettre qui racontait les soucis engendrés par la maladie incurable d'O-Nui. Curieusement, cette lettre lui avait procuré une sorte de douceur. Il n'avait pas vu O-Nui depuis des années, et même du temps où il était obligé de la rencontrer, ils ne s'étaient jamais vraiment parlé. Quand il s'asseyait ou se levait, c'était presque toujours en silence. A supposer qu'on puisse utiliser le mot de « rapports » à leur égard, c'étaient pour le moins des rapports superficiels. En revanche, s'il ne lui restait aucune impression forte, son souvenir n'était entaché d'aucun déplaisir et avait pour lui plus de prix que celui de Shimada ou d'O-Tsune. En tout cas, ce souvenir était le seul capable d'émouvoir son cœur pourtant indifférent à l'égard du genre humain. Du fait aussi que le genre humain cessait ainsi d'être une notion vague pour se concrétiser sous l'aspect d'un individu qui en devenait le symbole, Kenzô se sentait plein de compassion pour cet être qui allait mourir, dont il évoquait la silhouette lointaine, presque évanouie déjà.

En même temps, il ne pouvait s'empêcher de craindre pour sa tranquillité. En effet, la mort d'O-Nui, dont on ne savait quand elle se produirait, servirait certainement de prétexte à ce vieux renard de Shimada pour venir l'importuner. Quand cela lui apparut clairement, il se mit à vouloir de toutes ses forces que cela n'arrive pas. Mais il n'était pas homme à chercher un moyen pour que ses craintes ne se réalisent pas.

« Je ne peux pas faire autrement que de l'affronter jusqu'à ce que ça explose. »

Il en prit définitivement son parti et se dit qu'il ne pouvait rien faire d'autre qu'attendre Shimada en se croisant les bras. Ce à quoi il s'attendait le moins se produisit :

O-Tsune, son ennemie, vint lui rendre visite.

Comme à son habitude, sa femme vint se planter devant lui :

— Ça y est, elle est là, la femme de Hatano.

Le visage de Kenzô exprima l'ennui plutôt que l'étonnement. Sa femme se méprit et crut qu'il voulait se dérober.

— Tu vas la recevoir ?

D'un ton qui signifiait : si tu la reçois, dis-le, si tu ne veux pas, dis-le tout de suite aussi, mais dépêche-toi de te décider.

— Fais-la entrer.

Il avait dit la même chose quand Shimada était venu. Elle se redressa péniblement et se dirigea vers le fond de la maison.

Quand Kenzô entra dans le salon, c'est une bonne femme mal habillée et recroquevillée qu'il découvrit. Lui qui s'attendait à tout autre chose reçut une impression encore plus forte que lorsqu'il avait vu Shimada. Son attitude aussi contrastait avec celle de Shimada.

Elle s'inclina d'une manière très respectueuse comme si elle avait devant elle quelqu'un d'un milieu social bien supérieur au sien. Son parler était empreint de politesse. Kenzô se souvint de ce qu'elle lui avait raconté sur sa famille quand il était enfant. Selon ses dires, sa maison natale, qui se trouvait à la campagne, était magnifique, ainsi que le jardin qui l'entourait. On ne pouvait pas trouver mieux ni plus beau. Ce qu'elle se plaisait à répéter, surtout, c'était que l'eau d'une rivière passait sous le plancher de la maison. Il y avait des poutres en nandine. Ces mots s'étaient gravés dans la mémoire de Kenzô. L'enfant n'avait aucune idée de l'endroit où se trouvait cette demeure magnifique. Il ne se souvenait pas y avoir jamais été emmené. Elle-même, pour autant qu'il le sache, n'était jamais retournée une seule fois dans cette grande propriété où elle était née. Quand Kenzô avait commencé à voir clair dans son caractère et à le considérer d'un œil critique, il s'était demandé si cette histoire de propriété n'était pas pure invention de sa part. Kenzô restait confondu devant l'effet mystérieux du temps qui avait fait de cette femme, qui avait toujours voulu paraître riche, distinguée et généreuse, cette vieille dame aux cheveux blancs, prosternée devant lui. O-Tsune avait toujours été corpulente. Elle l'était restée. On pouvait même se demander si elle ne l'était pas davantage. Pourtant, elle avait complètement changé. Elle donnait l'impression d'une femme de la campagne.

En exagérant un peu, on aurait pu dire qu'elle faisait penser à une de ces paysannes venues d'un village des environs, qui portent sur le dos un sac de blé grillé.

63

« Quel changement ! »

C'est ce que chacun lut dans les yeux de l'autre quand ils se regardèrent. Seulement O-Tsune, qui s'était dérangée pour le voir, s'était préparée à éprouver un choc en le voyant alors que Kenzô ne s'y attendait pas. Et c'est le maître de maison qui fut pris au dépourvu, non la visiteuse.

Kenzô dissimula sa surprise. Son caractère le faisait agir ainsi et il redoutait l'habileté d'O-Tsune à prendre des airs dramatiques. L'idée qu'il aurait à nouveau à subir ses comédies lui était insupportable. Il voulait parer le plus possible à cette éventualité et saisir le point faible de sa visiteuse. Cela leur éviterait à tous les deux des désagréments.

Elle lui raconta ce qui s'était passé jusqu'à ce jour. Dans ce récit s'enchevêtraient les moments malheureux, inévitables dans une vie. Après s'être séparée de Shimada et remariée avec Hatano, comme ils n'avaient pas d'enfants, ils avaient adopté une fille. Quelques années après la mort de Hatano, ou peut-être même de son vivant, O-Tsune ne le précisait pas, leur fille adoptive avait épousé un marchand de saké. Le magasin était à Tôkyô, dans un quartier très commerçant. O-Tsune ignorait leurs moyens d'existence, en tout cas, elle n'entendit jamais de plaintes.

Quelque temps après, le « beau-fils » fut tué à la guerre et les femmes ne pouvant plus à elles seules s'occuper du magasin, fermèrent la boutique à contrecœur et, comptant sur un parent qui habitait dans la banlieue proche, se retirèrent dans un endroit isolé. Jusqu'à ce que sa fille trouve un autre parti, elles vécurent grâce aux secours versés à la famille du disparu.

Contrairement à ce que Kenzô avait imaginé, le récit d'O-Tsune était serein. Elle ne faisait pas de gestes, n'exagérait pas ses propos, ne donnait pas l'impression d'avoir tout préparé à l'avance. Malgré cela, Kenzô se rendait compte qu'aucun courant ne passait entre eux. Il ne trouvait à dire que : « Ah bon ? » ou : « C'est bien triste ! »

Dans une conversation normale de la vie quotidienne, c'était déjà court. Mais il ne ressentait nullement la nécessité d'en faire davantage.

« Elle n'a que ce qu'elle mérite ! »

Cela ne le réjouissait guère d'être amené à penser ainsi. Car, s'il n'était pas d'un naturel sentimental, il se demandait toujours pourquoi il ne s'était jamais trouvé en face de quelqu'un qui verse des larmes sincères, pourquoi lui-même n'avait jamais ressenti l'envie de pleurer.

« Mes yeux sont pourtant bien capables de verser des larmes… »

Il regardait attentivement la vieille femme recroquevillée sur son coussin devant lui. Et il éprouvait de la tristesse à se dire que le caractère de cette femme brisait chez lui toute émotion. Il posa devant elle un billet de cinq yens.

— Je ne voudrais pas vous froisser, mais si vous voulez prendre un pousse-pousse pour rentrer…

Après avoir refusé tout d'abord en disant qu'elle n'était pas venue dans ce but, elle prit l'argent. Malheureusement, ce don n'exprimait qu'une pitié distante, aucun sentiment sincère. Elle eut l'air de s'en rendre compte. Quelque chose dans son attitude montrait qu'elle avait conscience qu'il était impossible de combler l'écart qui s'était creusé entre eux. C'était quelque chose d'irréparable. Kenzô la raccompagna et la regarda s'éloigner.

« Si c'était une femme de bien, je crois que j'aurais pleuré. En tout cas, j'aurais pu faire ou dire quelque chose pour la consoler. J'aurais pu donner une dernière marque d'attachement à celle qui a été ma mère adoptive. »

Personne n'aurait pu se douter des sentiments qui agitaient ainsi Kenzô.

64

— Elle a fini par venir ! Il n'y avait que le vieux, il y a la vieille, maintenant ! Tu vas voir qu'ils vont s'y mettre à deux pour te soutirer de l'argent !

Pour une fois, sa femme parlait d'un ton enjoué. Il était impossible de savoir si elle plaisantait ou si elle se moquait vraiment de lui.

Kenzô, qui était perdu dans ses pensées, se sentit piqué au vif. Il ne répondit rien.

— Je parie qu'elle a encore raconté...

— Quoi ?

— Que tu faisais pipi au lit et qu'elle était bien ennuyée !

Il ne sourit même pas. Mais dans son for intérieur, il se demandait pourquoi O-Tsune n'y avait pas fait allusion.

Au seul nom d'O-Tsune, Kenzô se souvint sur-le-champ de toute l'histoire. O-Tsune était très bavarde. Elle était surtout particulièrement habile à se défendre. Le père de Kenzô, qui était très crédule et avait tendance à prendre n'importe quelle flatterie pour argent comptant, ne manquait jamais de faire son éloge.

— C'est une femme remarquable, et en plus, elle a de l'argent, ce qui ne gâte rien.

Quand le désaccord survint entre elle et Shimada, elle alla raconter tout ce qu'elle savait au père de Kenzô. Elle arrosa son récit de larmes de tristesse et de dépit. Son père fut touché. Il prit tout de suite son parti.

Le père de Kenzô aimait aussi beaucoup O-Natsu, qui s'y connaissait en flatteries. Chaque fois qu'elle venait, l'air de rien, il lui disait : « Moi aussi, ça m'ennuie, tu sais ! » Mais il sortait d'une boîte la somme dont elle avait besoin.

— Hida n'est pas un bon mari, O-Natsu me fait vraiment pitié !

Après son départ, il prononçait quelques mots pour sa défense, assez haut pour que tout le monde l'entende.

Mais si elle faisait ce qu'elle voulait de son père, elle n'arrivait pas à la cheville d'O-Tsune, quand il s'agissait de vraisemblance. Lorsque Kenzô avait seize ou dix-sept ans, il s'était même demandé si quelqu'un d'autre que lui avait réussi à percer à jour le caractère d'O-Tsune, tant elle avait le génie de faire croire aux gens tout ce qu'elle voulait.

Quand Kenzô avait éprouvé secrètement un grand embarras à l'idée de la voir, c'était en grande partie à cause de cela.

« C'est moi qui t'ai élevé. »

A l'idée qu'elle lui débiterait ce discours pendant des heures, qu'il lui faudrait réapprendre à se souvenir de la reconnaissance qu'il devait avoir envers elle, il avait envie de fuir.

« C'est Shimada, ton ennemi. »

Il la voyait déjà, brandissant cette vieille idée qui ne lui était pas sortie de la tête, qu'elle allait amplifier, à la manière du cinématographe, et il ne pouvait s'empêcher de trembler.

Il était certain aussi d'avoir droit aux larmes et se sentait incapable de supporter le spectacle de cette douleur feinte. Elle n'était pas du genre à élever la voix, comme sa sœur. Mais quand elle le jugeait nécessaire, elle pouvait prononcer avec une emphase vulgaire le mot sur lequel elle voulait mettre l'accent. Elle avait la même attitude, le même ton que l'héroïne des *Histoires sentimentales* d'Enchô [1], qui se lamente sur la manière dont elle a été trompée tout en remuant les cendres du brasero et embarrasse prodigieusement la personne qui l'écoute.

Quand il vit qu'elle n'avait pas du tout le comportement auquel il s'attendait, il fut surpris au lieu de se réjouir car il ne pouvait renoncer à l'idée que le caractère d'O-Tsune était coulé dans un moule dont il était impossible de modifier la forme.

Sa femme essayait de trouver une explication.

— C'est une histoire vieille de trente ans. Elle est certainement plus réservée qu'autrefois, les gens oublient

1. Sanyûtei Enchô, conteur.

en général. Et puis le caractère, c'est quelque chose qui change petit à petit, avec le temps !

Réserve, oubli, changement... Kenzô avait beau réfléchir en tenant compte de tout cela, il n'arrivait pas à comprendre.

— Non, elle n'est pas femme à s'amender si facilement !

Il n'arrivait pas à admettre qu'elle eût changé.

65

Ne connaissant pas O-Tsune, c'est de l'entêtement de son mari qu'elle se moqua.

— C'est ta manie de toujours t'entêter ; il n'y a rien à faire !

C'était ainsi que lui apparaissait ordinairement son mari. Surtout quand il s'agissait de ses relations avec sa famille, cette tendance se révélait avec évidence.

— Ce n'est pas moi qui suis opiniâtre, c'est cette femme. Tu ne la connais pas, tu n'es pas en mesure de discerner si mon jugement est juste ou non. C'est pour ça que tu t'amuses à me contredire !

— Mais dans la mesure où la femme qui est apparue devant toi était totalement différente de celle que tu avais imaginée, n'est-il pas naturel de ta part d'oublier ce que tu pensais d'elle autrefois ?

— Si vraiment elle a changé, alors je retirerai ce que j'ai dit ; mais c'est faux, elle n'a pas changé. En apparence seulement, elle a changé, mais intérieurement, elle est toujours la même.

— Comment peux-tu le savoir ? Tu n'as pas d'élément nouveau qui te permette de juger !

— Tu ne comprends peut-être pas, mais moi, si. Tu es bien catégorique !

— Si le jugement est juste, qu'est-ce que ça peut faire qu'il soit catégorique !

— Peut-être, mais s'il est erroné, beaucoup de gens en souffriront. Moi, après tout, je n'ai aucun lien avec cette femme, alors ça m'est égal, mais…

Kenzô comprenait très bien ce qu'elle voulait dire. Elle n'ajouta rien. En son for intérieur, elle prenait le parti de ses parents et de ses frère et sœur. Pour la forme, elle tenait tête à son mari, mais elle n'avait pas l'intention d'aller jusqu'au bout. Elle n'était pas du genre à raisonner.

— Comme tout cela est ennuyeux à la fin !

Quand elle était obligée de mener si peu que ce soit un raisonnement, elle finissait par rejeter le problème qui lui était posé. Et elle tenait bon en face de l'embarras qu'elle ressentait devant son incapacité à trouver une conclusion.

Elle était évidemment la première à souffrir de cette obstination. De son côté, Kenzô était d'autant plus irrité.

— C'est de l'entêtement !

— C'est du mauvais esprit !

Ils se renvoyaient les mêmes critiques. Et ils devinaient mutuellement les tourments cachés au fond de leur cœur tout en se sentant obligés d'admettre que les critiques qu'ils se lançaient n'étaient pas dénuées de fondement. Kenzô, pour faire le fier, finit par ne plus aller voir la famille de sa femme. Elle ne lui demandait pas d'explications, elle ne lui demandait pas non plus d'y aller. Elle se taisait et ne faisait que se dire : « Comme c'est lassant ! » sans essayer de modifier son attitude.

— J'en ai assez !

— Moi aussi, j'en ai assez !

Et ils se répétaient les mêmes choses pendant un bon moment. En dépit de tout cela, leurs rapports se modifiaient selon l'instant comme un élastique qui se tend et se détend. Alors qu'on s'attendait à voir l'élastique craquer à force de tension, voilà qu'il se détendait soudain et leurs rapports reprenaient un cours normal.

Quand la paix de son cœur n'était pas troublée, il arrivait à la femme de Kenzô d'avoir des mots tendres.

— Qui est le papa de ce petit ?

Elle prenait la main de Kenzô et la posait sur son ventre. A ce moment-là, il n'était pas rond comme maintenant. Mais elle avait commencé à sentir la vie qui s'organisait dans son corps et elle voulait transmettre à son mari cette pulsation qui susciterait sa tendresse.

— Si on se dispute, c'est bien parce que chacun de nous a tort, non ?

Elle en arrivait même à dire des choses de ce genre. Kenzô qui, têtu, ne voulait pas reconnaître ses torts répondait par un sourire.

« Quand on se sépare, on a beau avoir été proches, c'est fini, tandis que si on reste ensemble, même ennemis, on finit par s'arranger. En définitive, c'est ça l'être humain ! »

Kenzô secouait la tête, comme s'il venait de découvrir une grande théorie philosophique.

66

Si Kenzô entendait parler d'O-Tsune et de Shimada, il avait aussi souvent des nouvelles de son frère et de sa sœur.

Son frère qui, chaque année, tombait malade quand l'hiver approchait, avait pris froid au début de l'automne et s'était absenté du bureau pendant une semaine. Puis, quoique ne se sentant pas bien, il était vaillamment retourné travailler. Cela n'avait eut d'autre effet que de faire durer la fièvre indéfiniment.

— Il faut toujours qu'il commette des imprudences !

Il se sentait acculé. Ou bien il défendait sa place et il était obligé de prendre sur lui, ou bien il se soignait et ne faisait que hâter sa révocation. En fait, il n'avait pas le choix.

— J'ai bien l'impression que c'est une pleurésie.

Il montrait un visage découragé. Il avait peur de mourir. Plus que quiconque, il avait une crainte effroyable de l'anéantissement de la chair. Et plus vite que nul autre, il lui fallait user ce corps. Kenzô se tourna vers sa femme.

— Il ne peut même pas prendre un congé de maladie sans se tourmenter ? Au moins jusqu'à ce que la fièvre tombe ?

— Certainement, c'est ce qu'il voudrait, mais il ne peut pas, en définitive.

Il arrivait quelquefois à Kenzô d'envisager la mort de son frère sous un angle uniquement matériel. Tout en sachant à quel point c'était cruel, il l'admettait en se disant que c'était un sentiment naturel. Néanmoins, il était mécontent de ne pouvoir se défendre d'avoir un tel point de vue. Il éprouvait une sorte d'amertume en même temps que de la honte.

— Il ne va pas mourir, au moins ?

— Mais non, voyons !

Sa femme ne s'inquiétait pas plus que cela. Elle ne savait plus que faire de son gros ventre et ne s'intéressait qu'à son état.

Une sage-femme qui habitait loin et que sa famille connaissait venait de temps en temps. Kenzô ignorait totalement ce qu'elle venait faire. Quand elle partait, il ne comprenait pas davantage pourquoi elle était venue.

— Est-ce qu'elle te masse le ventre ?

— Oui, enfin, si on veut.

Elle ne répondait pas vraiment.

Finalement, la fièvre de son frère tomba.

— Il paraît qu'il a fait des prières.

La femme de Kenzô, qui était superstitieuse, était au courant de tous les genres de dévotions.

— Je parie que c'est toi qui lui as conseillé d'en faire ?

— Non, justement. Figure-toi qu'il s'agit d'une incantation pour conjurer le mal, que je ne connais pas. Il paraît qu'on fait la prière avec un rasoir posé sur la tête, ou quelque chose de ce genre.

Kenzô n'arrivait pas à imaginer qu'une forte fièvre pût tomber ainsi sous l'action d'un rasoir.

— Tu parles ! La fièvre lui est venue comme ça. Elle est partie comme ça également ! Une spatule à riz ou le couvercle d'une casserole auraient tout aussi bien fait l'affaire !

— Comme les médicaments prescrits par le médecin ne faisaient aucun effet, il paraît qu'on lui a conseillé d'essayer, et il s'y est décidé.

— De toute façon, il n'a pas dû payer bien cher pour cette incantation.

Intérieurement, Kenzô trouvait son frère ridicule, mais il éprouvait aussi de la commisération pour lui, qui n'avait pas eu la patience de prendre ses médicaments jusqu'au bout. Quoi qu'il en soit, la fièvre était tombée, et que ce soit grâce à un rasoir on non, il en était heureux.

En même temps que son frère guérissait, sa sœur souffrait à nouveau d'asthme.

— Encore ?

Kenzô ne put s'empêcher d'avoir cette réaction, en même temps qu'il pensa à Hida, son beau-frère, qui ne se souciait nullement de la maladie chronique de sa femme.

— Cette fois-ci, c'est plus grave que d'habitude, à ce qu'il paraît. Et il m'a demandé de te dire d'aller la voir, parce qu'il se pourrait même qu'elle ne s'en remette pas.

Tout en lui rapportant ce qu'avait dit son beau-frère, elle s'assit sur les tatamis, l'air douloureux.

— Dès que je reste un peu debout, mon ventre me fait souffrir. Je ne peux même pas tendre les bras pour attraper quelque chose sur une étagère.

Kenzô, qui croyait que plus l'accouchement était proche, plus la femme enceinte devait s'activer, eut l'air étonné. Il ne soupçonnait pas à quel point les douleurs du bas-ventre pouvaient être terribles. Découragé, il ne se sentait pas le cœur de lui imposer la moindre activité.

— Tu sais, je ne me sens pas le courage d'aller voir ta sœur.

67

Kenzô éprouvait alors une lassitude extrême quand il rentrait chez lui. Cette fatigue qu'il ne pouvait imputer à son seul travail lui rendait impossible toute sortie. Il dormait souvent dans la journée. Même quand il était à sa table, un livre ouvert sous les yeux, il lui arrivait souvent d'être assailli par le sommeil. Quand il sortait avec étonnement de son assoupissement, il se sentait stimulé par la nécessité de rattraper le temps perdu. Finalement, il ne pouvait plus quitter son bureau. Il était comme rivé à sa table. Même s'il n'étudiait pas, même s'il traînassait, quelque chose l'empêchait de bouger.

— Naturellement, il n'est pas question que tu ailles voir ma sœur. J'irai seul.

Quelques jours passèrent. Quand Kenzô se décida à prendre le chemin de Tsunokamizaka, sa sœur, dont on lui avait dit qu'elle était dans un état grave, commençait à aller mieux. Kenzô dit simplement :

— Tant mieux !

Mais il avait l'impression d'avoir été dupé.

— Je te remercie. Tu sais, je me disais que, comme après tout je ne fais que causer du souci à tout le monde, il aurait peut-être mieux valu que je meure. Mais il faut croire que ce n'était pas mon heure.

Visiblement, elle attendait une réaction. Kenzô continua à fumer sans rien dire. Sur un détail de ce genre, la différence de caractère entre le frère et la sœur était éclatante.

— Tant que Hida est de ce monde, il faut que je sois là moi aussi, même malade, même comme un déchet.

Elle avait la réputation, dans la famille, d'être une bonne épouse. Mais c'était surtout par comparaison avec la totale indifférence de Hida à l'égard des attentions de sa femme, car elle était tellement indulgente qu'elle en était à plaindre.

— Je suis comme ça ! Nous sommes vraiment différents, lui et moi.

Le sentiment qu'elle éprouvait à l'égard de son mari était on ne peut plus naturel. Hida avait parfois des caprices, et pourtant, elle restait d'un dévouement à toute épreuve, à tel point qu'il lui arrivait de se faire détester. Par ailleurs, elle ne savait rien faire en couture. Elle avait appris, sans succès, et, depuis qu'elle était mariée, elle n'avait pas confectionné un seul kimono pour son mari. C'était malgré tout une femme résolue. Quand elle était petite, un jour qu'elle avait désobéi, on l'avait punie en l'enfermant dans la resserre. Elle avait menacé de faire pipi si on ne la faisait pas sortir. Kenzô se rappelait bien ces chantages avec sa mère de l'autre côté de la porte à claire-voie.

Kenzô songeait à leurs différences, mais il était obligé d'admettre qu'ils avaient des traits communs, bien qu'ils ne fussent pas de la même mère.

« Elle est simple, c'est tout ! Si on enlevait le vernis de mon éducation, je ne serais pas si différent. »

D'ordinaire, il croyait trop au pouvoir de l'éducation. A présent, il reconnaissait la puissance de son moi sauvage, contre lequel l'éducation ne pouvait rien. Lui qui mettait soudain les gens sur un pied d'égalité, alors qu'il avait jusque-là éprouvé du mépris pour sa sœur, se trouvait embarrassé devant elle. Elle ne remarquait rien.

— Comment va O-Sumi ? C'est pour bientôt, je crois ?

— Oui, on a l'impression que son ventre va toucher terre tellement il est gros !

— C'est pénible, un accouchement. J'en sais quelque chose, j'ai des souvenirs...

En effet, alors qu'on la croyait stérile, elle accoucha d'un garçon plusieurs années après son mariage. Comme elle n'était plus jeune et que c'était son premier enfant, elle s'était beaucoup inquiétée ainsi que sa famille ; finalement, elle avait mis au monde un garçon sans que sa vie fût mise en danger, mais l'enfant était mort tout de suite.

— Qu'elle ne fasse aucune imprudence, surtout ! Je me dis parfois que si cet enfant avait vécu, j'aurais quelqu'un sur qui m'appuyer, maintenant...

68

Les paroles de sa sœur exprimaient le regret d'avoir perdu son propre enfant, mais aussi trahissaient son insatisfaction à propos de son fils adoptif.

— Si seulement Hiko était quelqu'un de plus sérieux !

Elle se laissait parfois aller à montrer ses sentiments à sa belle-famille. Certes, le garçon n'était pas très énergique, mais il était doué d'un excellent naturel.

Kenzô avait entendu dire qu'il ne pouvait pas commencer une journée sans saké, mais n'ayant pas de relations avec lui, il ne comprenait pas très bien ce qui lui faisait défaut.

— Si seulement il gagnait plus d'argent !

Il va sans dire que Hiko ne rapportait pas à la maison de quoi faire vivre à l'aise ses parents adoptifs. Mais si l'on songeait à la façon dont sa sœur et son beau-frère l'avaient élevé, ils n'étaient pas en droit d'avoir de telles prétentions. Ils ne l'avaient pas envoyé à l'école. Quand il fut en mesure de rapporter un salaire, si maigre fût-il, ils furent bien obligés de s'estimer satisfaits. Kenzô n'arrivait pas à prendre au sérieux les plaintes de sa sœur. A plus forte raison, il ne ressentait aucune compassion pour le bébé mort autrefois. Il ne l'avait jamais vu. Il avait même oublié comment il s'appelait.

— Comment l'aviez-vous appelé, déjà ?

— Sakutarô, voyons ! Il y a la tablette funéraire, là.

Elle lui montra un petit autel qu'on avait installé en découpant un pan de mur dans la salle de séjour. Dedans, c'était sombre et poussiéreux. On y voyait, alignées, les tablettes funéraires de cinq ou six ancêtres.

— C'est la petite, là ?

— Oui, tu comprends, c'était un bébé, alors on a choisi exprès cette dimension.

Kenzô, qui n'avait nullement l'intention de se lever pour lire le nom posthume, resta assis et regarda de sa place les caractères d'or gravés sur la petite plaque de laque noire. Son visage n'exprimait rien. Il ne fit aucun rapprochement avec l'inquiétude et la douleur qu'il avait connues lorsque sa deuxième fille avait failli mourir de la dysenterie.

— Tu vois ce qui est arrivé à ta sœur. Alors, tu sais, Kenchan, il faut s'attendre à tout !

Elle détourna les yeux de l'autel pour les poser sur Kenzô. Il évita son regard. Tout en se laissant aller à montrer sa tristesse, ses paroles prouvaient qu'elle était sûre de ne pas mourir, ce en quoi elles étaient quelque peu différentes de celles que les vieillards ont souvent à la bouche. Comme une maladie chronique dure indéfiniment, elle pensait que la durée de la sienne serait illimitée.

Sa susceptibilité faisait le reste. Quelque difficile que soit sa respiration, quelles que soient les recommandations qu'on lui fît, elle n'utilisait jamais les commodités qu'on lui avait installées à son chevet. Même s'il fallait qu'elle y aille à quatre pattes, elle se traînait jusqu'aux toilettes. Et par une habitude contractée dès l'enfance, chaque matin, elle se dénudait le haut du corps et s'aspergeait la poitrine d'eau froide. Qu'il pleuve ou qu'il vente, rien ne pouvait l'en dissuader.

— Au lieu de dire des choses tristes, tu ferais mieux de te soigner sérieusement.

— Mais je fais attention, tu sais. Sur l'argent que tu me donnes, je ne manque pas de prélever une partie pour m'acheter du lait.

De même que les gens de la campagne mangent du riz pour se soigner, elle s'imaginait que boire du lait était tout ce qu'elle pouvait faire.

Tout en ayant vaguement conscience que sa propre santé s'affaiblissait de jour en jour, dans l'esprit de Kenzô, qui lui recommandait de se soigner, naissait un sentiment que tout le monde ressent : après tout, lui aussi était concerné.

— Moi non plus, ces derniers temps, je ne vais pas très bien. Si ça se trouve, j'aurai droit avant toi à ma tablette funéraire !

Bien entendu, sa sœur prit cette réflexion comme une plaisanterie. Conscient de sa réaction, Kenzô rit à son tour. Cependant, il sentait bien que sa santé était de moins en moins florissante, sans qu'il y fût pour rien. Il était dans l'incapacité la plus totale de faire quelque chose, et du coup, au lieu de se diriger vers sa sœur, sa pitié se reporta sur lui-même.

« Moi, je vais me donner la mort petit à petit, sans rien dire. Et il n'y aura personne pour me plaindre. »

Tout en se disant cela, il regardait en souriant amèrement les yeux cernés de sa sœur, ses joues desséchées et ses mains maigres.

69

Sa sœur remarquait les petites choses. En conséquence, elle éprouvait une vive curiosité pour les détails. Elle était naïve, mais en même temps elle avait tendance à être méfiante.

Quand Kenzô revint de l'étranger, elle étala devant lui des preuves du dénuement dans lequel elle vivait, propres à attendrir n'importe qui. Pour finir, elle lui fit demander par l'intermédiaire de son frère aîné de lui envoyer quelque argent tous les mois. Kenzô, après avoir fixé une somme en rapport avec ses moyens, informa sa sœur de son accord, toujours par l'intermédiaire de son frère. Sur ces entrefaites, il reçut une lettre de sa sœur. Elle lui écrivait à propos de la somme dont elle avait appris par Chô que Kenzô était d'accord pour lui verser chaque mois. Elle aurait aimé qu'il lui dise, à l'insu de son frère, de combien il s'agissait. Elle ne pouvait pas se défendre d'un doute et craignait que son frère ne se servît d'abord.

Kenzô trouva cela stupide. Il éprouva même de la colère. Mais surtout, il trouvait sa sœur mesquine. Il avait envie de lui crier de se taire. Sa réaction apparut dans la brève réponse qu'il lui envoya. Depuis, sa sœur n'avait plus rien dit. D'ailleurs, elle ne savait pas écrire, et elle avait chargé quelqu'un de lui rédiger sa première lettre. Depuis cet incident, sa sœur se sentait encore plus gênée vis-à-vis de Kenzô. Elle qui aimait poser des questions sur tout ne s'écartait pas des banalités quand elle s'informait auprès de Kenzô de son ménage. Quant à lui, il n'avait jamais songé à étaler devant elle les problèmes de sa vie privée.

— Comment va O-Sumi ?

— Comme d'habitude.

La conversation s'arrêtait souvent là. Les questions de sa sœur, qui était plus ou moins au courant de l'état de sa femme, n'étaient pas seulement dictées par la curiosité ; il y entrait aussi de la gentillesse. Mais cette sollicitude n'était d'aucun réconfort pour Kenzô. A cause de cela, Kenzô lui apparaissait toujours comme un être bizarre, bourru et impossible à approcher.

Le cœur triste, Kenzô quitta sa sœur et laissa ses pas le porter vers le nord de la ville. Brusquement, il se retrouva dans un quartier neuf et sale. Il était né à Tôkyô et il avait l'habitude de savoir d'emblée où il se trouvait. Cette fois, il n'arrivait pas à se remémorer quoi que soit. Il continua à marcher dans ce quartier qui se dérobait à ses souvenirs.

Il se rappela le chemin qui coupait tout droit la rizière autrefois. A la limite des champs, on pouvait apercevoir trois ou quatre toits de chaume. Il se souvint d'un homme qui mangeait une gelée, assis sur un banc, son chapeau posé à côté de lui. Devant, c'était une fabrique de papier. En continuant, la route tournait et on trouvait un pont sur une petite rivière. De chaque côté de la rivière s'élevait un mur de pierre, et quand on regardait l'eau couler en bas, contrairement à ce qu'on pouvait attendre, on avait l'impression d'être très haut. Près du pont, l'enseigne d'un vieil établissement de bains publics, les potirons du marchand de légumes à côté, rappelaient au jeune Kenzô les estampes de Hiroshige.

A présent, tout avait disparu. Un terrain vague était resté.

« Quand cela a-t-il pu changer de la sorte ? »

Kenzô, qui ne pensait qu'aux changements qui interviennent chez les êtres humains, fut stupéfait de la transformation encore bien plus brutale des choses.

Sans qu'il comprît pourquoi, il se souvint des parties d'échecs qu'ils disputaient, Hida et lui, quand ils étaient enfants. Lorsque Hida s'asseyait devant l'échiquier, il avait l'habitude de se vanter d'être le disciple de

Tôkichi [1] de Tokorozawa. Il était sûrement homme à répéter la même chose encore maintenant, si l'occasion s'en présentait.

« Au bout du compte, qu'est-ce que je vais devenir ? »

Les hommes, en fait de changement, ne font que décliner ; les paysages changent aussi, mais ils continuent à prospérer sous le soleil. Cette contradiction à laquelle il n'avait jamais songé étonna Kenzô tout en lui donnant matière à réflexion.

70

Quand il rentra, sa femme remarqua tout de suite son air las.

— Alors, comment va la malade ?

Il eut l'impression qu'elle voulait entendre clairement de sa bouche comment se passaient les derniers instants d'une vie, expérience que tout un chacun était inexorablement amené à faire. Avant de lui répondre, il eut conscience d'une espèce de contradiction.

— Parlons-en ! Elle va beaucoup mieux ! Elle ne va pas jusqu'à se lever, mais sa vie n'est absolument pas en danger. Mon frère nous a bien eus !

Le ton de sa voix montrait bien à quel point il trouvait toute cette agitation stupide.

— Il faut se réjouir, même si on a été trompés !

— Tu te rends compte, si ç'avait été vrai... De toute façon, il n'est pas responsable. Il est trompé lui-même, alors ! Et ma sœur aussi est trompée, par la maladie ! Autrement dit, tout le monde est trompé ! C'est ça la vie, on dirait ! Le moins bête, c'est peut-être bien Hida,

---

1. Oya Tôkichi, célèbre maître de shôgi (jeu d'échecs d'origine chinoise) du XIXe siècle.

parce que lui, même si sa femme est malade, il ne se fait jamais avoir.

— Il n'était pas là ?

— Bien sûr que non ! Evidemment, quand vraiment elle allait mal, je ne sais pas, mais...

Kenzô se souvint de la montre et de la chaîne en or que Hida portait. Son frère disait en privé qu'elles étaient fausses, mais en tout cas il les exhibait fièrement en public en affirmant que ce n'était pas du toc. Quoi qu'il en soit, en or ou pas, personne ne savait combien il les avait payées. La sœur de Kenzô n'était pas naïve au point de l'ignorer, mais elle ne faisait qu'en supposer la provenance.

— Il a sûrement acheté ça à tempérament !

— Tout ça vient peut-être de chez un usurier !

Personne ne lui demandait rien, mais elle essayait de donner des explications au frère aîné de Kenzô. Et Kenzô, qui ne s'intéressait pas plus que ça à l'histoire, était obligé d'écouter toutes les suppositions qu'ils imaginaient entre eux. Leurs élucubrations avaient pour seul résultat de combler d'aise Hida, qui tirait de plus en plus vanité de sa montre. Depuis quelque temps, il lui arrivait même d'emprunter à sa femme l'argent que Kenzô lui envoyait tous les mois, et le plus beau était que sa sœur ne savait plus combien était passé dans la poche de son mari, ni combien il en restait pour elle.

— Il a l'air de posséder deux ou trois titres en ce moment. Tu te rends compte !

Sa sœur donnait l'impression de parler de la fortune d'un voisin, non de son propre époux. Kenzô avait du mal à comprendre l'attitude de Hida qui ne se souciait nullement que sa femme soit dans une telle situation. Il ne comprenait pas davantage sa sœur qui supportait tout comme si c'étaient là des rapports normaux dans un couple. Tirer vanité à l'égard de sa femme d'acheter des choses qui dépassaient son budget tout en le lui cachant, le contentement de celle-ci à se dire que son mari était capable de ce genre de chose tout en étant dans l'embarras, dépassait l'entendement de Kenzô. Il lui était impossible d'expliquer le phénomène par ces deux seuls aspects.

— Quand elle a besoin d'argent, elle s'adresse à moi, quand elle est malade, à mon frère, mais jamais à son mari. On se demande vraiment pourquoi ils sont ensemble !

Il n'était pas facile de répondre à cette question. Sa femme, qui n'aimait pas se creuser la tête, ne trouva rien à dire.

— Nous aussi, après tout, nous passons pour un couple bizarre aux yeux des gens. Ce n'est peut-être pas notre rôle de nous occuper des autres !

— Je crois que c'est la même chose pour tout le monde. On s'imagine toujours qu'on est dans le vrai.

Kenzô se sentit vexé.

— Toi aussi, tu t'imagines être dans le vrai ?

— Bien sûr ! Tu en fais autant !

Leurs disputes commençaient souvent de la sorte. Et alors que leurs cœurs étaient pour une fois sereins, ils se mettaient à nouveau à s'agiter en tous sens. Kenzô en imputait la responsabilité à sa femme qui ne savait pas se contenir. De son côté, elle en rendait responsable son mari, excentrique et borné.

— Même si ma sœur est illettrée, même si elle ne sait rien faire de ses dix doigts, je préfère encore une femme comme elle, qui prend toujours le parti de son mari.

— Où est-ce qu'on trouve ce genre de femme maintenant ?

Ses paroles trahissaient son animosité envers les hommes, les êtres les plus égoïstes qui soient.

71

Elle était incapable de toute logique, mais, contrairement à ce qu'on aurait pu croire, il y avait chez elle quelque chose de résolument moderne. Bien qu'elle ait été élevée dans une famille à principes, son éducation ne l'avait pas rendue esclave de la morale ancienne. Son père, qui était dans la politique, n'avait aucune opinion arrêtée concernant l'éducation. Quant à sa mère, elle n'était pas exigeante vis-à-vis de ses enfants. Elle fut donc relativement libre chez ses parents. Et elle n'alla qu'à l'école primaire. Elle ne raisonnait pas, mais elle sentait les choses d'instinct.

— Je ne pourrais pas respecter un homme sous le seul prétexte que c'est mon mari. S'il tient à être respecté, il n'a qu'à agir en conséquence. Et même s'il n'a pas le titre d'époux, cela n'a aucune importance.

Curieusement, Kenzô, qui pourtant avait fait des études, avait sur ce point une attitude conformiste. Tout en voulant s'acquitter de son devoir qui était de vivre pour lui-même, il était convaincu qu'une femme ne devait exister que pour son mari.

— La femme dépend de son mari en tout.

Là était le nœud de leurs disputes. Dès que Kenzô voyait sa femme chercher à affirmer son indépendance, il se sentait offusqué. Il pensait souvent en la regardant : « Et ça veut faire comme un homme ! »

Si elle exagérait un peu, cela devenait : « Mais enfin, elle se prend pour quoi ? » Quant à elle, elle tenait la réponse toujours prête.

« Ce n'est pas parce que je suis une femme que je vais me laisser mépriser de la sorte ! »

Kenzô interprétait clairement ce qu'il pouvait lire de temps à autre sur le visage de sa femme.

« Ce n'est pas parce qu'elle est femme que je lui montre mon dédain, c'est parce qu'elle est idiote. Si elle veut se faire respecter, elle n'a qu'à s'arranger pour avoir une attitude qui attire le respect. »

Sans qu'il s'en rende compte, il appliquait à sa femme le même raisonnement qu'elle. Ils tournaient en rond. Et bien sûr, si fatigués qu'ils fussent, ils ne comprenaient pas qu'ils étaient dans une impasse. Il arrivait quelquefois que Kenzô s'arrête à un point du cercle. C'était, il va sans dire, quand son exaltation tombait. Elle aussi s'arrêtait brusquement de tourner. Mais elle, c'était seulement quand son état dépressif s'améliorait. Kenzô abandonnait alors ses vociférations. Elle se mettait à parler. Ils se prenaient la main en tenant des propos joyeux, mais ils étaient toujours rivés au cercle, sans pouvoir s'en détacher.

Dix jours environ avant son accouchement, son père arriva à l'improviste. Il voulait voir Kenzô. Celui-ci était sorti et ne revint que le soir. Sa femme lui raconta que son père était venu. Kenzô se demanda ce qu'il pouvait bien avoir à lui dire.

— Il a dit qu'il voulait te parler.

— De quoi donc ?

Elle ne répondit pas.

— Tu ne sais pas ?

— Non. Mais il a dit qu'il reviendrait dans deux ou trois jours. Tu verras bien.

La conversation s'arrêta là. Lui qui n'avait pas rendu visite à son beau-père depuis une éternité n'avait pas imaginé un seul instant que ce dernier se dérangerait pour venir le voir. Le fait de ne pas comprendre le rendit plus bavard que de coutume. Au contraire, sa femme parla encore moins. Mais cette attitude n'était pas due, cette fois, à du mécontentement ou à de l'hostilité, comme c'était souvent le cas.

Le soir vint, et l'on s'aperçut que c'était l'hiver. Le vent sifflait dans la nuit, frappant violemment contre les volets, et agitait le reflet tremblotant de la flamme. Le mari et la femme restèrent un moment immobiles, de chaque côté de la lampe qui répandait une douce lumière.

72

— Mon père avait l'air d'avoir si froid sans pardessus que je lui en ai donné un vieux à toi.

Le manteau en question était doublé, il l'avait fait faire chez un tailleur de province et il y avait longtemps qu'il l'avait pour ainsi dire oublié. Il ne comprit absolument pas pourquoi elle l'avait donné à son père.

— Un pardessus si minable !

Il se sentait honteux.

— Mais non, pas du tout, il était très content et il est parti avec.

— Ton père n'a donc pas de pardessus ?

— Non seulement il n'a pas de manteau, mais il n'a plus rien du tout.

Kenzô était stupéfait. Le visage de sa femme, éclairé par la lampe, lui parut tout à coup pitoyable.

— Est-il vraiment démuni à ce point ?

— Oui. Ils ne savent plus quoi faire.

Peu bavarde, elle n'avait jusqu'alors jamais donné à son mari beaucoup de détails sur la situation de ses parents. Depuis que son père avait perdu sa situation, Kenzô se doutait bien que l'état de leurs finances n'était pas brillant, mais il n'avait pas imaginé que ce fût à ce point dramatique et, maintenant qu'on lui avait ouvert les yeux, il se mit à évoquer le passé de son beau-père.

Une image lui apparut dans tout son éclat : la silhouette en redingote et haut-de-forme de son beau-père sortant de la résidence officielle par le portail de pierre.

Le sol de l'entrée était en bois dur marqueté et brillant, tellement lisse qu'il arrivait à Kenzô de glisser. Quand on contournait à gauche le salon, devant lequel s'étendait une grande pelouse, on trouvait la salle à manger rectangulaire. Kenzô se rappelait bien y avoir dîné avant son mariage avec sa future belle-famille. Au premier étage, c'étaient des pièces recouvertes de tatamis.

Il gardait aussi le souvenir d'une soirée du jour de l'an où il avait été invité à jouer aux cartes. Cela s'était passé dans l'une de ces pièces et la soirée s'était achevée tard, dans une atmosphère chaleureuse pleine de rires.

La propriété possédait aussi un pavillon japonais attenant au bâtiment de style occidental et, outre la famille, y logeaient cinq servantes et deux étudiants à demeure.

Les réceptions étant nombreuses, on pouvait comprendre la nécessité d'un tel personnel, mais, si la situation matérielle ne l'avait pas permis, il eût été impossible de faire face à cette nécessité.

Quand Kenzô était revenu de l'étranger, la situation de son beau-père ne paraissait pas grandement menacée. Lorsque celui-ci était venu les voir dans leur nouvelle maison, quelque peu à l'écart, à Komagome, il lui avait dit :

— Les hommes ressentent impérieusement le besoin d'avoir une maison à eux. Mais comme cela ne peut pas se faire tout de suite, la seule chose à faire est de mettre de l'argent de côté. Quand on n'a pas devant soi deux ou trois mille yens, on est bien embarrassé, le moment venu ! Que dis-je ? Même mille yens feraient l'affaire. Si vous me confiez une somme de ce genre, en un an, je vous la fais doubler.

Kenzô, qui n'y connaissait rien en bourse, avait trouvé cela bizarre.

— Comment est-il possible qu'en un an mille yens deviennent deux mille yens ?

Il n'arrivait pas à résoudre le problème. Saisi d'épouvante devant ce désir d'argent qu'il découvrait chez son beau-père et qui lui faisait totalement défaut, il avait l'impression d'une force prodigieuse. Comme il n'avait aucune chance de trouver mille yens à confier à son beau-père, il n'eut pas le courage de l'interroger sur la réalisation de ce miracle et tout en resta là.

— Tout de même, ils ne doivent pas être si pauvres ? C'est impensable !

— C'est pourtant comme ça. On n'y peut rien ! C'est une question de chance !

Son accouchement était imminent, et cette épreuve qui l'attendait rendait sa respiration pénible. Kenzô regardait en silence le ventre de sa femme et son visage sans éclat.

Quand ils s'étaient mariés en province, le père de celle-ci avait acheté quatre ou cinq éventails bon marché représentant des visages de femmes du genre de ceux qu'on voit sur les estampes. Kenzô en avait pris un et l'avait agité en faisant remarquer son genre vulgaire. Son beau-père avait répondu :

— C'est bien le genre de l'endroit, non ?

A présent, il avait donné à son beau-père le manteau qu'il s'était fait faire dans cette région, mais il ne se sentait pas le cœur à dire : « C'est juste ce qu'il vous faut ! » Même s'ils étaient à ce point dans la misère, Kenzô se sentait honteux à l'idée que son beau-père porte un tel manteau.

— Je n'arrive pas à croire qu'il puisse porter ça !

— Ce n'est peut-être pas très élégant, mais c'est toujours mieux que d'avoir froid !

Elle eut un sourire triste.

73

Quand il revint le surlendemain, Kenzô était là. Cela faisait bien longtemps qu'ils ne s'étaient vus.

A tous points de vue, de par son âge et sa carrière, il avait bien plus l'habitude du monde que Kenzô. Il s'adressait toujours en termes déférents au mari de sa fille. Parfois, il lui arrivait même d'être très poli et de s'abaisser. Mais on aurait eu tort de le juger sur cette apparence qui cachait une attitude parfois totalement opposée. A ses yeux de fonctionnaire, Kenzô était un rustre, ignorant des manières. Il lui arrivait même de penser qu'il franchissait les limites de l'impolitesse. Ce qui lui déplaisait par-dessus tout, c'était l'orgueil que Kenzô donnait toujours l'impression d'avoir vis-à-vis de lui-même. Il n'appréciait pas non plus la façon qu'il avait de dire sans retenue ce qu'il pensait. Et son obstination qui allait jusqu'à la grossièreté était l'objet principal de ses critiques.

Il tenait en mépris sa naïveté et accueillait avec une politesse de façade son gendre qui cherchait à tout prix à se rapprocher de lui sans se soucier de la forme qu'auraient dû avoir leurs relations. Ils s'arrêtèrent en chemin sans pouvoir plus avancer. Ainsi furent-ils contraints de contempler à distance leurs défauts réciproques. Il leur devint de plus en plus difficile de discerner leurs qualités. Ni l'un ni l'autre n'étaient conscients de leurs points faibles.

Cependant, c'était lui à présent qui se trouvait désarmé devant Kenzô. Ce dernier, qui ne supportait pas d'avoir à s'abaisser devant quelqu'un, ne put s'empêcher de s'imaginer dans la même situation, quand il vit son beau-père arriver.

« Comme cela doit être dur ! »

Cette seule pensée l'envahissait. Il écouta poliment ce que son beau-père lui disait pour le convaincre de lui prêter de l'argent, sans pouvoir lui montrer un visage aimable. Et il se maudissait de ne pouvoir faire preuve de compréhension.

« Ce n'est pas parce qu'il s'agit d'argent que je ne peux pas me montrer aimable. C'est pour une autre raison, indépendante de l'argent. Ne vous méprenez pas. Je ne suis pas vil au point de vouloir profiter des circonstances pour me venger. »

C'est ce qu'il aurait voulu lui dire pour se justifier devant son beau-père, mais il ne pouvait rien faire d'autre que de se taire, au risque d'une méprise.

En regard de cette attitude proche en apparence de la muflerie, le vieillard était d'une politesse extrême et restait calme. Sans le connaître, on aurait trouvé ce dernier beaucoup plus distingué que Kenzô.

Il avança un nom.

— Cette personne dit vous avoir déjà vu. Vous la connaissez aussi, j'imagine ?

— En effet.

C'était un fait qu'ils se connaissaient depuis l'université. Mais ils n'avaient pas eu de relations suivies. Après son diplôme, l'homme en question était parti en Allemagne, et Kenzô savait seulement qu'à son retour, il avait immédiatement trouvé une place dans une grande banque. Il ne savait rien d'autre à son sujet.

— Il travaille toujours dans cette banque ?

Son beau-père acquiesça. Kenzô n'imaginait pas comment ils avaient pu se connaître. De toute façon, cela n'aurait servi à rien de demander des détails. La question était seulement de savoir s'il prêterait de l'argent ou non.

— Il est d'accord pour prêter, seulement il y met une condition : c'est que quelqu'un de sûr se porte garant.

— Je vois.

— Quand je lui ai demandé qui conviendrait, il vous a nommé, précisant bien que si c'était vous, il prêterait sans discuter. Voilà !

Kenzô n'hésitait pas à se considérer comme quelqu'un de sûr. Simplement, il se disait que la personne en question devait être au courant de sa situation financière ainsi que de la nature de ses occupations.

Par ailleurs, son beau-père avait beaucoup de relations. Parmi les gens dont il parlait souvent, il y en avait un grand nombre qui étaient connus et à qui l'on pouvait se fier de façon beaucoup plus sûre sur le plan financier.

— Pourquoi a-t-on besoin de mon sceau ?

— Je l'ignore, mais il dit que si vous vous portez garant, il acceptera de me prêter l'argent.

Kenzô se mit à réfléchir.

74

Jusqu'à ce jour, il n'avait jamais contracté d'emprunt qui eût nécessité un aval. Il avait beau ne pas être au fait de ces questions, il avait souvent entendu parler de gens qui, par obligation, s'étaient laissés aller à apporter leur garantie signée et qui, bien qu'ils aient eu des dons, s'étaient retrouvés en bas de l'échelle sociale, sans jamais arriver à remonter la pente. Il voulait autant que possible éviter de faire un acte qui puisse mettre en jeu son avenir. Cependant, lui qui était si obstiné avait quelque chose en lui proche de la pusillanimité qui le rendait hésitant. Dans le cas présent, refuser net de prêter sa signature était pour lui une décision cruelle qui le faisait souffrir.

— Faut-il absolument que ce soit moi ?

— Il dit que si c'est vous, il n'y aura aucune difficulté.

Deux fois, il demanda la même chose. Deux fois, il obtint la même réponse.

— C'est vraiment curieux !

Ignorant des choses du monde, Kenzô était dans l'incapacité d'imaginer que si son beau-père s'adressait à lui, c'était en dernier recours, après avoir essuyé tous les refus possibles. Que ce banquier avec qui il n'avait jamais eu de relations personnelles lui fît confiance à ce point l'effrayait.

« Après tout, je ne sais pas ce qui va me tomber dessus ! »

Le souci de ce qui allait advenir de lui l'inquiétait fort. En même temps, il n'avait pas un caractère assez simple pour trouver une solution au problème qui lui était posé en fonction de ses seuls intérêts. Il lui fallait résister jusqu'à ce qu'il trouve une solution acceptable. Quand celle-ci lui apparut, il eut besoin de rassembler tout son courage pour en parler face à face avec son beau-père.

— Il me semble dangereux de signer. Je ne signerai donc pas. En revanche, je vais faire tout mon possible pour vous prêter ce que je peux. Comme je n'ai pas d'économies, il va bien sûr falloir que j'emprunte pour réunir cette somme, mais je n'ai pas l'intention de contracter des emprunts qui m'obligent à remplir des papiers ou à signer quoi que ce soit. Je vais demander dans mon entourage, bien qu'il soit restreint, car c'est pour moi la manière la moins pesante d'emprunter de l'argent. Naturellement, il me sera impossible de réunir la somme que vous demandez. Puisque c'est moi qui emprunte, il est évident que c'est moi qui dois rembourser, et je ne peux donc pas contracter de dettes incompatibles avec ma situation.

Acculé comme il l'était, le beau-père de Kenzô ne pouvait pas se permettre de se montrer difficile. Il n'importuna pas Kenzô davantage.

— Dans ces conditions, je compte sur vous.

Enveloppé dans le vieux pardessus de Kenzô, il partit à pied, dans le froid de cette journée d'hiver.

L'entretien s'était déroulé dans le bureau de Kenzô. Après l'avoir raccompagné à la porte, il y retourna et ne vit pas sa femme. Elle aussi était allée le raccompagner, et à côté de son mari, elle avait attendu que son père se chausse. Elle n'était pas entrée dans le bureau. Tous deux savaient à présent qu'il s'agissait d'un problème d'argent et ils n'en parlèrent pas.

Mais le poids de la responsabilité pesait sur les épaules de Kenzô. Il allait devoir s'agiter pour tenir ses engagements. Il se rendit chez l'ami qui l'avait aidé à acheter un brasero et un nécessaire à friture au moment de son mariage.

— Est-ce que tu ne pourrais pas me prêter de l'argent ?

Il lui posa la question à brûle-pourpoint. Son ami, qui n'avait pas d'argent, le considéra, l'air étonné. Il lui expliqua en détail de quoi il retournait, les mains étendues au-dessus du feu.

— Tu ne pourrais pas faire quelque chose ?

Tout l'argent qu'il avait mis de côté quand il était professeur dans une école en Chine s'était transformé en actions d'une compagnie de tramways électriques.

— Tu ne voudrais pas alors intervenir auprès de Shimizu ?

Shimizu était le mari de la sœur cadette de son ami et il était médecin dans un quartier animé de la ville basse.

— Je ne peux vraiment rien dire. Je pense bien qu'il a une somme de ce genre, mais savoir s'il peut en disposer ! Enfin, je vais toujours lui en parler.

Par bonheur, la démarche de son ami fut couronnée de succès.

C'est ainsi que, six semaines plus tard, Kenzô put remettre entre les mains de son beau-père une somme de quatre cents yens.

75

— J'ai fait tout ce que je pouvais.

Il se sentait en paix avec lui-même. Il n'avait aucune idée de la valeur de l'argent qu'il avait emprunté. Il ne se disait pas que son beau-père devait être heureux avec cette somme, mais il ne pensait pas non plus qu'elle fût dérisoire au point de ne lui être d'aucun secours. Il ignorait absolument comment cet argent avait été dépensé. De son côté, son beau-père ne se rapprocha pas de lui au point de lui confier l'état réel de sa situation. L'occasion qui s'était présentée n'avait pas réussi à rompre la barrière qui les séparait depuis le début. Ou plutôt, leurs caractères manquaient-ils par trop de souplesse ? Son beau-père avait beaucoup plus de vanité que Kenzô. Plutôt que de s'employer à se faire comprendre, il avait tendance à essayer de se faire valoir. Cela avait pour résultat qu'il montait toujours en épingle ses faits et gestes vis-à-vis de sa femme, de ses enfants et de ses proches en général.

Quand la situation avait pris une tournure désespérée, il lui avait été impossible de nier la réalité. Pour jeter de la poudre aux yeux, il avait d'abord essayé de ne rien laisser deviner à Kenzô, puis, acculé, il en était venu à lui demander son sceau, sans pour autant lui dire à combien s'élevaient ses dettes, ni dans quelle impasse il se trouvait. Kenzô n'avait posé aucune question. Le fait pour l'un de demander, pour l'autre d'aider, ne réduisait en rien la distance qui les séparait. Au moment où l'un reçut l'argent que l'autre lui tendait, leurs mains se rapprochèrent, puis s'écartèrent aussitôt. La femme de Kenzô, qui assistait à la scène, resta silencieuse.

Quand Kenzô était revenu de l'étranger, ils n'étaient pas encore aussi éloignés l'un de l'autre. Peu de temps après leur installation dans leur nouvelle maison, il avait été surpris d'apprendre que son beau-père s'était lancé dans une affaire de gisements.

— Il va creuser une montagne ?

— Oui, il a l'intention de créer une nouvelle entreprise.

Il fronça les sourcils. Par ailleurs, il avait une entière confiance dans le sens des affaires de son beau-père.

— Est-ce que ça va marcher ?

— Je me le demande.

Après cette conversation, il apprit par sa femme que son beau-père était allé dans une ville du Nord pour ses affaires.

Une semaine plus tard, sa belle-mère arriva brusquement chez eux. Elle expliqua qu'il était tombé malade là-bas, qu'elle devait le rejoindre, et elle demandait à Kenzô de lui donner de quoi partir.

— Naturellement, je vais m'arranger pour vous donner l'argent dont vous avez besoin. Partez au plus vite !

Kenzô fut pris de pitié à l'idée de celui qui souffrait seul dans une auberge, de celle qui allait le rejoindre dans le froid, et il se prit à imaginer la tristesse d'un ciel lointain qu'il n'avait jamais vu.

— Je n'ai reçu qu'un télégramme, et je n'ai aucune idée de la gravité de son état.

— Vous devez être d'autant plus inquiète. Essayez de partir le plus vite possible.

Heureusement, l'état de santé de son beau-père n'était pas alarmant. On n'entendit plus parler de l'affaire des gisements.

— Il ne trouve vraiment aucune situation ?

— Ce n'est pas qu'il ne trouve pas, mais rien n'aboutit.

Elle raconta à Kenzô que son père s'était porté candidat aux élections à la mairie d'une grande ville. Un de ses vieux amis semblait couvrir les frais de campagne.

Cependant, quand un groupe de partisans vint à Tôkyô pour soumettre la candidature de son père à un homme politique fameux, comte de son état, ce dernier répondit qu'il ne le trouvait pas apte à cette fonction, et l'affaire en resta là.

— C'est vraiment ennuyeux !

— Cela finira bien par s'arranger !

Elle avait en son père une confiance bien plus grande que Kenzô. De son côté, celui-ci n'était pas sans reconnaître la capacité de son beau-père à gérer une affaire.

— Je te dis ça parce que c'est malheureux.

Il était sincère.

76

Lors de la visite que son beau-père lui avait rendue, les rapports s'étaient déjà modifiés. En tant que gendre, Kenzô devait se comporter avec humilité, lui qui avait donné à sa belle-mère l'argent pour aller voir le malade. Il avait considéré son beau-père en prenant par rapport à lui une certaine distance. Cependant, son regard n'était ni froid, ni indifférent. Ce qu'on aurait pu lire dans ses prunelles était plutôt, par éclairs, de l'animosité. Mais il s'était efforcé de dissimuler ce sentiment. Son beau-père était dans la détresse. Pourtant, il conservait toute sa dignité. Ces deux aspects mêlés empêchaient Kenzô de laisser parler son cœur. Ne pouvant prendre d'initiative, il était obligé de se maîtriser. Pour Kenzô, qui se voyait ainsi contraint de supporter la situation tout en restant impassible, la position difficile de son beau-père jointe à son attitude pleine de dignité empêchaient sa simplicité naturelle de se manifester, et il se crispait. Aux yeux de Kenzô, c'était comme si son beau-père était venu le tourmenter. Quant à celui-ci, il devait ressentir jusqu'à l'absurde sa position : être obligé d'admettre que l'homme qu'il avait devant lui, suffisant à l'extrême, était le mari de sa fille. D'ailleurs, Kenzô aurait aussi fait figure d'imbécile aux yeux de quelqu'un ignorant tout des circonstances. Même aux yeux de sa femme, qui pourtant était au courant, il ne donnait pas l'impression d'un homme particulièrement sagace.

— Cette fois-ci, je suis vraiment dans l'embarras.

Quand il avait dit cela, il n'avait obtenu tout d'abord de Kenzô aucune réaction. Puis le vieillard avait prononcé le nom d'un homme réputé dans le monde des finances. Il était banquier et homme d'affaires.

— J'ai eu l'occasion de le rencontrer et je pense que cette fois, cela va marcher. En dehors de Mitsui et Mitsubishi, il n'y a que cette banque qui soit d'importance à Tôkyô ; bien sûr, ce n'est pas parce j'y travaillerai que cela ajoutera à ma réputation, d'autant que l'étendue des activités est vaste, mais enfin, il me semble que je pourrai m'intéresser à mes fonctions.

La place que le financier lui avait promise était le poste de directeur d'une compagnie de chemins de fer privés dans le Kansai. Le financier en question possédait une grande partie des actions de la compagnie et avait le pouvoir d'en choisir à sa guise le directeur. Seulement, son beau-père devait prouver ses capacités et se rendre acquéreur de dizaines ou de centaines d'actions. Il avait un besoin impérieux d'argent. Kenzô, qui n'y comprenait rien, ne s'en rendit pas compte.

— Pour un temps, je vais faire mettre à mon nom une certaine quantité d'actions.

Kenzô ne sous-estimait pas le talent de son beau-père au point d'émettre un doute sur ce qu'il disait. Bien plus, il n'était pas sans souhaiter le succès de l'entreprise qui sortirait les siens de l'impasse. Mais il ne changeait pas de position pour autant. Il fit un compliment de pure convention et il durcit exprès son cœur qu'il sentait faiblir. Le vieillard ne parut pas y prêter attention.

— L'ennuyeux, c'est que ce n'est pas pour l'immédiat. Il faut attendre le moment propice.

Il avait sorti de son portefeuille quelque chose qui ressemblait à une feuille de nomination et la montra à Kenzô. Il était écrit qu'une compagnie d'assurances lui confiait la charge de conseiller les clients et qu'on lui verserait mensuellement la somme de cent yens. Telles étaient les conditions.

— Je ne sais pas encore si je continuerai à travailler là quand j'aurai obtenu l'autre poste dont je vous ai parlé, ou bien si j'arrêterai ; en tout cas, cela me fera toujours gagner cent yens.

Quand il faisait partie du gouvernement, il avait brigué une fois un poste ; les autorités du parti avaient posé la condition que ce soit pour être maire dans une des huit provinces du Sud-Ouest. Il avait refusé. A présent, il ne rechignait pas devant l'offre de cent yens d'une quelconque compagnie d'assurances. C'est dire à quel point le changement de ses conditions d'existence avait eu de l'influence sur son caractère.

L'attitude empreinte de modestie de son beau-père avait failli désarmer Kenzô, mais qu'il en eût conscience ou non, il avait été obligé de faire marche arrière. Il s'était remis sur la défensive et, instinctivement, il se donnait raison, bien que son attitude pût sembler anormale.

77

Le beau-père de Kenzô était un homme pratique. Il avait tendance à apprécier la valeur d'un homme du seul point de vue de son travail. Peu de temps après que le général Nogi eut abandonné le poste de gouverneur général de Formose qu'il avait occupé un certain temps, s'adressant à Kenzô, il lui avait dit :

— M. Nogi est un homme de devoir et de cœur en tant qu'individu, il est tout à fait admirable. Mais dès qu'on s'interroge sur sa capacité à remplir les fonctions de gouverneur, il me semble qu'il y a lieu de discuter. La morale d'un individu a peut-être une influence sur ceux qui l'approchent de près, mais il me semble qu'elle est insuffisante pour profiter aux administrés éloignés de ce contact. A mon avis, c'est plutôt la capacité qui importe à ce niveau. On a beau être un homme de bien, on ne peut rien faire d'autre que rester assis les bras croisés si l'on ne possède pas ce savoir-faire.

Durant son service, il s'était occupé entièrement d'une association qui avait à sa tête un comte. Grâce à ses efforts, l'affaire avait prospéré sous sa direction et l'on avait confié à sa gestion un excédent de rentrées de vingt mille yens environ. Depuis qu'il n'était plus au service du gouvernement, il avait connu embarras sur embarras, et il s'était finalement servi de cet argent qu'il avait intégralement dépensé en un éclair. Pour conserver la confiance des siens, il n'avait rien dit. Et pour sauver son honneur, il lui avait fallu payer de sa poche les cent yens mensuels qui représentaient les intérêts de la somme en question. Plus que de la situation matérielle de sa famille, il s'inquiétait de ces cent yens qui lui étaient de toute nécessité pour continuer sa carrière, et quand il eut la possibilité de les gagner en travaillant dans une compagnie d'assurances, il est aisé de comprendre quelle fut sa joie.

Lorsque, beaucoup plus tard, Kenzô apprit cette histoire de la bouche de sa femme, il ne ressentit rien d'autre qu'un certain mépris à l'égard de son beau-père, sans se mettre pour autant à le haïr pour sa malhonnêteté. Il va sans dire qu'il ne ressentait pas davantage de honte à être l'époux de la fille d'un homme pareil. Mais il resta muet à ce propos vis-à-vis de sa femme.

De temps en temps, elle lui disait :

— Pour moi, la seule chose qui compte pour un mari, c'est qu'il me traite bien.

— Même si c'est un voleur, ça t'est égal ?

— Bien sûr, qu'il soit voleur, escroc, n'importe quoi, je m'en moque. Simplement, je veux qu'il s'occupe de moi. C'est tout. Qu'est-ce que cela me fait qu'il soit un homme remarquable, un être admirable, s'il n'est pas gentil à la maison ?

Elle ne faisait qu'exprimer ce qu'elle pensait. Kenzô s'accordait avec elle sur ce point. Mais son imagination élaborait des suppositions bien au-delà des paroles de sa femme, comme le halo étend son ombre autour de la lune.

Il avait l'impression qu'elle le critiquait de façon détournée de ne s'occuper que de son travail. Mais ce qui l'atteignait le plus dans sa sensibilité était de penser que sa femme prenait ainsi le parti de son père contre son époux.

Il ne faisait aucun effort pour s'expliquer devant elle, mais il n'oubliait pas de tenter seul sa propre défense.

— Je ne suis pas du genre à m'éloigner de quelqu'un pour ça !

Il était persuadé que le fossé qui s'était creusé entre son beau-père et lui, empêchant leur amitié de s'établir, avait pour origine l'importance trop considérable que ce dernier accordait à la réussite sociale.

Kenzô n'était pas allé présenter ses vœux de nouvel an à son beau-père. Il s'était contenté d'envoyer une carte banale. Son beau-père ne lui avait adressé aucun reproche, mais il ne lui avait jamais pardonné. Il avait fait écrire une carte du même genre par le plus jeune de ses enfants, âgé de douze ou treize ans, et l'avait envoyée à Kenzô, signée du nom de l'enfant. Et lui qui avait minutieusement élaboré sa réponse à Kenzô ne s'était même pas demandé ce qui avait poussé le mari de sa fille à ne pas lui présenter ses vœux de vive voix. Ce simple incident avait fait boule de neige. Pendant un certain temps, tout s'était bien passé en apparence. Mais ils s'étaient éloignés de plus en plus l'un de l'autre. Kenzô, qui faisait une grande différence entre la faute commise sans qu'on puisse faire autrement et celle qu'on eût fort bien pu éviter mais qu'on commet exprès, se prit de haine pour le sang-froid dont son beau-père faisait preuve.

78

— C'est un homme avec qui il est aisé de s'entendre.

A vrai dire, et bien que ce fût en partie vrai, Kenzô était vexé qu'on dise cela de lui. Sa sensibilité lui faisait ressentir une sympathie profonde vis-à-vis de ceux qui pouvaient dépasser cette irritabilité. Il avait le don de découvrir tout de suite dans la foule ce genre d'individus. Mais il lui était impossible de se considérer comme l'un des leurs. C'était sans doute pour cette raison qu'il les remarquait. C'était aussi pour cela qu'il les admirait.

En même temps, il se critiquait lui-même. Mais il critiquait encore plus vivement celui qui attirait sur lui les réflexions.

Le fossé qui s'était creusé entre son beau-père et lui allait s'agrandissant. Le comportement de sa femme vis-à-vis de lui y aidait certainement à son insu. Quand ils étaient au bord de la crise, les sentiments de sa femme se dirigeaient de plus en plus vers sa famille, pour laquelle elle éprouvait de la compassion. En retour, sa famille ne pouvait que prendre son parti. Seulement, selon les cas, prendre le parti de sa femme équivalait à traiter Kenzô en ennemi. Cela ne faisait que les éloigner davantage l'un de l'autre.

Heureusement, la nature avait doté la femme de Kenzô d'un palliatif : l'hystérie. Les crises survenaient au point culminant de leur tension. Il arrivait à Kenzô de trouver sa femme à plat ventre dans le couloir qui menait aux toilettes. Il la soulevait et la portait dans ses bras jusqu'à son lit. Il lui était arrivé aussi de la trouver au milieu de la nuit accroupie au bout de la véranda. Elle avait ouvert un volet. Il l'avait prise à bras-le-corps et l'avait traînée jusque dans la chambre.

Dans ces moments-là, elle avait une conscience vague et ne faisait pas de distinction entre le rêve et la réalité. Ses pupilles étaient dilatées. Le monde extérieur se reflétait dans ses yeux comme une hallucination.

Kenzô, qui la contemplait à son chevet, était toujours saisi d'angoisse. Quelquefois, la pitié l'emportait sur tout le reste. Il passait un peigne dans les cheveux défaits de sa femme. Il essuyait son front couvert de sueur avec une serviette humide. Plus rarement, pour la faire revenir à elle, il lui aspergeait d'eau le visage, ou la faisait boire bouche à bouche.

Le souvenir de ces crises passées, beaucoup plus violentes que celles qu'il lui arrivait d'avoir maintenant, ravivait la mémoire de Kenzô.

Pendant un certain temps, il avait dormi, tous les soirs, un cordon passé dans la ceinture de sa femme et dans la sienne. Ce cordon mesurait plus d'un mètre et permettait sans aucune gêne de changer de position dans le sommeil. Elle n'avait jamais fait d'objection. Une fois, il avait dû lui appuyer de toutes ses forces un bol sur le creux de l'estomac, alors qu'elle s'arc-boutait convulsivement en arrière avec une force peu commune, et Kenzô, qui devait à tout prix l'en empêcher, en avait eu des sueurs froides.

Une autre fois, elle lui avait dit cette chose bizarre :

— Le soleil est venu. Il était porté par un nuage multicolore. Tu te rends compte, c'est terrible !

— Mon bébé est mort. Il est venu, et il faut que je m'en aille, moi aussi. Ne le vois-tu pas, là ? Dans le seau attaché au puits. Laisse-moi, il faut que j'aille voir !

C'était peu de temps après sa fausse couche. Elle cherchait à se lever en disant cela, tout en étreignant la main de Kenzô. Ses crises étaient pour Kenzô un sujet constant d'angoisse. Mais cette angoisse se couvrait d'un voile de pitié. Plus que de l'inquiétude, il ressentait de la compassion. Il s'effaçait devant elle qui était toute faiblesse, et s'efforçait de ne pas la contrarier. Dans la mesure où l'on ne pouvait imaginer aucune prémédita- tion à ces crises, dans la mesure où sa souffrance lui interdisait de rester indifférent, dans la mesure enfin où il ne pouvait l'accuser de le faire souffrir, la maladie de sa femme était une manière d'adoucir leurs rapports, et elle lui était nécessaire.

Par malheur, il n'y avait pas de palliatif de ce genre dans ses relations avec son beau-père.

Ainsi, la distance qui s'était creusée entre eux ne se comblait pas, même si les rapports du couple étaient redevenus normaux. C'était un phénomène étrange, mais c'était la réalité.

79

Kenzô, qui détestait les choses illogiques, souffrait intérieurement de ce paradoxe. Mais il n'avait aucune idée pour remédier à cette situation. En même temps qu'il était emporté et entier, il avait tendance à la passivité.

— Après tout, ce n'est pas mon rôle.

Il s'interrogeait lui-même, il se donnait la réponse et il croyait à quelques bases fondamentales. Il décida de vivre dans le mécontentement. Il n'imaginait même pas que les choses puissent s'arranger d'elles-mêmes.

De son côté, sa femme non plus ne se départait pas de sa passivité. Elle était femme à bouger en toute occasion.

Quand on lui demandait quelque chose, il lui arrivait d'être plus impétueuse qu'un homme. Mais cela ne se produisait qu'en présence de quelque chose de tangible. Elle n'entrevoyait rien de semblable dans les rapports d'un couple tels qu'elle se les représentait. Dans les rapports entre son père et son mari non plus, elle ne discernait pas les raisons de la faillite. Elle rejetait tout ce qui ne lui semblait pas une « affaire » ou un événement, tout ce qui ne présentait pas de modifications concrètes ou visibles. Elle sentait confusément que l'évolution de la psychologie qui réglait les rapports entre son père et son mari était hors de sa portée.

— Mais enfin, il n'y a rien, non ?

En secret, elle, qui avait malgré tout conscience de cette évolution, était bien obligée de se dire qu'il n'y avait rien. Cette façon de trancher la question de la manière qui lui paraissait la plus facile sonnait aux oreilles de Kenzô comme une hypocrisie, mais elle ne retirait pas pour autant ce qu'elle avait dit. A la fin, elle déclarait qu'elle se moquait éperdument de tout cela, et elle s'enfermait davantage dans son apathie. Le mari et la femme se rejoignaient ainsi dans une attitude négative. Le caractère fortement marqué de chacun était à l'origine de leur mésentente. Ce n'était pas le fruit du hasard, c'était au contraire une nécessité. Quand ils se dévisageaient, ils jugeaient leur destin sur la physionomie de l'autre.

Quand le beau-père de Kenzô fut parti après avoir pris l'argent, le couple ne fit pas cas de la visite ; au contraire, ils parlèrent de choses et d'autres.

— La sage-femme a une idée de la date ?

— Elle n'a rien dit de précis, mais c'est pour bientôt.

— Tout est prêt ?

— Oui. C'est dans un des placards du fond.

Kenzô n'avait aucune idée de ce que le placard renfermait. Elle soupira profondément, d'un air douloureux.

— Je ne peux plus supporter ce poids. Je voudrais qu'il naisse vite !

— Tu as pourtant dit que tu en mourrais peut-être ?

— Oui, mais ça m'est bien égal de mourir, je veux qu'il naisse !

— Comme je te plains !

— De toute façon, si je meurs, ce sera ta faute.

Kenzô se souvint de la naissance de leur première fille, dans une campagne reculée. Il était inquiet et avait un visage morose. La sage-femme lui avait demandé de l'aider, et quand il était entré dans la chambre où sa femme accouchait, elle s'était agrippée à son bras avec une force telle qu'il l'avait sentie jusqu'à l'os. Et elle avait hurlé comme quelqu'un qu'on torture. Il avait éprouvé la douleur qui écrasait le corps de sa femme et il s'était même demandé s'il n'était pas coupable.

— C'est certainement douloureux d'accoucher, mais c'est terrible aussi de le voir, tu sais !

— Eh bien, tu n'auras qu'à aller t'amuser.

— Tu pourras accoucher toute seule ?

Elle ne répondit pas. Elle ne parla pas de l'accouchement de leur deuxième fille qui avait eu lieu pendant qu'il était à l'étranger. Kenzô n'avait pas l'intention de lui en parler non plus. Il était d'un naturel inquiet et il ne se voyait pas en train de se promener pendant que sa femme hurlerait de douleur.

Quand la sage-femme vint, il lui demanda ce qu'elle en pensait.

— D'ici une semaine, vous croyez ?

— Non, un peu plus tard, je pense.

C'était d'ailleurs ce que sa femme et lui avaient prévu.

80

Elle fut prise de douleurs avant la date prévue et elle sortit de son rêve. Elle réveilla Kenzô qui dormait près d'elle.

— Les douleurs ont commencé tout à l'heure.

— Tu es sûre que c'est ça ?

Il n'avait aucune idée de l'intensité avec laquelle elle souffrait. La nuit était froide. Il sortit seulement la tête de l'édredon et regarda furtivement sa femme.

— Veux-tu que je te masse un peu ?

Il n'avait pas envie de se lever et il aurait voulu autant que possible qu'elle se contente de paroles. Il ne se rappelait presque plus rien de son premier accouchement. Mais quand leur fille était née, il lui avait semblé que la douleur apparaissait ainsi puis disparaissait comme le flux et le reflux de la mer.

— Tout de même, un enfant ne naît pas comme ça d'un coup ! La douleur arrive puis disparaît, puis revient encore, non ?

— Peut-être, mais en tout cas, j'ai de plus en plus mal.

Ses gestes confirmaient ce qu'elle disait. Elle ne tenait pas en place, elle enlevait l'oreiller, le remettait, le déplaçait sans arrêt. Il se sentait impuissant.

— Veux-tu que j'appelle la sage-femme ?

— Oui, fais vite !

Si la sage-femme avait le téléphone, il va sans dire que la maison de Kenzô ne bénéficiait pas de cette commodité. Chaque fois qu'il en avait besoin, il courait téléphoner de chez son médecin traitant qui habitait tout près.

L'aube était encore loin et le vent était froid en ce début d'hiver. Il hésita à réveiller la servante ainsi que celle du médecin qui aurait à lui ouvrir, mais il n'avait pas non plus le courage d'attendre jusqu'au petit matin. Il ouvrit le *fusuma* de la chambre, traversa une pièce et passa par la salle de séjour pour aller jusqu'à la chambre où dormait la servante. Il la réveilla et l'envoya dans la nuit froide.

Quand il revint au chevet de sa femme, les douleurs avaient repris de plus belle. Il était tellement tendu qu'il prêtait l'oreille au moindre bruit, guettant à chaque minute le roulement d'un pousse-pousse. La sage-femme n'arrivait pas. Les gémissements continuels de sa femme troublaient le calme de la nuit. Au bout de cinq minutes, peut-être moins, elle prévint son mari.

— Il va naître !

Et en même temps qu'à bout de souffrance, elle poussait un cri, l'enfant sortit.

— Courage !

Kenzô tournait au pied du lit sans savoir que faire. A ce moment, la lampe brûlait d'une mince flamme et éclairait la chambre d'une lumière tranquille comme la mort. Le regard de Kenzô ne distinguait rien, pas même le motif à rayures des édredons.

Il était en pleine confusion. Il renonça à éclairer davantage, avec le sentiment qu'il verrait ce qu'un homme ne doit pas voir. Et il tâtonna dans l'obscurité.

Tout de suite, sa main droite éprouva une sensation étrange au contact de quelque chose de gélatineux qu'il ne lui avait encore jamais été donné de toucher, dont il n'avait jamais fait l'expérience. La chose n'avait pas de forme définie, c'était un bloc sans consistance. Un frisson de dégoût le parcourut, mais il palpa pourtant du bout des doigts cette masse informe et silencieuse. Il avait l'impression qu'elle se défaisait à son contact. Il pensa qu'en pressant un peu fort elle se briserait. Pris de panique, il retira sa main.

— Si je le laisse comme ça, il va attraper du mal, il va se refroidir.

Et sans même se demander si le nouveau-né était vivant ou mort, il se rappela brusquement ce que lui avait dit sa femme. Il ouvrit la cloison derrière lui et sortit du placard une grande quantité d'ouate. Et lui qui ignorait jusqu'au mot « coton », en arracha à l'aveuglette de gros morceaux dont il recouvrit la petite masse tiède.

81

Plus tard, la sage-femme qu'il avait tant attendue arriva et il put enfin se retirer dans son bureau, l'esprit tranquille. Le jour se leva. La maison froide retentissait des cris du nouveau-né.

— Mes félicitations !

— C'est un garçon ou une fille ? Une fille.

Elle avait l'air de le plaindre...

— Une fille ? Encore !

Kenzô était déçu. Le premier enfant avait été une fille, le deuxième aussi, et voilà maintenant qu'il se retrouvait père de trois filles ! Intérieurement, il en voulait à sa femme de ne pouvoir mettre au monde que des filles. L'idée ne l'effleura pas que la responsabilité lui en incombait tout autant.

La première fille, qui était née en province, était un beau bébé à la peau fine. Kenzô l'avait souvent promenée en poussette dans la ville. Il lui arrivait, sur le chemin du retour, de contempler le visage de l'enfant qui dormait paisiblement comme un ange. Mais il se trompait quant à ce qu'il avait imaginé de son avenir. A son retour de l'étranger, sa fille, accompagnée par quelqu'un, était venue le chercher à Shimbashi. Elle avait raconté à son entourage que, n'ayant pas vu son père pendant longtemps, elle se l'était imaginé mieux qu'il n'était. De son côté, Kenzô avait trouvé qu'elle avait enlaidi pendant son absence. Son visage avait perdu son ovale, les angles en étaient devenus plus durs. Kenzô avait été obligé de reconnaître le côté disgracieux des traits de sa fille qui était en train de s'affirmer.

La deuxième fille avait des boutons sur le crâne à longueur d'année. Comme on attribuait cela au fait que ses cheveux respiraient mal, on les lui avait finalement coupés courts. Avec son menton fuyant, ses grands yeux, elle avait l'air d'un monstre marin, et traînait toujours partout.

Les parents n'avaient pas un regard subjectif au point d'espérer que leur troisième fille embellirait en grandissant :

— Qu'est-ce que nous allons devenir, affublés d'êtres pareils ? C'est très joli de naître, mais qu'est-ce que tout ça va devenir ?

Il avait eu cette réaction indigne d'un père. Néanmoins, en disant cela, ce n'est pas seulement de l'avenir de ses enfants qu'il s'inquiétait, mais de lui-même ainsi que de sa femme.

Avant de sortir, il alla jeter un coup d'œil dans la chambre. Sa femme dormait tranquillement dans des draps fraîchement lavés. On avait placé à côté d'elle, comme un paquet, le nouveau-né enveloppé dans une couverture neuve rembourrée d'ouate. Son visage était rouge. Il avait un aspect totalement différent de ce que Kenzô avait tâté la nuit dernière dans l'obscurité et qui lui avait donné l'impression d'une masse gélatineuse.

Tout avait été soigneusement fait. Il ne restait rien de taché. Ce qu'il se rappelait de la nuit était comme un rêve. Il se tourna vers la sage-femme.

— Vous lui avez changé sa literie ?

— Oui, l'édredon et le matelas aussi.

— Comment avez-vous fait pour ranger tout si vite ?

Elle ne fit que sourire. Elle ne s'était jamais mariée, et sa vie et son attitude faisaient plutôt penser à celles d'un homme.

— Vous aviez utilisé presque tout le coton ! Je n'en ai pas eu assez et j'ai été bien ennuyée, vous savez !

— Ça ne m'étonne pas ! Mais j'étais tellement affolé !

Tout en disant cela, Kenzô ne la plaignait pas vraiment. Sa pitié allait plutôt à sa femme dont le médecin disait qu'elle avait perdu beaucoup de sang.

— Comment te sens-tu ?

Elle entrouvrit les yeux et remua la tête sur l'oreiller. Kenzô sortit.

Quand il rentra à l'heure habituelle, il alla tout de suite au chevet de sa femme, avant même de se mettre en kimono.

— Comment te sens-tu ?

Cette fois, elle n'eut aucune réaction.

— Je ne sais pas, mais je me sens drôle.

Contrairement au matin, où elle était pâle, elle avait maintenant le visage rouge de fièvre.

— Tu ne te sens pas bien ?

— Non.

— Veux-tu que j'envoie chercher la sage-femme ?

— Elle va bientôt arriver.

En effet, la sage-femme devait revenir.

82

Bientôt, on lui mit un thermomètre sous l'aisselle.

— Elle a un peu de fièvre.

Ce disant, la sage-femme secoua le thermomètre pour faire redescendre le mercure. Elle ne parlait pas beaucoup. Elle partit sans même conseiller à Kenzô d'appeler le médecin pour plus de sûreté.

— Tu crois que ça ira ?

— Je ne sais pas.

Kenzô n'avait aucune connaissance dans ce domaine. Il craignait que ce ne fût une fièvre puerpérale. Sa femme, au contraire, qui avait confiance en la sage-femme envoyée par sa mère, était sans inquiétude.

— Comment, tu ne sais pas ? Il s'agit de ton corps, non ?

Elle ne répondit rien. Kenzô eut l'impression de lire sur son visage les mots qu'elle avait prononcés : « Ça m'est égal de mourir. »

— Moi qui m'inquiète tellement pour toi !

Cette inquiétude ne l'avait pas quitté le lendemain, quand il sortit tôt le matin comme d'habitude. Lorsqu'il revint l'après-midi, il se rendit compte que la fièvre de sa femme était tombée.

— Finalement, ce n'était pas grave !

— Non, mais on ne peut jamais savoir si la fièvre va revenir.

— C'est normal, après un accouchement, d'avoir des poussées de fièvre ?

Kenzô posait la question d'un air grave. Une ébauche de sourire éclaira le visage de sa femme.

Heureusement, la fièvre ne réapparut pas. Elle reprenait progressivement des forces. Elle devait rester allongée trois semaines ; Kenzô venait souvent s'asseoir près d'elle et ils parlaient.

— Tu prétendais que tu allais y rester cette fois et puis, tu vois, tu n'es pas morte !

— Si tu préfères que je meure, il faut le dire !

— C'est toi que ça regarde !

Elle qui prenait les paroles de son mari à moitié comme une plaisanterie, sans avoir clairement conscience de sa propre vie, était obligée de faire un retour sur elle-même, maintenant qu'elle s'était sentie en danger.

— J'ai vraiment pensé que j'allais mourir, cette fois.

— Comment ça ?

— Il n'y a pas de comment ni de pourquoi ! Comme ça !

Elle qui avait pensé mourir avait eu un accouchement plus facile que la plupart des femmes. La réalité avait été à l'opposé des prévisions, mais cela ne semblait pas l'avoir frappée.

— Vraiment, tu ne t'en fais pas !

— Et toi donc !

Elle regarda d'un air heureux le nouveau-né qui dormait à côté d'elle. Elle lui tapota légèrement la joue et commença de le cajoler. Il avait une curieuse figure, dont on ne pouvait pas encore dire qu'elle était humaine.

— L'accouchement a été facile, mais on dirait qu'elle est un peu petite, non ?

— Elle va grossir, tu verras !

Kenzô s'imagina que cette petite masse de chair allait devenir aussi grosse que sa femme. C'était dans un lointain avenir. Mais, à moins que le fil de la vie ne se rompe en chemin, il était certain que cela se passerait ainsi.

— Le destin de l'homme ne se règle pas aisément.

Ces paroles étaient inattendues. Elle n'en saisissait pas le sens.

— Comment ?

Il fut obligé de répéter ce qu'il avait dit.

— Et alors, où veux-tu en venir ?

— Je ne veux en venir nulle part. Je dis que c'est comme ça, c'est tout !

— Comme c'est déplaisant ! Tu crois que c'est bien, peut-être, de dire aux gens des choses qu'ils ne comprennent pas ?

Elle ne s'occupa plus de son mari et prit l'enfant contre elle. Sans se fâcher pour autant, Kenzô regagna son bureau.

En plus de ses inquiétudes au sujet de sa femme et de l'enfant qui n'était pas encore assez vigoureux, il avait d'autres sujets de préoccupation : son frère, dont on ne savait pas s'il allait être révoqué ou non, sa sœur, qui avait failli mourir d'une crise d'asthme, son beau-père, qui était sur le point d'obtenir une place, mais rien n'était sûr. L'ombre de Shimada rôdait aussi, celle d'O-Tsune... Enfin, il y avait le problème de ses relations avec chacun d'entre eux qui restait entier. Il se disait que rien ne prenait forme, rien ne se réglait, rien ne trouvait de conclusion.

83

Les enfants étaient les plus insouciantes. Les deux grandes jouaient avec la dernière-née comme si on leur avait acheté une poupée en chair et en os. Le moindre clignement d'yeux de leur petite sœur les émerveillait, et un éternuement, un bâillement leur semblaient un phénomène merveilleux.

— Comment va-t-elle grandir ?

Bien sûr, cette question ne leur venait pas à l'esprit, tant elles étaient prises par leurs jeux. Les fillettes, qui ne pouvaient se poser la question : « Qu'allons-nous devenir ? » à propos d'elles-mêmes, n'étaient certes pas en mesure de se la poser à propos du nouveau-né.

De ce point de vue, les enfants étaient encore plus éloignées de Kenzô que leur mère. Quand Kenzô rentrait, il lui arrivait de contempler du seuil de la porte le groupe qu'elles formaient, sans avoir pris le temps de se changer.

— Elles sont tout le temps ensemble !

Quelquefois, il ressortait aussitôt. D'autres fois, il s'asseyait en tailleur sans se déshabiller.

— Ne lui mets pas tout le temps une bouillotte, c'est malsain ! Enlève-moi ça tout de suite. Mais enfin, tu en mets combien ?

Sa femme se moquait de lui, qui ne savait rien et qui parlait à tort et à travers de ce genre de choses. Le temps passait sans qu'il ait envie de prendre le bébé dans ses bras. En même temps, quand il voyait rassemblées dans la même pièce les enfants et sa femme, il éprouvait un sentiment différent.

— Les femmes accaparent les enfants.

Surprise, sa femme se retourna vers lui. Son regard disait qu'elle venait de se rendre compte que son mari énonçait un fait dont elle n'avait pas pris conscience jusque-là.

— Pourquoi dis-tu cela tout d'un coup ?

— Je me trompe ? Les femmes espèrent ainsi tirer vengeance de leur mari qu'elles n'aiment pas.

— Qu'est-ce que tu racontes ? Si les enfants sont toujours avec moi, c'est parce que tu ne t'occupes pas d'elles !

— Si j'en suis venu à ne plus m'occuper d'elles, c'est à cause de toi, ni plus, ni moins.

— Pense ce que tu veux ! Tu as tendance à tout juger en mal. De toute façon, toi, tu parles bien ; moi, je ne suis pas de taille à rivaliser !

Cependant, Kenzô était sincère. Il ne pensait pas qu'il était jaloux ni qu'il parlait bien.

— Les femmes savent s'y prendre.

Elle se retourna vers lui. Et des larmes tombèrent sur son oreiller.

— Pourquoi es-tu si cruel ?

Les enfants, en voyant leur mère, se mirent à pleurer. Kenzô se sentit le cœur serré. Tout en sachant qu'il perdrait la partie, il se répéta les paroles du médecin qui lui avait dit que le risque d'une fièvre puerpérale n'était pas définitivement écarté.

Il essuya les larmes de sa femme. Mais ces larmes étaient impuissantes à lui faire rectifier son jugement.

Quand ils furent à nouveau en tête-à-tête, elle toucha tout de suite l'endroit vulnérable.

— Pourquoi est-ce que tu ne la prends pas dans les bras ?

— Je ne sais pas, j'ai peur de la porter. Tu te rends compte, si je lui cassais le cou !

— Ne mens pas ! C'est tout bonnement que tu n'as pas assez de tendresse envers ta femme et tes enfants.

— Mais enfin, regarde ! Un homme ne peut pas prendre un si petit corps avec la douceur qu'il faudrait !

De fait, le nouveau-né était vraiment sans consistance. On ne pouvait vraiment pas savoir où étaient les os. Mais elle n'en démordait pas. Elle avança pour preuve l'attitude que Kenzô avait montrée quand leur première fille avait eu la varicelle.

— Jusque-là, tu l'avais toujours prise dans tes bras ; à partir de ce moment, ça a été fini.

Kenzô n'avait pas l'intention de nier. Cependant, il ne chercha pas à revenir sur ce qu'il avait dit.

— Bref, et quoi que tu en dises, les femmes sont pleines de ruse, il n'y a rien à faire !

Il croyait fermement ce qu'il disait, comme si lui-même avait été complètement exempt de dissimulation.

84

Comme elle s'ennuyait, elle lisait souvent au lit des romans qu'elle empruntait dans une bibliothèque. Quand il remarquait à son chevet des livres à la couverture défraîchie, il lui demandait :

— C'est intéressant, ce genre de bouquin ?

Elle avait l'impression qu'il se moquait de ses goûts littéraires.

— Ça ne t'intéresse peut-être pas, mais moi, si ça me plaît, qu'est-ce que ça peut te faire ?

Elle avait conscience de leurs divergences sur de nombreux points, et la discussion prenait tout de suite ce tour.

Avant de faire la connaissance de Kenzô, à part son père et son frère, elle n'avait eu l'occasion de rencontrer que deux ou trois hommes qui avaient leurs entrées à la résidence officielle. Chacun à sa manière avait une façon de vivre différente de Kenzô. Elle découvrit en son mari un être tout à fait opposé à ce qu'elle avait imaginé plus ou moins abstraitement d'après les exemples que lui avaient donnés ces autres hommes. Elle se disait qu'entre le type d'homme qu'elle avait imaginé et celui que représentait Kenzô, l'un des deux devait être le bon. Bien entendu, c'était son père qui incarnait à ses yeux le type juste. Sa pensée était très simple. Elle avait la certitude que son mari changerait au contact de la société et deviendrait semblable à son père.

Contrairement à ses prévisions, Kenzô se montra tenace. En même temps, elle se cramponna à son idée. Ils en conçurent du mépris l'un pour l'autre.

Elle qui jugeait tout en fonction de son père qu'elle prenait comme norme se révoltait intérieurement contre son mari. De son côté, Kenzô était irrité par sa femme qui le contestait. Têtu, il ne se gênait pas pour montrer devant tout le monde qu'il la regardait de haut.

— C'est à toi de m'expliquer, au lieu de te moquer tout le temps de moi !

— Tu n'as aucune envie que je t'explique quoi que ce soit. Si tu imagines que tu n'as plus rien à apprendre, je ne peux rien faire !

En même temps qu'elle se disait qu'elle n'était pas femme à obéir aveuglément, Kenzô se justifiait en nourrissant dans son cœur la secrète pensée qu'elle n'était pas femme à pouvoir développer son intelligence. Ce genre de dispute était fréquente entre eux. Elles duraient depuis longtemps mais la barrière ne s'ouvrait pas.

Kenzô, d'un air las, laissa tomber le livre qu'il avait en main.

— Je ne t'empêche pas de lire ! Tu es libre ! Je veux seulement te faire comprendre que tu ne devrais pas te fatiguer les yeux ainsi.

Elle aimait la couture. Quand, par exemple, elle ne trouvait pas le sommeil, qu'il fût une heure ou deux heures du matin, elle enfilait des aiguilles à la lueur de la lampe. Après la naissance de ses deux premières filles, elle avait repris ses travaux de couture avant même d'attendre son complet rétablissement, et sa vue avait beaucoup baissé.

— Je sais bien que c'est mauvais pour moi de tenir une aiguille, mais un livre ! Et puis, je ne lis pas tout le temps !

— Tu devrais t'arrêter de lire avant de te sentir fatiguée. Sinon, tu le regretteras.

— Mais non, je suis sûre que ça ira.

Elle n'avait pas trente ans et ignorait ce qu'était le surmenage. Elle se mit à rire.

— Toi, ça ne te fait peut-être rien, mais c'est moi qui serai dans l'embarras.

Kenzô faisait exprès de se montrer égoïste. Quand il voyait que sa femme ne tenait pas compte de ses conseils, il prenait souvent ce ton en mettait cela sur le compte de ses mauvaises manies.

Il écrivait d'une écriture de plus en plus serrée. Au début, les caractères qu'il dessinait avaient à peu près la grosseur d'une tête de mouche, à présent, cela se réduisait à une tête de fourmi. Il ne se demandait pas pourquoi il écrivait si petit, il laissait courir librement sa plume.

Devant la fenêtre, dans la clarté diffuse du crépuscule, dès qu'il le pouvait, il s'usait les yeux à la lumière faible de la lampe de son bureau, sans même s'en rendre compte. Il n'observait pas pour lui-même les conseils qu'il donnait à sa femme, mais ne s'apercevait pas de la contradiction. Indifférente, elle non plus ne remarquait rien.

85

Quand elle put à nouveau se lever, l'hiver commençait à déposer des aiguilles de glace sur le jardin à l'abandon.

— Comme le jardin est dévasté ! On dirait que l'hiver est plus froid cette année, non ?

— Tu as cette impression parce que tu as perdu beaucoup de sang.

— Tu crois ?

Comme si elle prenait conscience pour la première fois de son état, elle étendit les mains au-dessus du feu et regarda la couleur de ses ongles.

— Tu t'es regardée dans une glace, non ?

— Bien sûr, je sais…

Elle étendit à nouveau ses mains au-dessus du feu et frotta ses joues blanches.

— En tout cas, il fait froid tout de même, cette année.

— Evidemment qu'il fait froid ! C'est le propre de l'hiver, non ?

Elle parut ridicule à Kenzô de ne pas tenir compte de ses explications.

Il se moquait de sa femme, mais il était lui-même très frileux. Depuis quelque temps surtout, il supportait mal le froid. Il avait été obligé d'installer un *kotatsu* [1] dans son bureau, pour se protéger les genoux et les reins du froid pénétrant. Il ne pensait pas du tout que cette sensation pouvait venir d'un état dépressif et il ressemblait en cela à sa femme, qui ne faisait pas assez attention à elle-même.

Chaque matin, après avoir accompagné son mari sur le pas de la porte, elle se peignait les cheveux. Elle contemplait d'un œil mélancolique les cheveux qui restaient pris dans le peigne à chaque passage. C'était plus important pour elle que le sang qu'elle avait perdu.

« Celui qui a donné la vie, enfin une vie nouvelle, doit connaître le déclin en contrepartie. »

Cette pensée s'était éveillée en elle. Mais elle était incapable de formuler ce qu'elle ressentait confusément. En même temps, elle se sentait fière de ce qu'elle considérait comme un exploit, tout en ayant le sentiment

1. Système de chauffage incorporé dans une partie du plancher, sous les tatamis.

d'avoir reçu un châtiment. Quoi qu'il en soit, de jour en jour, elle s'attachait davantage au dernier-né. Elle prenait doucement dans ses bras l'enfant sans résistance, approchait ses joues rondes de sa bouche. Alors, inconsciemment, l'envahissait le sentiment que ce qui était sorti d'elle lui appartenait. Elle couchait le bébé près d'elle et s'installait devant sa table à couture. Et quand elle levait l'aiguille, elle jetait un regard inquiet sur l'enfant qui dormait bien au chaud.

— C'est un vêtement pour qui ?

— Pour le bébé, voyons !

— Il en a besoin de tant que ça ?

— Mais oui.

En silence, elle continuait son travail.

Comme s'il venait enfin de s'en apercevoir, Kenzô remarqua sur les genoux de sa femme un tissu à grands motifs.

— C'est une étoffe que ma sœur a offerte pour la naissance, non ?

— Oui.

— Quelle stupidité ! Elle aurait mieux à faire de son argent, elle n'en a pas tant !

Il ne comprenait pas sa sœur qui ne pouvait pas s'empêcher de faire des cadeaux de ce genre, prélevant sur l'argent qu'elle recevait de son frère.

— En somme, c'est comme si je l'avais acheté avec mon propre argent, quoi !

— On ne peut pas lui faire de reproche, voyons ! Cette obligation envers toi part d'un bon sentiment.

Sa sœur respectait par trop ce qu'on appelle les convenances. Si on lui offrait quelque chose, elle voulait absolument rendre la politesse en faisant mieux, et cela lui causait toujours du souci.

— Tout de même, c'est déplaisant. Obligation, obligation, qu'est-ce que ça veut dire ? Je n'y comprends rien. Au lieu de se préoccuper de ces choses purement formelles, elle ferait mieux de faire attention que Hida ne lui emprunte pas sur son argent de poche !

Sa femme était parfaitement indifférente à ces questions, et elle ne chercha même pas à prendre la défense de sa belle-sœur.

— D'ici quelque temps, je lui rendrai la politesse d'une façon ou d'une autre. Comme ça, nous serons quittes.

Kenzô, qui n'avait jamais rien apporté à l'occasion de ses visites, continuait à regarder d'un air méfiant la mousseline de laine sur les genoux de sa femme.

86

— Il paraît qu'au début, tout le monde apportait toutes sortes de cadeaux à ta sœur.

Elle dit cela inopinément en dévisageant son mari.

— Les gens savent qu'il est dans son caractère de donner en retour quelque chose d'une valeur supérieure à ce qu'elle a reçu, et il paraît qu'on lui offre des tas de choses dans cet espoir !

— En supposant qu'elle remercie par un cadeau à soixante-quinze yens la personne qui lui a offert quelque chose qui en vaut cinquante, le profit n'est pas bien grand !

— Mais ça leur suffit, à ces gens-là !

Kenzô, dont les carnets étaient remplis d'une écriture si fine que quiconque les aurait vus eût pensé qu'ils résultaient de la frénésie due à l'ivresse, ne pouvait même pas imaginer un seul instant que cette sorte de gens existe.

— Ce sont des relations sociales bien ennuyeuses, alors ! En fait de relations, c'est une charge, plutôt ! Tout ça n'a aucun sens !

— Vu de l'extérieur, cela paraît peut-être ridicule, mais une fois qu'on est dans le système, il n'y a rien d'autre à faire que de se plier à ces contraintes.

Cette conversation obligea Kenzô à réfléchir à la manière dont il avait dépensé les trente yens qu'il avait reçus de façon imprévue, l'autre jour.

Il y avait de cela environ un mois, un de ses amis [1] lui avait demandé d'écrire quelques pages pour une revue qu'il dirigeait. Pour lui qui n'avait eu d'autre nécessité d'écrire que celle de rédiger ses cours, c'était une première expérience, et il fut transporté par le plaisir qui faisait courir sa plume. Il ne s'attendait nullement à recevoir quoi que ce soit.

Quand on posa devant lui l'argent, il se réjouit comme s'il avait trouvé dans la rue quelque chose d'inattendu. Lui qui souffrait beaucoup du manque de décoration de son salon alla immédiatement chez un ébéniste en bois précieux de Dangozaka et fit faire un encadrement en santal. Puis il choisit parmi les vingt estampages de stèles de l'époque des Wei du Nord qu'un ami lui avait offerts à son retour de Chine. Il suspendit le cadre à un morceau de bambou, l'accrocha dans le *tokonoma*. Mais même quand il n'y avait pas de courant d'air, le cadre était toujours de travers, sans doute à cause du bambou qui l'empêchait de rester plaqué contre le mur.

Il descendit une autre fois la rue de Dangozaka et remonta en direction de Yanaka. Il acheta un vase chez un marchand de poteries. Ce vase était rouge vif. Au centre était dessinée une grande fleur des champs jaune pâle. Il faisait environ trente centimètres de haut. Il le posa tout de suite sur une étagère du *tokonoma*. Ce grand vase était disproportionné par rapport au cadre de l'estampage, plutôt petit, et qui bougeait sans cesse. Il contempla d'un œil désappointé cet ensemble qui manquait

1. Takahama Kyoshi, poète et ami de Sôseki, qui dirigeait la revue littéraire *Hototogisu*. Il s'agit du début du premier roman de Sôseki, *Waga hai wa neko de aru* (*Je suis un chat*, traduction française parue chez Gallimard).

d'harmonie. Mais il se disait que c'était mieux que rien. Il ne pouvait pas se permettre d'être difficile et il se força à se réjouir de ce qui lui avait d'abord déplu.

Il alla aussi chez un marchand de kimonos à Hongô et s'acheta une pièce d'étoffe. Il n'y connaissait rien en tissu et choisit au petit bonheur parmi ce que le marchand lui proposait. Le tissu était brillant, et, naïvement, il lui parut plus beau qu'un autre qui ne brillait pas. Le marchand lui conseilla d'assortir le kimono à un *haori*, et il sortit du magasin portant sous le bras de quoi se faire faire un ensemble en soie grossière d'Isezaki. Il n'avait jamais entendu parler jusqu'à ce jour des tissages d'Isezaki. Ces achats terminés, il ne pensa pas une seconde aux siens, pas plus à l'enfant qui allait naître. Ceux qui avaient une vie plus difficile que la sienne lui étaient totalement sortis de l'esprit. Comparé à sa sœur qui respectait scrupuleusement les usages, il avait perdu tout sentiment de compassion envers plus malheureux que lui.

— Elle est vraiment bonne de se créer des obligations qui lui font perdre de l'argent. Après tout, elle a toujours eu un penchant à se faire bien voir. On n'y peut rien. Mais je crois plutôt qu'il vaut mieux ne pas être trop bon.

— Tu crois vraiment qu'elle ne le fait pas par gentillesse ?

— Je pense bien !

Pourtant, à y bien réfléchir, Kenzô était obligé de reconnaître que sa sœur était quelqu'un qui avait du cœur.

— Si ça se trouve, moi, je suis né sans cœur !

87

A un moment où Kenzô avait encore bien présente à l'esprit cette conversation, il reçut pour la deuxième fois la visite d'O-Tsune.

Elle était vêtue à peu près aussi misérablement que la fois précédente et, sans doute à cause du froid qui avait dû lui faire mettre davantage de sous-vêtements, elle paraissait encore plus ronde. Kenzô approcha tout de suite d'elle le brasero qu'il sortait pour les visiteurs.

— Je vous en prie, ne vous mettez pas en peine pour moi. Il fait assez doux aujourd'hui.

Il faisait beau ce jour-là. Il y avait du soleil, et les panneaux coulissants vitrés brillaient faiblement.

— Vous semblez grossir avec l'âge !

— C'est vrai que je me porte bien, je vous remercie.

— Voilà une bonne chose.

— Par contre, je ne fais que rapetisser.

Kenzô se demandait si les gens qui grossissaient en vieillissant étaient tellement en bonne santé. En tout cas, cela ne lui paraissait pas normal. Cela lui semblait même bizarre. Un doute l'effleura : « Est-ce qu'elle ne boirait pas, par hasard ? »

Sa peau était flétrie. Son kimono et son *haori*, qui, visiblement, avaient été lavés à de nombreuses reprises, avaient conservé pourtant un léger aspect soyeux, mais ils étaient curieusement raides. Le vêtement avait été lavé et séché sur une planche. Cette façon de laver, quel que soit l'état d'usure du vêtement, reflétait bien son caractère. Kenzô la regardait. Tout en ayant de l'embonpoint, elle avait l'air étriquée. Il se rendait compte que ce qu'elle disait de sa situation matérielle était proche de la vérité.

— Où que l'on se tourne, on ne trouve que des gens dans la gêne, c'est bien embarrassant !

— Si quelqu'un comme vous est également dans la gêne, alors en effet, il n'y a personne qui ne le soit pas.

Kenzô ne chercha même pas à se justifier. Il se dit tout de suite : « De même qu'elle me croit plus riche qu'elle, elle me croit aussi en meilleure santé. »

Depuis quelque temps, la santé de Kenzô laissait à désirer. Il en avait plus ou moins conscience, mais n'allait pas consulter le médecin. Il n'en parlait pas non plus à ses amis. Il supportait seul son malaise. Mais chaque fois qu'il envisageait une éventuelle déchéance physique, il était dans l'angoisse. Il lui arrivait aussi de se mettre dans la tête que c'étaient les autres qui l'avaient ainsi affaibli et il se mettait en colère tout seul.

« Elle doit penser que je suis jeune et se dit que si on n'a pas à subir de privation, on est en bonne santé. De même qu'elle croit que j'ai de l'argent puisque j'ai une servante à demeure et que la maison a un portail ! »

Kenzô regardait O-Tsune en silence. En même temps, il voyait le vase et le tableau accroché derrière dont il venait de décorer le *tokonoma*. Il avait aussi présent à l'esprit le kimono de soie brillante qu'il allait bientôt pouvoir enfiler. Il s'étonnait de ne pouvoir éprouver de la pitié pour la vieille femme.

« Peut-être bien que je suis sans cœur ! »

Il se répéta ce qu'il s'était dit en se comparant à sa sœur.

« Et après ? Qu'est-ce que ça fait ? »

Il se fit cette réponse.

O-Tsune se mit à raconter les difficultés qu'elle avait avec le mari de sa fille. Comme c'est le cas pour la plupart des gens, c'étaient les capacités de son gendre qui étaient en question. Quand elle parlait de capacités, il s'agissait tout simplement de l'argent qu'il était en mesure de rapporter chaque mois, et elle avait l'air de ne pouvoir concevoir aucun autre critère pour juger de la valeur d'un individu.

— C'est qu'il ne rapporte pas beaucoup d'argent. Si au moins il pouvait gagner un peu plus !

Elle ne traitait pas son gendre de fainéant ni de propre à rien, mais elle expliquait en détail à Kenzô tout ce qu'il réussissait à gagner chaque mois à la force du poignet. Elle faisait penser à quelqu'un qui prendrait seulement les mesures d'un vêtement sans se préoccuper du motif ni de la quantité du tissu.

Par malheur, le travail de Kenzô ne laissait pas la possibilité de mesurer la valeur de celui qui l'accomplissait. Il laissa froidement s'écouler le flot de plaintes, d'un air indifférent.

88

Elle n'en finissait pas. Ne pouvant plus supporter de perdre son temps de la sorte, il se leva et alla dans son bureau. Il vérifia l'intérieur de son portefeuille qui était sur la table : il y avait un billet de cinq yens. Il le prit, revint au salon et le posa devant O-Tsune.

— Je vous demande pardon, mais j'ai pensé que vous aimeriez prendre un pousse-pousse pour rentrer.

— Je vous remercie de la peine que vous prenez pour moi ! Je n'étais pas venue pour ça.

Tout en prononçant ces paroles de refus, elle prit le billet et le glissa dans son kimono.

Il avait dit la même chose que la fois précédente quand il lui avait donné un peu d'argent ; elle aussi le remercia exactement dans les mêmes termes que ceux qu'elle avait employés.

« La prochaine fois qu'elle viendra, qu'est-ce que je ferai si je n'ai pas un billet de cinq yens ? »

Il n'y avait que lui pour savoir que ce portefeuille n'était destiné qu'à cet usage. O-Tsune ne pouvait pas s'en douter. Quand il l'imagina venant pour la troisième fois, et son impossibilité de lui donner cinq yens, tout cela lui parut soudain absurde.

— Désormais, chaque fois qu'elle viendra, il faudra que tu lui donnes cinq yens.

— Est-ce que je ne serais pas comme ma sœur, qui se crée des obligations inutiles ?

Sa femme, qui était en train de repasser, répliqua, comme si c'était quelque chose qui ne la concernait nullement :

— Si tu n'as pas cinq yens, tu n'as qu'à ne rien lui donner. Ce n'est pas la peine de parader !

— Je sais bien que si je n'ai rien, je ne peux rien lui donner !

La discussion s'arrêta là. On entendait le bruit qu'elle faisait en mettant les cendres du fer à repasser, qui allait s'éteindre, dans le brasero.

— Comment se fait-il qu'il y ait encore cinq yens aujourd'hui dans ton portefeuille ?

Kenzô avait dépensé un peu plus de quatre yens pour le grand vase rouge qui ne s'harmonisait pas avec le *tokonoma*. On lui avait pris un peu plus de cinq yens pour l'encadrement. L'ébéniste lui avait proposé de lui laisser à cent yens une magnifique petite bibliothèque en bois de santal, qu'il avait regardée avec regret en remettant entre les mains de l'artisan la somme qui n'équivalait même pas au vingtième du prix du meuble. Il avait sorti lentement les billets de son portefeuille. Pour acheter le tissu en soie d'Isezaki, il avait dépensé environ dix yens. L'argent de son manuscrit ainsi transformé, il lui était resté un billet de cinq yens sale.

— A vrai dire, il y a encore quelque chose que je voudrais acheter...

— Quoi donc ?

Il était incapable d'énumérer devant sa femme les choses qu'il voulait acheter.

— Beaucoup de choses.

Pour lui, qui avait des désirs immenses, le mot était simple. Elle avait des goûts tellement différents de ceux de son mari qu'elle ne se donna pas la peine de l'interroger davantage. En revanche, elle lui posa une autre question.

— La vieille femme en question est autrement calme que ta sœur. Même si Shimada et elle se rencontraient ici, ils ne se disputeraient pas, je pense.

— Encore heureux qu'ils ne se rencontrent pas ici ! Qu'ils essaient un peu, tiens ! Il ne manquerait plus que ça ! Il me suffit d'avoir à les supporter chacun séparément ! Tu ne voudrais tout de même pas me les faire rencontrer ensemble !

— Tu crois vraiment qu'ils se disputeraient ?

— Ils n'ont pas l'air de se douter qu'ils viennent à tour de rôle !

— Tu crois ?

Shimada n'avait pas parlé d'O-Tsune. De son côté, cette dernière, contrairement à ce qu'avait prévu Kenzô, n'avait rien dit à propos de Shimada.

— Elle vaut tout de même un peu mieux que lui !

— Qu'est-ce qui te fait dire ça ?

— Tu lui donnes cinq yens et elle s'en va sans demander son reste !

En comparaison de Shimada qui, à chaque visite, devenait de plus en plus exigeant, l'attitude d'O-Tsune était assurément digne de louanges.

89

A quelque temps de là, quand Shimada, avec sa lèvre supérieure qui lui touchait le bout du nez, se trouva à nouveau dans le salon de Kenzô, celui-ci, par association d'idées, se mit tout de suite à évoquer O-Tsune.

Après tout, dans la mesure où ils n'étaient pas ennemis de toujours, ils avaient dû connaître autrefois des moments où ils s'entendaient bien. Sans se préoccuper de ce que les gens pensaient, à savoir qu'ils vivaient chichement, ils devaient avoir vécu à un moment dans le seul plaisir d'amasser dc l'argent. Quels avaient bien pu être leurs espoirs concernant l'avenir ? Lorsque l'argent qui était en quelque sorte le symbole de leur intimité avait été dispersé, comment avaient-ils regardé leur passé qui s'était évanoui comme un rêve ?

Il s'en fallut de peu que Kenzô ne parle d'O-Tsune à Shimada. Mais le visage de ce dernier n'exprimait que l'indifférence vis-à-vis du passé ; il avait l'air stupide de celui qui ne se rappelle rien. La rancune, l'attachement s'étaient effacés de son cœur en même temps que l'argent s'était envolé. C'est ce que Kenzô ne pouvait s'empêcher de penser.

Le vieillard sortit de sa ceinture une tabatière et bourra une pipe. Pour faire tomber la cendre, il renversa la pipe dans la paume de sa main et ne se servit pas du rebord du brasero. La nicotine avait dû s'amasser dans le tuyau, la pipe ne tirait pas bien. Sans rien dire, il fouilla dans son vêtement et se tourna vers Kenzô.

— Vous n'auriez pas du papier ? Ma pipe est malheureusement bouchée.

Il prit la feuille que lui tendait Kenzô et la tortilla pour en faire des cordonnets. Puis il nettoya deux ou trois fois le cul de la pipe. On voyait qu'il était coutumier du fait. Kenzô regardait l'habileté avec laquelle il effectuait l'opération.

— La fin de l'année approche ; vous devez être de plus en plus pris ?

Il dit cela tout en tirant avec un plaisir évident des bouffées de sa pipe.

— Dans notre métier, il n'y a ni fin d'année, ni jour de l'an. Nous travaillons de la même façon.

— Voilà qui est bien. La plupart des gens ne peuvent pas en dire autant !

Il allait ajouter quelque chose quand parvinrent du fond de la maison les pleurs du bébé.

— Mais c'est un bébé ?

— Oui, il est né il n'y a pas longtemps.

— Pardonnez-moi, je ne savais pas. C'est un garçon, une fille ?

— Une fille.

— Ah bon ? Excusez mon indiscrétion, mais cela vous fait combien d'enfants ?

Shimada posa diverses questions. Et il ne se rendit absolument pas compte de ce qui se passait dans le cœur de Kenzô au fur et à mesure qu'il y répondait.

Quatre ou cinq jours auparavant, Kenzô avait lu dans une revue étrangère un débat à propos du résultat d'une enquête qui prouvait que lorsque la moyenne des naissances augmentait, la moyenne des décès augmentait aussi. Il n'avait pu s'empêcher de penser, bien que ce ne fût ni logique, ni absurde non plus, que, pour chaque enfant qui naissait, il y avait un vieillard qui mourait.

« En somme, il faut que quelqu'un meure pour qu'un autre puisse prendre sa place. »

Cette pensée était aussi vague qu'une idée entrevue dans un rêve. Elle n'était qu'une abstraction. Si l'on poussait jusqu'au bout le raisonnement pour que cette idée devienne concrète, il devenait évident que la personne qui devait céder la place à l'enfant était la mère. En deuxième position venait le père. Pour le moment, Kenzô n'avait pas envie de pousser le raisonnement plus loin. Mais il appuya un regard lourd de sens sur le vieillard assis en face de lui.

Le vieillard dont il se demandait s'il méritait de vivre lui paraissait tout indiqué pour servir de remplaçant.

« Comment se fait-il qu'il se porte si bien ? »

Kenzô avait perdu toute notion concernant le degré de cruauté de son imagination. Et il ressentit à quel point l'état de sa santé qui n'était pas aussi bonne qu'elle aurait dû l'être à son âge le contrariait, sans toutefois éprouver le moindre sentiment de culpabilité. Brusquement, Shimada dit :

— Il faut que je vous dise, O-Nui est morte finalement. L'enterrement a déjà eu lieu.

Kenzô savait qu'atteinte à la moelle épinière, son cas était désespéré. Mais le fait d'apprendre qu'elle était morte la lui fit prendre en pitié.

— La malheureuse !

— La maladie étant ce que vous savez, il n'y avait aucun espoir de guérison.

Shimada restait impassible, comme si cette mort lui paraissait inévitable, et il fit des ronds de fumée avec sa pipe.

90

Cependant, l'influence que la mort de cette malheureuse eut sur ses finances était bien plus grave que sa mort elle-même.

Ce que Kenzô avait craint prit forme sur-le-champ.

— A ce propos, il faut absolument que vous m'écoutiez.

L'expression de Shimada était tendue comme elle ne l'avait jamais été. Quand il regarda Kenzô, celui-ci n'avait pas besoin d'en écouter davantage pour savoir où il voulait en venir.

— Il s'agit d'argent, n'est-ce pas ?

— Oui. O-Nui morte, les liens entre Shibano et O-Fuji n'existent plus, et il m'est impossible de continuer à leur demander de m'envoyer de l'argent tous les mois.

Curieusement. Shimada parlait tantôt avec grossièreté, tantôt avec politesse.

— Jusqu'à maintenant, j'ai pu joindre les deux bouts grâce à la pension de l'ordre du Milan d'or. Si j'en arrivais tout d'un coup à ne plus la recevoir, je n'aurais vraiment aucune autre ressource et je serais dans un embarras terrible.

Il changea de ton et se mit à tutoyer Kenzô.

— Bref, en clair, il n'y a plus que toi sur qui je puisse compter. Il faut absolument que tu fasses quelque chose pour moi.

— Vous aurez beau vous adresser à moi en me disant que je suis le seul sur qui vous puissiez compter, il n'en reste pas moins que moi, de mon côté, je ne vois rien qui m'oblige à m'occuper de vous !

Shimada regarda fixement Kenzô. Ce regard était scrutateur et empreint de menace tout à la fois. Mais il ne réussit pas à mettre Kenzô en colère. Shimada comprit le danger et, faisant marche arrière, se remit à vouvoyer Kenzô en minimisant le problème.

— Je vous en reparlerai une autre fois, tout à loisir. Mais je vous prie instamment de m'aider pour cette fois, cela m'est nécessaire de façon urgente.

Kenzô ne comprenait pas quelle pouvait être cette nécessité pressante.

— Il faut absolument que je finisse l'année. Vous devez bien savoir que tout le monde a besoin de cent ou de deux cents yens !

Kenzô en avait par-dessus la tête.

— Je n'ai pas une telle somme.

— Vous voulez rire ! Avec le train de vie que vous menez, il est impossible que vous ne puissiez pas disposer à votre guise d'une somme de ce genre.

— Quoi qu'il en soit, si je vous dis que je n'ai pas cet argent, c'est que je ne l'ai pas, c'est tout.

— Puisque c'est comme ça ! Dis donc, il paraît que tu gagnes huit cents yens par mois ?

Il s'était remis à le tutoyer.

Kenzô, au lieu de se mettre en colère, fut plutôt étonné de cette supposition extravagante.

— Huit cents yens ou mille yens, ce que je gagne est ce que je gagne. Cela ne vous regarde pas.

Cette fois, Shimada ne répliqua pas. Il ne semblait pas avoir prévu que Kenzô répondrait de cette manière. Il était sans-gêne mais sans grande intelligence, et il n'essaya plus de convaincre Kenzô.

— Si je comprends bien, quel que soit mon embarras, vous ne ferez rien pour m'aider ?

— En effet, je ne vous donnerai plus un sou.

Shimada se leva. Il descendit sur la pierre où l'on se chausse et, au moment de refermer la porte coulissante, il se retourna encore une fois.

— Je ne reviendrai plus.

En prononçant ces mots qui devaient être les derniers, ses yeux brillaient dans l'ombre.

Kenzô, debout sur le seuil, vit clairement ce regard. Mais il ne ressentit ni effroi, ni épouvante, ni menace. La colère et l'irritation qui se lisaient dans son propre regard suffisaient à repousser l'attaque.

De loin, la femme de Kenzô se demandait dans quel état se trouvait son mari après le départ du visiteur.

— Enfin, que s'est-il passé ?

— Qu'il se débrouille, à la fin !

— Il est encore venu te demander de l'argent ?

— S'il croyait que j'allais lui en donner !

En souriant, elle le regardait à la dérobée.

— On est plus tranquille avec la vieille qui se contente de ce qu'on lui donne au compte-gouttes.

— La question n'est sûrement pas réglée avec Shimada, il ne faut pas que je compte là-dessus.

Et tout en jetant ces mots, il imaginait déjà la prochaine séance qui l'obligerait à coup sûr à se battre encore. Il avait peut-être gagné la première manche, mais il devait se préparer à la contre-attaque qui ne manquerait pas de venir.

91

En même temps, il ne pouvait s'empêcher de réveiller des souvenirs qu'il avait laissés dormir jusqu'à ce jour. Il revit avec une grande netteté le lointain passé où sa famille l'avait repris, avec le regard perçant d'un homme qui pénètre dans un monde nouveau.

Pour son père, Kenzô était une présence dérangeante. Il le regardait toujours avec l'air de se demander ce que ce monstre était venu faire chez lui et ne le traitait pour ainsi dire jamais comme son enfant. L'attitude de son père avait fait pourrir à la racine l'amour que Kenzô aurait pu éprouver pour lui. D'abord, il s'étonna de voir son père, toujours très gentil avec lui devant ses beaux-parents, changer brusquement et se montrer d'une indifférence cruelle. Puis il se l'aliéna. Mais il ne savait pas encore ce qu'était le désarroi. La vitalité de sa croissance avait beau être refoulée, elle affluait de toutes parts. En fin de compte, il échappa au désespoir.

Il avait de nombreux frères et sœurs, et il n'était pas dans les intentions de son père de s'occuper de lui. Il n'avait pas non plus l'intention d'avoir recours à Kenzô plus tard et regrettait chaque sou dépensé pour lui. Tout en ne pouvant faire autrement qu'admettre qu'ils étaient père et fils, s'occuper de lui autrement que pour lui donner à manger lui semblait une perte d'argent inutile.

De plus, l'intéressé avait beau être revenu sous le toit paternel, pour l'état civil ce n'était pas le cas. Même si on l'élevait avec soin, en cas de nécessité, il n'y aurait rien à faire si l'on venait à le reprendre.

— Puisqu'on ne peut pas faire autrement que le nourrir, on va le nourrir, mais on ne peut pas faire plus. C'est à eux de s'en charger, après tout.

Tel était le raisonnement de son père. De son côté, Shimada essayait toujours de tirer profit de la situation.

— Si on le leur rend, ils seront bien obligés de s'occuper de lui. Quand Kenzô sera grand et qu'il se mettra à gagner sa vie, il n'y aura qu'à en appeler au tribunal et le reprendre de force.

Kenzô ne pouvait pas vivre au bord de la mer. Il ne supportait pas non plus la montagne. L'un et l'autre se le renvoyaient, et il vivait, ainsi, ballotté. Il mangeait les produits de la mer ou il s'essayait aux plantes de la montagne.

Ni son vrai père, ni son père adoptif ne le considéraient comme un être humain. Il était plutôt une chose. La seule différence était que l'un le considérait comme une chose sans valeur, tandis que l'autre calculait qu'il lui serait utile un jour.

— Je vais te reprendre. Je te ferai travailler comme employé ou comme n'importe quoi.

Un jour que Kenzô était allé en visite dans sa famille adoptive, Shimada avait dit cela en passant. Effrayé, il s'était enfui. Cette impression de dureté avait jeté sur son cœur d'enfant un voile de frayeur.

Il ne se rappelait pas exactement quel âge il avait, mais avait déjà commencé à monter en lui le désir de se former après un long apprentissage qui ferait de lui un homme parfait et le préparerait à affronter la vie.

— Moi, employé ? Jamais !

Il se répéta cela maintes fois au fond de lui-même. Par bonheur, ce ne fut pas inutilement, car il échappa à la destinée qu'on lui préparait.

— Comment suis-je arrivé à être ce que je suis ?

Quand il y pensait, c'était pour lui une chose surprenante. A cet étonnement se mêlait l'orgueil d'avoir lutté contre son entourage pour finalement avoir le dernier mot. Se mêlait aussi à ce sentiment la satisfaction de considérer ce qui n'était pas encore réalisé comme déjà accompli.

Kenzô fit un parallèle entre le passé et le présent. Il se demanda comment le passé avait pu évoluer pour aboutir à ce présent. Et il ne se rendait nullement compte que c'était à cause de ce présent qu'il souffrait.

Si les rapports de Kenzô avec Shimada s'étaient rompus, c'était à cause de ce qu'il était devenu. S'il haïssait O-Tsune et ne s'assimilait pas à sa sœur ou à son frère, c'était pour la même raison. Le fossé qui s'était creusé entre son beau-père et lui avait sans aucun doute la même origine. Kenzô s'était façonné par sa volonté et à présent il ne voyait autour de lui que des gens avec qui il ne pouvait être qu'en désaccord. C'était un peu comme s'il avait fait lui-même son malheur.

92

Sa femme se tourna vers lui et lui dit :

— Je me demande d'ailleurs comment quelqu'un pourrait arriver à te plaire, puisque le monde entier est composé d'imbéciles !

Kenzô n'était pas assez serein pour accueillir avec le sourire ce genre de sarcasme. Il se sentait à l'étroit dans son entourage qui manquait tellement de largeur d'esprit.

— Tu t'imagines sans doute qu'il suffit à quelqu'un de se rendre utile pour qu'il soit un être humain ?

— Mais voyons, si on ne sert à rien, à quoi ça rime ?

Par malheur, son père était quelqu'un qui servait à quelque chose. Son frère aussi était d'un genre à ne faire de progrès que dans cette voie. Kenzô, au contraire, n'avait aucune tendance pragmatique.

Il ne pouvait même pas aider à quoi que ce soit dans un déménagement. Les jours de grand nettoyage, il restait les bras croisés. Pour ficeler un panier, il ne savait pas comment s'y prendre pour passer la ficelle.

— Tu es un homme, pourtant !

Kenzô restait les bras croisés et donnait aux autres l'impression qu'il n'était qu'un imbécile et un maladroit. Il bougeait d'autant moins. Son individualité allait en s'affirmant davantage dans le sens opposé à ce que son entourage attendait de lui.

Fort de ce point de vue, il avait voulu autrefois faire l'éducation du jeune frère de sa femme en le faisant venir dans la lointaine province où ils habitaient. Le garçon était aux yeux de Kenzô le type même de l'impertinent. Il n'avait aucune réserve vis-à-vis de ses proches. Un étudiant venait tous les jours le faire travailler : même devant lui, il s'asseyait en tailleur. Et il l'interpellait très familièrement.

— On ne pourra rien faire de lui, si ça continue. Confiez-le-moi. Je vais l'emmener en province et je vais m'en occuper.

La proposition de Kenzô fut d'abord acceptée sans discussion par son beau-père. Elle fut ensuite rejetée sans explication. Il avait beau voir son fils faire tout ce qu'il voulait, il semblait n'éprouver aucune inquiétude quant à l'avenir qu'il se réservait. La mère restait également indifférente.

Quant à sa femme, rien n'indiquait qu'elle se fit le moindre souci au sujet de son jeune frère.

— Il paraît que le projet a été abandonné, de peur qu'il n'y ait des problèmes avec toi, et que les relations ne deviennent difficiles en cas de heurts.

Quand Kenzô entendit cette explication de la bouche de sa femme, il ne pensa pas tout de suite qu'elle était entièrement fausse. Mais il se rendit bien compte aussi que ce refus avait une autre signification.

« Il n'est pas idiot. Il peut fort bien se passer de tes leçons ! »

Kenzô était persuadé que la vraie raison du refus de sa proposition était là, compte tenu de l'air qu'ils avaient tous.

De toute évidence, le garçon n'était pas bête. Il était même plutôt doué. Kenzô le voyait très bien. S'il avait voulu s'occuper de lui, c'était pour son propre avenir et celui de sa femme ; c'était donc un tout autre point de vue que les autres l'imaginaient. Malheureusement, ni ses beaux-parents ni sa femme n'avaient jusqu'à présent admis ce point de vue.

— Ça ne suffit pas de se rendre utile, dans la vie. Si tu ne peux même pas comprendre ça, qu'est-ce que tu veux faire ?

Les paroles de Kenzô étaient empreintes d'arrogance. Elle était blessée, et son visage exprimait clairement son mécontentement.

Quand sa colère fut tombée, elle se tourna vers lui.

— Ne sois pas comme ça si acerbe tout de suite. Explique-moi plus simplement, que je puisse comprendre.

— Si j'essaie de t'expliquer, tu vas encore me reprocher de chicaner.

— C'est pour cela que je te demande d'expliquer simplement, sans te servir d'arguments difficiles, incompréhensibles pour moi.

— Dans ces conditions, je ne peux rien t'expliquer. C'est comme si tu me demandais de faire de l'arithmétique sans utiliser de chiffres !

— Ce n'est pas ma faute si j'ai l'impression que tes raisonnements ne sont faits que pour terrasser l'interlocuteur. Je t'assure, il est impossible d'imaginer autre chose !

— C'est ta bêtise qui te fait dire ça.

— Peut-être, mais je déteste être entortillée dans des raisonnements creux.

Une fois de plus, ils s'étaient mis à tourner en rond.

93

Comme elle le faisait toujours quand elle ne pouvait pas tenir tête à son mari, elle lui tourna le dos. Puis elle regarda le bébé qui dormait et, comme se souvenant de quelque chose, elle le prit dans ses bras.

Entre la chair de l'enfant, molle comme celle d'une pieuvre, et elle, il n'y avait pas le mur du raisonnement ni du jugement. C'était absolument comme si ce qu'elle touchait se confondait avec ce qu'elle était. Comme pour envelopper l'enfant de sa tendresse, elle le couvrit de baisers.

— Toi, tu ne m'appartiens peut-être pas, mais cet enfant est à moi.

Toute son attitude traduisait cet état d'esprit. Le visage du bébé n'était pas encore formé. Il n'avait même pas encore ce qu'on pouvait appeler des cheveux. Considéré d'un œil impartial, c'était un monstre.

— Quel drôle d'enfant on a fait là !

Kenzô dit franchement ce qu'il pensait.

— Tous les enfants sont comme ça dans les premiers temps.

— Ne me raconte pas d'histoires ! Il doit certainement y en avoir de plus jolis !

— Attends un peu, tu verras.

Elle était pleine d'assurance. Kenzô, lui, n'avait aucune idée de la manière dont le nouveau-né allait grandir. Mais il savait que sa femme se réveillait plusieurs fois la nuit à cause de lui. Il constatait aussi qu'elle ne montrait pas un visage maussade malgré le sacrifice qu'elle faisait de son sommeil si précieux. Il mesura la distance qui sépare l'amour maternel de l'amour que peut éprouver un père pour son enfant.

Quatre ou cinq jours plus tôt, il y avait eu un tremblement de terre assez fort. D'un naturel peureux, il avait tout de suite sauté de la véranda dans le jardin. Quand il était revenu dans le salon, sa femme lui avait lancé des reproches inattendus.

— Tu n'as vraiment pas de cœur ! Tu ne t'occupes que de toi ! Il n'y a que toi qui comptes !

Elle lui reprochait de ne pas avoir d'abord pensé à la sécurité de l'enfant avant la sienne propre. Il fut stupéfait de s'entendre blâmer pour quelque chose qu'il avait fait sous le coup d'un choc.

— Alors, comme ça, les femmes sont capables de penser à leur enfant même dans des moments pareils ?

— Evidemment, quelle question !

Kenzô se rendit compte à quel point il était insensible. Toutefois, il regarda d'un air plutôt froid sa femme qui tenait dans ses bras le bébé, l'air hautain.

— Ce qu'on ne comprend pas, on ne le comprend pas, et puis c'est tout !

Sa réflexion s'élargit et, du présent, franchit le seuil de l'avenir.

— Bientôt, il grandira, et viendra le temps où il s'éloignera de toi. Tu as l'air de penser qu'il te suffit de ne faire qu'un avec l'enfant, même si c'est pour l'éloigner de moi, mais tu te trompes. Tu verras !

Une fois dans son bureau, après avoir repris son calme, ses pensées prirent rapidement un tour plus scientifique. Dans un poème, Bashô dit que quand un arbre porte des fruits, c'est le signe que le tronc se desséchera. La même chose se produit dans le cas des bambous. Chez les animaux, il y a nombre d'exemples où l'on se demande s'ils vivent pour faire des petits ou s'ils font des petits pour mourir. L'homme aussi, dans sa faiblesse, est prisonnier d'une loi semblable. Une fois que la mère a sacrifié tout ce qu'elle possédait pour donner la vie à son enfant, elle est condamnée ensuite à sacrifier tout pour protéger la vie de cet enfant. Dans la mesure où elle se croit venue sur terre afin d'accomplir ce commandement reçu du ciel, elle trouve normal que sa récompense soit d'avoir le monopole de l'enfant. Plus que d'une volonté, il s'agit d'un phénomène naturel.

Après avoir réfléchi ainsi à la position de la mère, il s'interrogea aussi sur celle du père, qui était donc la sienne. Et quand il eut trouvé la différence, il s'adressa à sa femme intérieurement.

« Tu es heureuse d'avoir des enfants. Mais avant d'avoir reçu ce bonheur, tu as déjà sacrifié beaucoup de choses. Dans l'avenir aussi, tu ne soupçonnes pas tout ce que tu seras obligée de sacrifier. Tu te crois peut-être heureuse, mais tu es à plaindre ! »

94

La fin de l'année approchait. Un vent froid soufflait, mêlé de minuscules flocons de neige. Les enfants chantaient toute la journée la chanson *Encore X réveils et ce sera le Jour de l'An*. Ce qu'ils chantaient reflétait bien leur sentiment. Ils étaient pleins d'espoirs en la nouvelle année.

Dans son bureau, la plume en l'air, Kenzô s'arrêtait de temps en temps pour les écouter. Il se demandait si lui-même avait connu une période de ce genre.

Les enfants chantaient la ronde *Le Patron qui déteste le réveillon*. Kenzô sourit. Mais cela ne le touchait pas vraiment. Il était bien trop occupé avec une pile de feuilles pliées en quatre. Plusieurs piles encombraient sa table de travail et il devait faire l'effort de les lire une par une.

Tout en les lisant, il soulignait à l'encre rouge, entourait, raturait. Et, alignant des chiffres, il faisait des calculs fastidieux. Les pages étaient écrites au crayon d'une écriture cursive et, sous l'éclairage faible, on ne distinguait pas clairement le nombre de traits des caractères. Certaines étaient même illisibles.

Les yeux fatigués, il interrompit sa lecture et regarda les copies d'un air découragé.

« C'est un travail de Pénélope ! » Il se rappela l'expression anglaise et se la répéta plusieurs fois.

« Je n'en finirai jamais ! »

Il posa sa plume et poussa un soupir. Il n'était entouré que de choses qui ne pouvaient jamais finir. Sa femme vint lui remettre une carte de visite qu'il regarda d'un air méfiant.

— Qu'est-ce que c'est ?

— C'est quelqu'un qui veut te voir au sujet de Shimada.

— Renvoie-le en lui disant que je ne veux pas être dérangé maintenant !

Elle sortit et revint tout de suite.
— Il voudrait savoir quand il pourra revenir sans que ça te dérange.
Kenzô contempla les piles de copies sur son bureau de l'air de dire que ce ne serait jamais le moment. A contre-cœur, elle insista.
— Qu'est-ce que je dois lui dire ?
— Dis-lui de revenir après-demain dans l'après-midi.
Contre son gré, il fixa le jour et l'heure. Son travail ayant été interrompu, il se mit à fumer sans penser à rien de précis. Sa femme entra à nouveau.
— Il est parti ?
— Oui.
Elle regarda les feuilles pleines d'encre rouge étalées devant lui.
De même que Kenzô ne comprenait pas à quel point il était dur pour elle d'être réveillée la nuit à plusieurs reprises par le bébé, elle ne pouvait imaginer les difficultés que son mari avait à relire soigneusement ces montagnes de papier. Et sans faire aucun cas du travail qu'il était en train d'effectuer, elle s'assit et dit :
— Il a certainement encore l'intention de demander quelque chose. Il est vraiment tenace !
— Il va sûrement venir réclamer son dû d'ici la fin de l'année ! Quelle absurdité !
Elle pensait qu'il était désormais inutile de s'occuper de Shimada. Au contraire, Kenzô avait plutôt l'intention de lui donner un peu d'argent, compte tenu de leurs relations passées. Mais, ne voulant pas saisir l'occasion d'en parler, il fit dévier la conversation.
— Il y a du nouveau pour tes parents ?
— Ils sont toujours dans la gêne, je pense.
— Ton père n'a pas encore obtenu le poste de directeur de la compagnie de chemins de fer ?
— Il paraît qu'il l'aura ; seulement, on ne s'occupe pas de savoir quand ça l'arrangerait le mieux !

— D'ici la fin de l'année, c'est difficile, alors ?
— Très difficile.
— Ils doivent être bien embarrassés.
— Embarrassés ou pas, on n'y peut rien ! C'est le destin !
Elle n'en faisait pas un drame et donnait l'impression d'avoir renoncé à tout.

95

Fidèle au rendez-vous fixé par Kenzô, le visiteur dont le nom ne lui disait rien reparut le surlendemain.

Kenzô était occupé, avec une plume tordue, à consteller de ronds et de triangles rouges le papier de mauvaise qualité qu'il avait devant lui. Il avait de l'encre rouge sur les doigts. Sans même se laver les mains, il alla directement au salon. Le visiteur différait de Yoshida, celui qui était venu avant lui de la part de Shimada. Ils étaient l'un comme l'autre d'un genre totalement opposé à Kenzô.

Il portait un *haori* rayé, une ceinture doublée et des *tabi* [1] blancs. Tant par son aspect extérieur que par sa façon de parler, on aurait pu le prendre aussi bien pour un commerçant que pour un bourgeois. Kenzô, en le voyant, pensa qu'il avait l'air d'un régisseur. Avant même de décliner son identité, il demanda à Kenzô :

— Est-ce que vous vous souvenez de moi ?

Surpris, Kenzô le regarda. Son visage n'avait rien de remarquable. En exagérant un peu, on aurait pu dire qu'il donnait l'impression d'un simple père de famille.

— Je ne vois vraiment pas.

---

1. Sorte de chaussette généralement en coton qu'on attache par des agrafes sur le côté et qui maintient le gros orteil séparé des autres doigts.

L'autre se mit à rire d'un air triomphant.

— Ça ne m'étonne pas ! Après tout ce temps, c'est normal !

Il fit une pause, puis reprit :

— Mais vous savez, moi, je me rappelle très bien le temps où on parlait de vous en disant le petit garçon par-ci, le petit garçon par-là !

— Ah bon ?

Après avoir répondu sans aménité, Kenzô continua de fixer le visiteur.

— Vraiment, vous ne vous souvenez pas ? Je vais vous expliquer, alors. Quand M. Shimada dirigeait une mairie, j'y travaillais, moi aussi. Voyons, vous faisiez des niches ! Une fois, vous vous êtes coupé le doigt en jouant avec un canif, tout le monde était sens dessus dessous. Le canif était dans mon écritoire. Eh bien, c'est moi qui suis allé chercher une cuvette pour vous nettoyer le doigt !

Encore maintenant, la mémoire de Kenzô conservait cet incident dans tous ses détails. Il n'arrivait cependant pas à faire le rapprochement entre l'homme qui était assis en face de lui et celui qui s'était occupé de son doigt.

— C'est un peu pour cela que M. Shimada m'a demandé de venir vous voir afin d'intercéder en sa faveur.

Il entra tout de suite dans le vif du sujet. Et, comme Kenzô l'avait prévu, il se mit à réclamer de l'argent,

— Il affirme qu'il ne viendra plus chez vous.

— Il l'a déjà dit en partant l'autre jour.

— Voyons, ne pensez-vous pas qu'il est temps d'en finir avec cette question ? Sinon, c'est vous qui allez tout le temps être dérangé, vous savez !

Kenzô se sentit froissé par cette manière de parler qui semblait lui suggérer de sortir son argent pour éviter les complications.

— Il peut bien s'accrocher tant qu'il veut, ça ne me gêne pas ! Après tout, la vie est pleine de choses et de gens qui s'accrochent. Admettons que cela m'embarrasse. Plutôt que de donner mon argent, je préfère de loin ne rien donner et supporter l'ennui que tout cela me cause !

Son interlocuteur réfléchit quelque temps. Il avait l'air un peu gêné. Quand il ouvrit à nouveau la bouche, il dit quelque chose à quoi Kenzô ne s'attendait pas.

— Mais c'est qu'il y a autre chose : vous le savez, je suppose, Shimada est encore en possession d'un papier que vous lui avez remis lors de votre séparation. Ne pensez-vous pas qu'il vaudrait mieux pour vous réunir une certaine somme et la lui remettre en échange de ce papier pour régler définitivement la question ?

Kenzô se souvenait bien du papier en question. Lorsqu'il s'était de nouveau fait enregistrer sur l'état civil de sa famille d'origine, Shimada avait insisté pour que Kenzô lui-même remplisse un papier. Ne pouvant faire autrement, le père de Kenzô, qui voulait en finir, lui avait ordonné de céder à ses instances. Kenzô ne voyait pas ce qu'il pouvait écrire mais, impuissant, il avait pourtant pris le pinceau en main. En deux lignes, il avait écrit quelque chose qui voulait dire que, malgré le fait qu'il n'était plus couché sur l'état civil de Shimada, il n'en garderait pas moins vis-à-vis de lui des obligations et des liens d'affection. Il avait remis ce papier à Shimada.

— Ce n'est qu'un papier sans valeur. Il est aussi inutile à celui qui l'a qu'il le serait à moi si je le récupérais. S'il veut s'en servir, eh bien qu'il essaie !

L'attitude de l'homme venu ainsi lui proposer un tel marché ne fit que lui déplaire davantage.

96

Quand l'homme vit qu'il ne tirerait rien de Kenzô, il fit une pause. Puis il relança la question quand il sentit le moment propice. Ce qu'il disait était vague. Ses paroles ne faisaient appel ni à la raison ni aux sentiments. Ce qui était clair, c'est que son intention était seulement d'obtenir ce qu'il voulait.

— Si votre propos est de me conseiller d'acheter le papier en question pour ne plus avoir d'ennuis à l'avenir, je me vois dans l'obligation de refuser. Par contre, si vous me demandez de faire quelque chose pour sortir de l'embarras la personne qui vous envoie, à la condition d'obtenir l'assurance de ne plus jamais être sollicité, je pourrai peut-être trouver le moyen de m'arranger, compte tenu de nos relations passées.

— Mais oui, ce n'est pas pour autre chose que je suis venu, et si cela pouvait s'arranger...

Kenzô se demandait pourquoi il ne l'avait pas dit plus tôt. De son côté, le visiteur avait l'air de se dire la même chose.

— Dans ces conditions, combien pensez-vous lui donner ?

Kenzô réfléchit en silence. Il était incapable de donner une réponse claire. De plus, il voulait débourser le moins possible.

— Eh bien, quelque chose comme cent yens.

— Cent yens ? répéta l'autre. Voyons, ne vous serait-il pas possible d'aller jusqu'à trois cents ?

— Si j'avais une raison de lui donner de l'argent, j'en donnerais autant que vous en voulez.

— Vous avez raison, certes, mais M. Shimada se trouve dans l'embarras.

— Et moi donc !

— Vraiment ?

Le ton était ironique.

— Ecoutez, si je vous dis que je ne donnerai pas un sou, vous n'y pourrez rien. Si vous ne voulez pas vous contenter de cent yens, à votre guise.

L'homme finit par capituler.

— Eh bien, je vais en parler à l'intéressé. Et je reviendrai vous voir. Je compte sur vous.

Après son départ, Kenzô s'adressa à sa femme.

— Cette fois, c'est clair !

— Qu'est-ce que tu veux dire ?

— On va encore me prendre de l'argent. Dès que quelqu'un vient ici, c'est pour me prendre de l'argent !

— C'est ridicule !

Sa femme n'eut pas un mot pour consoler son mari.

— Mais je ne peux pas faire autrement !

La réplique de Kenzô était simple aussi. Cela l'ennuyait de lui raconter en détail comment il en était arrivé là.

— C'est ton argent que tu donnes, je n'ai rien à dire !

— Mon argent ? Est-ce que j'en ai seulement !

En prononçant ces mots, il entra dans son bureau. Sur sa table, une feuille de papier salie par le crayon et teintée de rouge par endroits l'attendait. Il saisit sa plume. Il allait être obligé de rougir davantage le papier déjà plein de notations. Il avait peur que la différence de son état avant la venue du visiteur et après son départ ne lui fît commettre des injustices. Et, par acquit de conscience, il relut ce qu'il avait déjà fini de corriger. Mais il était incapable de juger si sa manière de noter trois heures plus tôt était la même qu'à présent.

— A moins d'être Dieu, on ne peut pas toujours être juste !

Tout en excusant ainsi le manque de confiance qu'il avait en lui-même, il se mit à lire sans s'arrêter. Mais il avait beau aller de plus en plus vite, la pile ne diminuait pas. Enfin, il put en replier une partie telle qu'elle était à l'origine, et il commença à en déplier une autre.

— Il n'y a que Dieu pour ne pas perdre patience !

Il jeta sa plume. L'encre rouge imbiba le papier comme du sang. Il prit son chapeau et se précipita dans le froid.

97

Tant qu'il fut dans une rue tranquille, il pensa seulement à lui-même.

« En fin de compte, qu'est-ce que je suis venu faire sur terre ? »

Il avait toujours cette question en tête. Il ne voulait pas y répondre et s'efforçait même d'éviter d'avoir à le faire. La voix qui l'interrogeait se faisait de plus en plus pressante. Elle ne cessait pas de répéter la même chose. A la fin, il cria :

— Je n'en sais rien.

Cette voix se riait de lui.

— Il est impossible que je ne sache pas. Je sens où je dois aller, mais je ne peux pas. J'en suis empêché.

— Je n'y suis pour rien !

Il marchait vite, comme s'il fuyait.

Quand il arriva dans une rue animée, son regard fut saisi par l'agitation des gens qui se préparaient au miracle proche du renouveau de l'année.

Bientôt, il se sentit dans un état d'esprit différent.

Il allait de devanture en devanture. Elles étaient toutes plus décorées les unes que les autres pour attirer les clients. Il contempla longuement sans aucune arrière-pensée à la vitrine d'un magasin une barrette à chignon en corail, un peigne et une épingle laqués et incrustés d'or, tous ces objets totalement étrangers à sa vie de tous les jours.

« Quand la fin de l'année approche, est-ce que tout le monde achète ainsi quelque chose ? »

Lui, en tout cas, n'achetait rien. Sa femme non plus n'achetait pour ainsi dire rien. Qu'il s'agisse de son frère, de sa sœur, de son beau-père, personne n'avait les moyens d'acheter quoi que ce soit. Tous peinaient pour achever l'année. Parmi eux, c'était certainement son beau-père qui était dans la situation la plus dramatique.

Si, au moins, il faisait partie de la chambre des pairs, on lui ferait crédit partout !

Sa femme lui avait dit cela un jour en le mettant au courant de la situation de son beau-père.

C'était au moment de la chute du cabinet. On avait arraché son père à un emploi de tout repos, et ceux qui avaient rendu sa démission inévitable l'avaient recommandé à la chambre des pairs au moment de battre eux-mêmes en retraite, voulant ainsi s'acquitter envers lui de leurs devoirs. Mais le ministre qui avait à choisir entre de nombreux postulants avait sans plus de façon barré d'un trait le nom de son père qui fut finalement laissé de côté lors de la sélection. Les créanciers, qui ont l'habitude de fondre sans pitié sur les gens sans garantie, se précipitèrent à sa porte. Quand il quitta sa résidence officielle, il réduisit le nombre des domestiques et, quelque temps après, renonça au pousse-pousse attaché à son service.

Finalement, quand sa maison passa en d'autres mains, il fut réduit à l'impuissance. A mesure que le temps passait, sa situation devenait de plus en plus difficile.

— Il n'aurait jamais dû se mêler d'opérations boursières !

Sa femme avait ajouté :

— Tant qu'on est fonctionnaire, les spéculateurs vous font gagner de l'argent. Ça se passe bien. Mais quand on se retire, personne ne s'occupe plus de vous et ça finit mal.

— Où veux-tu en venir ? Je ne te suis pas.

— Que tu comprennes ou non, c'est ainsi et il n'y a rien à faire.

— Qu'est-ce que tu racontes ? Tu as l'air de dire que les agioteurs ne peuvent en aucun cas perdre eux-mêmes. Tu es vraiment bête !

Kenzô se rappelait cette discussion qu'il avait eue alors avec sa femme. Soudain, il se rendit compte que les gens qui le croisaient marchaient tous d'un pas pressé. Ils avaient l'air affairés, donnaient l'impression d'avoir un but précis et d'agir avec précipitation pour le réaliser au plus vite. Certains ignoraient totalement Kenzô, d'autres le bousculaient en le croisant et semblaient dire :

« Quel idiot, celui-là ! »

Il rentra chez lui et recommença à couvrir d'encre rouge les copies déjà pleines de ratures.

98

Deux ou trois jours plus tard, l'homme envoyé par Shimada tendit à nouveau sa carte de visite et demanda à être reçu. Contraint par les circonstances, Kenzô ne pouvait refuser et il se vit une fois de plus obligé de s'asseoir dans le salon en face de cet homme qui le faisait penser à un régisseur.

Je suis désolé d'interrompre toujours votre travail. C'était un homme qui connaissait les manières, mais les mots d'excuse qu'il proférait ne laissaient en rien supposer qu'il pensait ce qu'il disait.

— J'ai transmis à Shimada ce que vous m'aviez dit, et il dit qu'il est bien obligé d'être d'accord avec le montant de la somme. En revanche, il veut l'argent d'ici la fin de l'année.

Kenzô n'avait pas prévu cela.

— Comment ça, d'ici la fin de l'année ? Mais il ne reste plus que quelques jours !

— C'est bien pour cette raison que Shimada est pressé.

— Si j'avais cet argent, je vous le remettrais sur-le-champ. Mais, ne l'ayant pas, que voulez-vous que je fasse ?

— Vous ne l'avez pas ?

Ils gardèrent le silence quelques instants.

— Voyons, ne serait-il pas possible de vous demander de faire un effort ? Vous savez, moi aussi, je suis occupé, je me suis pourtant dérangé pour M. Shimada.

Il était bien libre de faire ce qu'il voulait. Cela ne regardait pas Kenzô et n'était en aucune manière capable de le toucher.

— Malheureusement, c'est impossible.

Après quelques instants de silence, l'homme se tourna vers Kenzô.

— Quand cela vous serait-il possible ?

Kenzô était incapable de répondre exactement.

— Pas avant l'année prochaine en tout cas. J'essaierai de m'arranger.

— C'est moi qui m'occupe de ce problème, et j'aimerais bien pouvoir au moins transmettre une réponse précise quant à la date.

— C'est juste ! Eh bien, disons, dans le courant du mois de janvier.

Kenzô ne pouvait rien dire de plus. Le visiteur n'ajouta rien et partit.

Ce soir-là, Kenzô, qui s'était fait préparer un bouillon pour combattre le froid et la fatigue, eut cette conversation avec sa femme qui, assise à côté de lui, un plateau posé sur les genoux, lui servait un liquide épais et grisâtre.

— Je vais encore devoir trouver cent yens.

— C'est parce que tu promets des choses que tu n'es pas obligé de promettre que tu es ennuyé après.

— Je ne suis peut-être pas obligé de le faire, mais je le fais.

Cette contradiction déplut à sa femme.

— Il n'y a rien à faire puisque tu es si obstiné.

— Et toi donc, qui attaques les gens sous prétexte qu'ils sont raisonneurs, tu es bien catégorique !

— C'est toi qui es catégorique, plutôt ! En toute chose, tu raisonnes d'abord.

— Raisonner et être catégorique sont deux choses différentes.

— Dans ton cas, c'est pareil.

— Eh bien, je vais le dire, je ne suis pas un homme logique seulement dans ses propos. La logique que j'ai au bout de la langue, je l'ai aussi aux mains et aux pieds, dans tout le corps !

— Si c'était comme tu le dis, tes raisonnements ne donneraient pas tant l'impression d'être creux !

— Mais ils ne sont pas creux ! Prends l'exemple de la poudre blanche qui apparaît à la surface des petits kakis séchés : elle n'a rien à voir avec le sucre qu'on peut rajouter après pour adoucir le goût. Eh bien, ma logique est comme cette poudre : elle me vient de l'intérieur, voilà tout !

Une explication de ce genre était déjà aux yeux de sa femme un raisonnement creux. Elle ne pouvait être sûre que de ce qu'elle voyait et touchait. De plus, elle n'aimait pas discuter avec son mari. Et même à supposer qu'elle l'eût souhaité, elle n'en était pas capable.

— Quand je dis que tu es catégorique, je veux dire que tu t'imagines, pour pouvoir le juger, qu'il suffit de ne saisir d'un individu que ce qui en apparaît extérieurement sans s'occuper de l'intérieur. Tiens, c'est comme ton père qui, en tant qu'homme de loi, pense que s'il n'y a pas de preuve, on ne peut rien affirmer.

— Mon père n'a jamais dit ça. Et je n'ai pas l'impression d'être quelqu'un qui juge seulement sur les apparences ! C'est toi qui observes tout le temps les autres avec un regard déformé !

Des larmes perlèrent à ses paupières. Entre-temps, la conversation s'était interrompue. L'histoire des cent yens qu'il devait donner à Shimada avait dévié dans une direction inattendue. Et tout se termina dans la confusion.

99

Deux ou trois jours plus tard, la femme de Kenzô sortit pour la première fois depuis bien longtemps.

— Je suis allée apporter des cadeaux de fin d'année.

Le bébé dans les bras, elle vint saluer Kenzô, les joues rougies par le froid, et s'assit dans la pièce tiède.

— Comment ça se passe chez tes parents ?

— Il n'y a rien de neuf. Quand on en est là, peut-être bien qu'après avoir dépassé l'inquiétude, on se sent tout à fait indifférent.

Kenzô ne trouva rien à dire.

— Ils m'ont proposé de leur acheter la table en bois de santal, mais je n'ai pas voulu parce que ça porte malheur !

Cette table chinoise en bois massif valait beaucoup plus que cent yens. C'était une merveille. Le beau-père de Kenzô l'avait prise autrefois à un parent ruiné, en guise de reconnaissance de dette, et maintenant qu'il était ruiné à son tour, il se voyait contraint de la voir partir entre les mains de quelqu'un d'autre, un jour ou l'autre.

— Peu importe qu'elle porte bonheur ou non ! Mais j'ai bien l'impression que nous n'aurons pas d'ici longtemps la possibilité de nous offrir un tel objet !

Tout en souriant amèrement, Kenzô tira sur sa cigarette.

— Au fait, si tu demandais à Hida de te prêter l'argent en question ?

Elle dit ces mots à brûle-pourpoint.
— Tu crois donc que Hida peut se le permettre ?
— Certainement. Il paraît qu'il a cessé de travailler dans la société qui l'employait.
Kenzô ne s'étonna pas.
— C'est vrai qu'il est vieux, maintenant ! Mais s'il a pris sa retraite, n'est-il pas d'autant plus dans la gêne ?
— On ne sait pas ce qui se passera plus tard, mais pour l'instant, en tout cas, il paraît qu'il n'a aucun problème.
S'il démissionnait, c'était parce qu'un responsable qui s'était beaucoup occupé de lui avait rompu ses liens avec la compagnie. C'était en tout cas de cette façon qu'il avait présenté sa démission. Il avait travaillé longtemps dans cette compagnie, et l'argent qui lui revenait de droit était largement suffisant pour lui assurer une vie confortable.
— Vivre sans rien faire n'étant pas rentable, il m'a chargée aujourd'hui de trouver quelqu'un de confiance à qui prêter de l'argent.
— Ça alors ! Le voilà devenu prêteur !
Kenzô évoqua sa sœur et Hida se moquant toujours de l'avarice de Shimada. Ils ne se rendaient nullement compte qu'ils agissaient exactement comme ceux qu'ils avaient méprisés jusque-là. Sous prétexte que leur situation avait changé, ils étaient comme des enfants, totalement dépourvus de sens critique.
— L'intérêt doit être élevé, non ?
Elle n'en savait rien.
— En tout cas, il paraît qu'en se débrouillant bien, cela fait trente-quatre yens d'intérêt par mois et ça leur ferait de l'argent de poche à tous les deux, puisqu'ils ont l'intention de faire des économies pour tenir le plus longtemps possible, d'après ce que m'a dit ta sœur.
Kenzô essaya de calculer mentalement la somme prêtée, compte tenu de l'intérêt élevé qu'avait mentionné sa sœur.

— S'ils ne font pas attention, ils vont finir par tout perdre. Au lieu d'être cupides comme ça, ils feraient mieux de déposer leur argent dans une banque et de profiter des intérêts !

— C'est pour cela qu'ils cherchent quelqu'un de sûr !

— Quelqu'un de sûr n'emprunte pas si facilement une telle somme ! Tu penses, c'est dangereux !

— Oui, mais avec le taux d'intérêt habituel, on n'arrive à rien !

— Dans ces conditions, moi non plus, je ne veux pas emprunter.

— Mais ton frère est dans l'embarras.

Hida s'ouvrait à Kenzô de ses projets, mais, en fait, c'était tout bonnement pour lui demander de lui emprunter de l'argent.

— C'est ridicule ! Emprunte-moi de l'argent, emprunte-moi de l'argent, est-ce que c'est à lui de faire le premier pas ? Je comprends bien qu'il veuille de l'argent, mais moi, je ne suis pas obligé de faire un emprunt si risqué.

Amer, Kenzô sentait le ridicule de la situation. Décidément, l'égocentrisme de Hida était évident, et l'indulgence de sa sœur qui laissait faire sans rien dire lui était incompréhensible. Les liens du sang étaient impuissants à lui donner le sentiment qu'ils étaient frère et sœur.

— Est-ce que par hasard tu ne lui aurais pas dit que j'emprunterais ?

— Mais non, voyons, je ne me le serais pas permis.

100

La question du taux d'intérêt mise à part, il était de toute façon impossible à Kenzô d'envisager sérieusement d'emprunter de l'argent à Hida. C'était lui qui envoyait un peu d'argent de poche chaque mois à sa sœur. Emprunter de l'argent au mari de celle-ci aurait été aux yeux de n'importe qui une contradiction flagrante.

— Bien sûr, toutes les incohérences sont possibles, mais tout de même !

Il fut pris brusquement de l'envie de rire.

— C'est vraiment bizarre ! Plus j'y pense, plus j'ai envie de rire. Enfin, même si je ne leur emprunte pas d'argent, ils se débrouilleront bien, non ?

— Les gens prêts à emprunter ne manquent pas. De fait, il paraît qu'il a déjà prêté, à une maison de rendez-vous ou quelque chose de ce genre.

L'expression « maison de rendez-vous » parut encore plus cocasse à Kenzô. Il fut pris d'un fou rire. De son côté, sa femme eut aussi l'air de se rendre compte du ridicule de la situation : l'époux de la sœur de son mari avait prêté de l'argent à une maison de rendez-vous ! Mais elle n'associait pas le ridicule au nom de son mari. Simplement, elle en rit avec lui.

Après le sentiment de ridicule, la réaction ne se fit pas attendre. Kenzô se rappela jusqu'à un lointain passé les souvenirs désagréables que lui avait laissés Hida.

C'était quand son deuxième frère était mort. Le malade, montrant à Kenzô une montre à savonnette en argent qu'il portait depuis toujours, avait l'habitude de lui dire : « Je te la donnerai bientôt. »

Kenzô, alors jeune, et qui n'avait jamais porté de montre de sa vie, n'en pouvait plus de désirer ce bijou, se demandant quand il pourrait un jour accrocher cette merveille à la ceinture de son kimono, et s'en réjouissant à l'avance.

Un ou deux mois passèrent. Quand le malade mourut, sa femme, respectant les paroles de son époux, déclara devant tous que la montre revenait à Kenzô. Malheureusement, cette montre, qui pouvait être considérée comme un souvenir du défunt, avait été mise en gage chez un usurier. Bien entendu, il n'était pas dans le pouvoir de Kenzô de l'en retirer. Sa belle-sœur lui remit une attestation de possession, mais les jours passaient sans qu'il pût même toucher du bout des doigts l'objet en question.

Un jour, tous se réunirent. Et Hida sortit la montre de son kimono. Elle était à peine reconnaissable tant elle brillait. Elle avait été nettoyée. Le cordon aussi était neuf et orné d'une boule de corail.

D'un air solennel, il la posa devant le frère aîné de Kenzô.

— Elle est à vous.

Sa sœur, qui était à côté de lui, répéta la même chose.

— Je vous remercie pour toute la peine que vous avez prise.

Il s'en empara.

Sans rien dire, Kenzô les observait tous les trois. Ils n'avaient même pas l'air d'avoir conscience de sa présence. Jusqu'à la fin il se tut, mais, intérieurement, il se sentait mortellement blessé. Cependant, ils continuaient à ne pas se soucier de lui. Kenzô, qui se prit à les haïr comme des ennemis à cause de leur procédé, ne pouvait comprendre les raisons d'un tel traitement.

Il ne fit pas valoir son droit. Il ne demanda pas non plus d'explications. Simplement, sans rien dire, il s'éloigna d'eux. Il pensait infliger le pire châtiment à son frère et à sa sœur en rompant ainsi les liens qui les unissaient.

« Tu t'en souviens encore ? Tu es bien rancunier ! Ton frère serait étonné de savoir ça ! »

C'est ce qu'elle se disait en regardant la physionomie de son mari. Kenzô ne bougeait pas.

— Rancunier ou pas, viril ou pas, la réalité est la réalité. On peut peut-être tirer un trait sur un fait, mais on ne peut rien changer au sentiment. Ce que j'ai éprouvé à ce moment-là vit encore. Non seulement ce sentiment est vivant, mais il agit quelque part. Même si je le tuais, le ciel le ferait ressusciter ! On n'y peut rien !

— Si tu ne lui empruntes pas d'argent, la question est réglée, non ?

En disant ces mots, elle ne pensait pas seulement à Hida, mais à elle-même et à ses parents.

101

Un soir du début de l'année, Kenzô se prit à considérer, sans entrain, le monde extérieur qui l'entourait.

« Tout est inutile. Tout est artifice. »

Personne dans son entourage n'avait fêté le Jour de l'An. Cela n'avait été que la suite de l'année précédente. Il n'avait même eu aucune envie de souhaiter la bonne année à quiconque. Il avait préféré rester sans voir personne plutôt que de prononcer des paroles vides de sens.

Il sortit dans ses vêtements de tous les jours et se dirigea vers des rues où il pensait sentir le moins possible l'air de fête de la nouvelle année. Il ne vit que vaguement des arbres nus et des champs desséchés, des toits de chaume et un petit cours d'eau. Il avait perdu tout intérêt pour cette nature pitoyable.

Par bonheur, il faisait doux. Une légère brume printanière flottait au loin à la surface des champs où nul vent ne soufflait. Il se sentit enveloppé par une ombre légère. Déjà le soir tombait. Il s'égara à dessein dans des endroits déserts, sans chemins de passage, sans personne. Il s'aperçut que ses chaussures étaient alourdies par la neige fondue qui s'était attachée à la semelle ; il resta immobile quelques instants. Il se mit à faire un dessin. Mais le croquis ne fit que le désespérer. Il rentra chez lui en traînant le poids de ses pieds. En chemin, pensant à l'argent qu'il devait donner à Shimada, l'envie d'écrire le prit soudain.

Il en avait fini avec l'encre rouge et le papier sale. Il avait encore dix jours avant de commencer un nouveau travail. Il voulait utiliser ces dix jours. Il s'installa à sa table, une feuille blanche devant lui, et prit sa plume.

Tout en admettant la réalité déplaisante d'une santé qui commençait à décliner, il ne s'en était jamais préoccupé, et il travailla avec frénésie comme s'il se révoltait contre son propre corps, comme s'il le brutalisait, comme pour se venger de la maladie. Il se sentait comme ivre de sang et il ne pouvait étancher cette soif qu'en aspirant son propre sang.

Quand il eut écrit un nombre de pages suffisant, il jeta sa plume et s'abattit de tout son long sur les tatamis. Il laissa échapper un cri qui ressemblait au gémissement d'un animal.

Ce qu'il avait écrit lui revint sous forme d'argent. Il s'en tirait finalement sans trop de difficultés. Il hésita simplement sur la façon dont il remettrait cet argent à Shimada. Il ne voulait pas le rencontrer. Par ailleurs, quand Shimada était venu le voir la dernière fois, il lui avait dit qu'il ne reviendrait plus jamais, montrant par là son intention de ne plus le voir. Il fallait absolument que quelqu'un lui serve d'intermédiaire.

— Je crois que tu ne peux pas faire autrement que de t'adresser à ton frère ou à Hida, vu les circonstances.

— Je crois en effet que c'est ce que j'ai de mieux à faire. Ça ne m'enchante pas, mais enfin, ce n'est pas important au point qu'il faille faire appel à quelqu'un d'étranger à la famille.

Kenzô prit le chemin de Tsunokamizaka.

— Tu vas lui donner cent yens ?

La sœur de Kenzô le regardait avec des yeux ronds, stupéfaite du montant de la somme qui, à ses yeux, aurait mérité d'être mieux utilisée.

— Après tout, tu as ta réputation. Tu ne peux pas te permettre d'être ladre. Et puis le vieux Shimada n'est pas un vieillard ordinaire, il est mauvais, alors, en effet, tu ne peux pas faire autrement que lui donner ces cent yens.

Elle parlait sans se préoccuper de ce que pouvait penser Kenzô et disait des choses qu'il ne pensait pas lui-même.

— Enfin, on peut dire que tu commences bien l'année, toi, au moins, mon pauvre Kenchan !

— Les années se suivent mais ne se ressemblent pas !

Hida, qui depuis tout à l'heure lisait le journal, assis en tailleur, ouvrit la bouche pour la première fois. La sœur de Kenzô ne comprit pas ce qu'il voulait dire. Kenzô non plus. Elle rit pourtant et cela le fit rire à son tour.

— Enfin, Kenchan ! On n'a qu'à vouloir te prendre de l'argent pour que tu en donnes, au gré de ce qu'on te demande !

— Nous n'avons sûrement pas la tête de la même dimension ! Il a sûrement le crâne aussi gros que Yoritomo [1] !

Hida ne disait que des bizarreries. Mais il accepta sans discuter de faire ce qu'on lui demandait.

102

C'est vers la mi-janvier que Hida et le frère aîné de Kenzô vinrent chez lui. Les rues gardaient encore un parfum de nouvelle année, bien qu'on ait dépouillé les maisons de leurs décorations.

Les deux hommes, assis dans le salon de Kenzô qui n'avait connu ni fin d'année ni Jour de l'An, ne cessaient de se regarder, sans pouvoir rester calmes.

Hida sortit de son kimono deux feuilles de papier qu'il déposa devant Kenzô.

— Cette fois, l'affaire est réglée.

1. Minamoto no Yoritomo (1147-1199), premier shôgun du gouvernement (*bakufu*) de Kamakura.

L'une d'elles était le reçu des cent yens, et une attestation certifiant qu'à l'avenir, Shimada ne chercherait plus à prendre contact avec Kenzô. Le texte était rédigé dans un style archaïque. Il était difficile de juger de qui était l'écriture, mais le sceau de Shimada était bien apposé.

Kenzô lut à haute voix tout en se moquant « A dater de ce jour... » ou encore : « Comme l'acte passé le tant... »

— Je vous remercie d'avoir pris cette peine.

— Avec ce papier, tu n'as plus rien à craindre. Parce qu'on ne peut jamais savoir avec lui, pas vrai, Chô ?

— Oui, enfin, on peut être tranquille maintenant.

La conversation entre Hida et son frère n'entraînait chez Kenzô aucun sentiment de gratitude. Il ressentait vivement le sentiment de frustration d'avoir donné cent yens alors qu'il n'y était pas obligé. Il n'arrivait pas à se dire qu'il s'était servi de la puissance de l'argent pour éviter des complications.

Toujours sans rien dire, il déplia l'autre feuille et reconnut le papier qu'il avait remis à Shimada lorsqu'il avait repris sa place sur son état civil d'origine.

« A dater de ce jour, me séparant de mes parents adoptifs, concernant la pension alimentaire versée par mon père, je m'engage à l'avenir à ne pas oublier ceux qui se sont occupés de moi et à leur témoigner ma reconnaissance. »

Kenzô ne comprenait pas très bien le sens de ces mots ni la logique qui les avait guidés.

— C'est tout bonnement ce papier qu'il voulait vendre.

— C'est comme si on lui avait acheté ça pour cent yens.

Hida et son frère recommencèrent à parler. L'idée même de se mêler à leur conversation répugnait à Kenzô.

Après leur départ, sa femme prit les deux feuilles de papier posées devant son mari et les déplia.

— Celui-ci est mangé aux vers.

— C'est à mettre au panier. On ne peut rien en faire. Déchire-les et jette-les.

— Pourquoi les déchirer ?

Kenzô se leva. Quand il se trouva à nouveau en face de sa femme, il lui demanda :

— Qu'est-ce que tu en as fait ?

— Les papiers ? Je les ai rangés dans un tiroir de la commode.

Elle répondit cela sur le ton qu'elle aurait eu s'il se fut agi de quelque chose de très précieux. Il ne lui adressa pas de reproche, mais ne la félicita pas non plus.

— En tout cas, voilà une bonne chose de faite. Nous sommes débarrassés de lui, au moins !

Elle avait l'air tranquillisée.

— De quoi sommes-nous débarrassés, dis-tu ?

— Eh bien, maintenant que nous avons les papiers, nous n'avons plus rien à craindre. Il ne viendra plus, et à supposer qu'il vienne, il ne pourra rien faire contre notre refus, non ?

— Tu sais, il en a toujours été ainsi ! Si j'avais voulu agir de la sorte, j'aurais pu !

— Mais maintenant que nous sommes en possession des papiers, la situation n'est plus du tout la même, voyons !

— Tu n'as vraiment plus d'inquiétude ?

— Bien sûr que non ! Tout est réglé, maintenant, voyons !

— Loin de là, au contraire !

— Comment ça ?

— C'est en apparence seulement que tout a l'air réglé. C'est bien pour ça que je dis que tu es une femme qui s'occupe seulement des formes !

Un doute et une lueur de révolte s'allumaient dans son regard.

— Mais alors, que faut-il faire pour que ce soit vraiment réglé ?

— Rien, pour ainsi dire, ne se règle dans le monde ! Ce qui est arrivé une fois nous poursuit sans fin. Simplement, la forme en est toujours différente, et personne ne s'en rend compte, pas plus les autres que soi-même.

Kenzô avait lancé ces mots d'un ton amer. Sans rien dire, elle prit le bébé dans ses bras.

— Quel enfant sage ! Sage comme une image ! On ne comprend pas ce que dit papa, hein ?

Tout en répétant ces mots, elle couvrait de baisers les joues roses de l'enfant.

Achevé d'imprimer en octobre 2025
par Normandie Roto Impression s.a.s.
61250 Lonrai
N° d'impression : 2504950
Dépôt légal : août 1999

Imprimé en France